KB009952

이것도

추억이지

달 위에서 춤추며 기다릴께요

이것도

추억이지 달 위에서 춤추며 기다릴께요

초판 1쇄 인쇄 2013년 3월 15일
초판 1쇄 발행 2013년 3월 20일

지 은 이 서동우
편　　집 김수진
디 자 인 김민성
펴 낸 이 백승대
펴 낸 곳 매직하우스

출판등록 2007년 9월 27일 제313-2007-000193
주　　소 서울시 마포구 서교동 393-5 화승리버스텔 1005호
전　　화 02) 323-8921
팩　　스 02) 323-8920
이 메 일 magicsina@naver.com
I S B N 978-89-93342-30-7

책값은 표지 뒤쪽에 있습니다.
파본은 본사와 구입하신 서점에서 교환해드립니다.

이것도

추억이지

달 위에서 춤추며 기다릴께요

Magic House
Open Your Thinking

이것도

추억이지

달 위에서 춤추며 기다릴께요

차례

자기야! 너무 빨리는 아니더라도.
인생의 마침표를 찍게 되면 달 위에서 만나는 거야.
그리곤 멋지게 탱고를 추는 거지. 낭만적이지?
달 위에서 춤추는 우리. 그림자는 멋지게 지구 위로 드리워지겠지?
세상 모든 사람이 부러워하는 그런 연인의 그림자로 말이야.

솜사탕

머리부터 발끝까지 온몸에서 발하는 아우라. 값비싼 껍데기의 보기 좋은 허울, 스마트한 기운. 내가 가진 직업은 몇 십 가지, 혹은 원하는 삶이 있다면 그 가운데 있다.

따스한 아지랑이가 한껏 피어오르는 봄날. 낙하하는 향기로운 눈다발을 맞으며 벚꽃축제가 한창인 여의도 길가에 서 있다. 한 손에는 길이 잘 들어진 고동색 서류가방을 다른 손엔 장미를 한 아름 들고 에르메스녀를 기다리고 있다.

하얀 꽃비 아래 노란 장미는 유독 아름답게 빛나 보일 테지. 모든 건 에르메스녀를 위한 계산적 태도다. 남색정장 왼쪽 옷깃에 증권회사 마크가 반짝거린다.

펀드매니저로 선상파티에서 에르메스녀를 만났다. 잘나가는 증권맨으로 알고 있는 살사 동호회 사람의 초대로 선상에 몸을 실었다.

파티. 어깨에 높게 들어간 뽕의 무게로 우월한 수컷임을 과시하는 자리, 한심하기 짝이 없는 가면무도회일 뿐이다. 가면 속 질질거리는 욕망의 사람들.

하룻밤의 유희, 'better life'를 위한 급행열차, 세렌디피디를 꿈꾸는 허망한 상상들로 가득한 모임.

새로운 인연을 기대하는 여자들을 위해 오늘밤, 외로움의 갈증을 풀어주는 청량한 이온음료가 되려 한다. 웨이트리스들이 따라주는 와인. 눈인사는 꼼꼼히 잊지 않는다.

여유로운 눈빛과 익숙한 프랑스 요리 식사예절. 한순간 찰나의 순간만으로 여자들이 바라보는 인상은 좌우된다. 짧은 순간 찾아오는 사랑을 믿으려드는 마음처럼.

노란 조명 불빛 아래 흔들거리는 강은 움직이는 사람들의 무게를 느끼는 것처럼 출렁인다. 식사를 마친 사람들은 은은한 불빛이 발하는 선상난간 옆에서 둥그렇게 마주보고 서 있다.

매끈한 얼굴들의 손에는 거만한 여유를 떨며 와인, 샴페인 잔이 들려 있다. 늘어지는 자랑 일색의 남자들 수다가 이어진다. 여자들 수다보다 더하다. 서로 견제하는 눈빛, 박식함을 과시하려 말꼬리만 잡으려 혈안들이 되어 있다.

한심한 종자들은 이 자리에 온 목적은 잃어버리고 얼굴까지 벌게지며 논쟁을 이어간다. 한 귀에서 다른 한 귀로 잔잔한 강물이 일렁이듯 쪼르르 흘러내린다.

에르메스 클러치. 리미티드 에디션. 재잘거리던 빼꾸기들 사이로 인사를 건네는 그녀 손의 반짝임에 눈을 짐짓 멈칫거리게 만든다.

노란 장미의 주인공과의 첫 만남이었다.

"민혁 오빠!"

건너편 도로 길가에 세워둔 흰색차창 사이로 함박웃음을 지으며 에르메스녀가 손짓한다.

"차 많이 막혔어?"

퉁하며 닫히는 차 문소리와 겹쳐 물었다.

"응. 오래 기다렸지? 회사 로비에서 기다리라니까, 회사 사람들하고 마주칠까 봐 창피해?"

만난 지 4개월 남짓. 회사로 오지 못하는 게 불만인지 이내 퉁퉁거린다. 투정에 익숙한 부잣집 외동딸. 원하는 건 뭐든 갖게 만들었던 밉지 않은 표정의 투정이다. 반들거리는 얼굴빛이 얄미울 미소로 대답을 대신한다.

"오빠는 매일 웃어넘기기나 하구. 미워."

헝클어진 머리. 낡아 너덜거리는 카키색의 야상. 끈도 묶지 않은 회색의 상처가 있는 거친 워커. 금요일 사람들로 북적거리는 홍대. S녀를 기다리고 있다. 신경질적으로 왕왕거리며 지나치는 버스와 한껏 들뜬 표정으로 지나치는 사람들로 가득하다.

우두커니 고뇌에 찬 얼굴로 한 손에 든 캔 맥주를 홀짝이며 놀이터

입구 계단에 앉아있다. 다른 한 손에 의미 없는 A4 몇 장에 시선을 주고 있다.

'빵빵' 돌아간 시선에 벤츠 S클래스 안에서 그녀가 활짝 웃는다. 마시던 맥주 캔은 경쾌한 마찰음을 내며 바닥에 뒹군다. 내던진 종이는 솨르륵 소리 내며 잠시 날았다 아스팔트 위로 안착한다.

"자기, 얼굴이 왜 이렇게 안 좋아? 글이 생각처럼 잘 나오지 않아?"

압구정 한복판 명품 편집 숍. 누더기차림, 기름진 머리카락으로 들어선 가게 안에서 다짜고짜 사장을 찾았다. 기름진 얼굴의 사람에겐 느끼지 못했던 다른 종류의 당당함을 무기로 앞세웠다.

교무실로 끌려온 여고생 같은 토끼 눈의 젊은 여사장은 안쪽 방에서 불려나왔다. 여사장의 안내로 들어선 사무실 안. 온몸을 휘감는 소파 위에서 나른해짐을 느낀다.

사치스러움, 고풍스러운 분위기, 편안함과 상반된 압도적인 느낌의 살풍경한 사무실 안이다. 한동안 아무 말 없이 물이 다 빠져 너덜해진 청바지주머니에 손을 꽂고 눈만 껌뻑이는 나를 의아한 눈빛으로 바라본다. 동물원의 짐승을 바라보듯, 자유스럽지만 추상적인 그림을 보고 있는 듯, 틀 안에 나를 넣고 감상한다. 추상화의 감상과 관찰이 끝났다.

그 순간의 호흡을 놓치지 않고 명함을 건넸다.

작가. 김 호빈.

눈빛 가득 의심의 눈초리는 조심스레 입을 먼저 땐다.

"저 무슨 일 때문이시죠?"

업무적인 딱딱한 말투 안에는 여유로움과 적대심이 공존한다.

"성함이?"

대답 없이 던진 질문에 황망한 모습으로 몸을 일으켜 책상 위의 명함을 테이블에 올려놓는다. 밑이 훤히 보이는 유리 테이블, 그녀의 빨간색 에나멜 구두 위로 은색의 명함이 올라온다.

"정소희 씨?"

"네."

낮지만 작은 떨림. 아연함이 묻어난다.

"소희 씨 소재로 책을 썼으면 좋겠는데요."

처음 안쪽 사무실 문을 열고나올 때와 같은 놀란 토끼 눈이지만 입가의 근육은 비죽 올라간 상태다. 서울 속 패션을 움직이는 최고 중심가 압구정 로데오 초입. 10층 건물 두 채의 소유주. 대기업 간부 아버지의 후광, 부장판사 출신 할아버지의 버팀목으로 누릴 수 있는 특혜였다.

이미 정소희, 그녀의 재정, 가족, 연애론, 취미는 머릿속에 따로 폴더 되어있다. 허황된 성격까지도 최신형 두뇌 컴퓨터 폴더 안에 저장되어 있다.

이름, 직업, 나이, 학벌 모든 건 카멜레온처럼 상대에 맞춰 보호색을 띤다. 변화무쌍한 그 속 한 가지 변하지 않는다. 가정환경. 남부러울 것 없는 유복한 환경의 외동아들이었다. 비극적 비행기 사고로 유명을 달리하게 된 아버지, 어머니.

방년 18세 파랗고 높던 하늘은 담뱃재 가득 낮고 진한 흑색필름으로 바뀌었다. 잃었다. 행복이라 불리던 삶은 나락으로 깊은 심연으로 빨려 들어갔다. 욕심 많은 친척들로 인해 모든 건 빠르고 순조롭게 진행됐다.

나의 몫은 통장에 이천만원이 고작이었다. 얼굴 뒤편의 악마가 꿈틀거리는 친척들의 말에 충분하고 큰돈이라 믿었다. 이지후. 이름이 적힌 도장은 끊임없이 끌려 다녔다. 굳어버린 피를 묻히며 하나씩, 하나씩 앗아갔다.

여름이면 벌레가 많다고 투정부리던 정원대신 인간벌레들이 우글거리는 사창가 근처 지하 방안에서 숨 쉴 수 있었다. 일주일에 한 번은 한 달에 한 번으로, 반찬을 채워주러 오던 이모와 작은엄마의 지구력은 반년도 가지 못했다.

외로움. 쓸쓸함. 가난. 그 참을 수 없는 불안감. 숨기고 덮어도 자의식은 문드러져갔다. 지하 방구석 들러붙어 짓눌려 누렇게 찌들어버렸다. 찌들어버린 향은 여자들의 보호본능을 일으키기 충분했다.

썩은 고름 짜내는 게 재미있기라도 한 듯, 명품을 걸친 간호사를 자처하는 여자들은 몰려들었다. 상상력은 곧 권력인 것이다.

위험한 사랑. 로맨틱한 사랑. 순애보 사랑. 카멜레온 사랑. 나는 없었다. 바라는 사랑도, 꿈꾸는 사랑도. 차, 집, 통장의 현금, 대가 없는 노동은 없다. 정확한 자본주의 논리다.

셀 수 없는 여자들과의 만남. 허울 좋은 껍데기. 껍데기는 만났던 여자들로 하여금 미래는 생각하지 않게 만들었다. 그녀들은 부족 요소였던 사랑만을 원했다. Give & Take 지극히 현대적인 사랑에 한숨이 나온다.

고아가 된 남자는 최악의 요소였다. 같은 향기를 품고 있는 사람과의 미래만을 꿈꾸도록 어린 시절부터 세뇌당해 설계되어버렸는지 모른다. 산기슭에 핀 야생화든 온실에서 자라난 장미인지는 중요하지 않다. 지금 어떤 환경에서 꽃을 피우고 있는지에 따라 관계의 지속성은 단정 지어져버렸다.

끝없는 욕망과 욕심의 평행선. 허영의 굴레 속 끝이 보이지 않는 사막을 걷는 기분이다. 언제쯤 물 속 고요함을, 양수 안에서와 같은 평온함을 느낄 수 있을까. 욕망은 깊고 깊은 수렁으로 끌어당겼고, 썩어가는 악취도 이제는 향기로 전락해버려 평형 감을 잃어버린 지 오래다.

펀드매니저, 작가, 변호사, 시간제 치과의사. 네 가지 직업은 각기 매력적이다. 오늘을 끝으로 변호사와는 이별이다. 가끔 겪는 고충이라면 고충이지만, 너무 깊게 관계가 관여되어버려 집안을 끝끝내 굴복시키는 독불 여장군들이 있다.

자식을 위해 희생을 마지못하셨던 그녀의 부모님을 걱정하며 눈물의 이별을 고할 작정이다. 안약 한 통만으론 부족할 듯하다.

"지연아. 사랑은 눈물의 씨앗이라잖아. 헌법 11조 1항에 인간은 누구든지 성별. 종교 또는 사회적 신분에 의하여 정치적. 경제적. 사회적. 문화적 생활의 모든 영역에 있어서 차별을 받지 아니한다. 명시되어 있지만, 사회적환경은 우리의 사랑을 관철시키기에 힘들구나."

연극적인 모습으로 말한다.

"울지 마! 지연아."

어김없이 흐르는 눈물은 닦아주려 내민 손을 타고 내려간다. 팔소매로 흘러들어갔는지 찝찝한 기분이다.

"지연이가 해준 모든 것 잊지 않고 가슴속에 간직하며 살아갈게. 먼 훗날 통일이라는 기적 같은 일이 벌어진다면 그때 우린 아무 것도 생각하지도, 재지도 말고 우리사랑을 운명이라 믿고 자주 가던 카페에서 만나자."

"고맙고 언제나 가슴 깊이 사랑하고 있을 거야."

흐느끼며 이제는 정말 마지막이라는 듯 격렬히 부둥켜안으며 진한 키스.

이런 유치한 신파극이 또 있을까.

눈물의 이별. 그 씨앗은 화려한 명품시계들과 고급세단으로 마무리 되었다. 중고시장에서 새로운 주인과의 해후를 기다리며.

아침부터 비가 추적거리는 날. 깊게 내려앉은 하늘만큼 가슴 속 스펀지가 물에 젖어 축축해진다. 과거의 회한들, 속절없는 기억들이 소용돌이친다.

누렇게 니코틴이 깊게 베어버린 과거의 필름들 사이로 노린내가 진동한다. 아무런 약속 없이 사람이 번잡한 시내로 향했다.

한적한 오후. 커피색으로 인테리어 된 카페 창가자리에 일찍부터 자리 잡고 앉았다. 카페 안의 온도와 습도는 마음을 애잔하게 만든다. 탁자 위에 치즈 케이크는 손도 대지 않고 아메리카노만 두 잔째 마시자 각성상태가 되었다.

벌써 몇 번이나 밖으로 나가는 사람들을 눈으로 배웅했다. 주변의 사람들이 또렷이 들어온다. 사람구경은 유일한 취미나 다름없다.

조명이 어둑한 안쪽 자리에 앉아 연신 손을 조몰락거리는 남녀, 쉬지 않고 울리는 전화기를 붙잡고 앉은 정장차림의 남자, 화장까지 꼼꼼히 마친 얼굴로 과제를 하고 있는 여대생, 실실거리며 여대생을 쳐다보는 같은 또래로 보이는 남자 둘.

그들의 여유로운 삶 안에 살며시 나를 편입시켜본다. 여자 친구 손을 맞잡고 늦은 점심은 어떻게 해결해야 할까 고민하는 남자로, 바쁜 일상에 지친 샐러리맨으로, 여자한테 말을 걸어보려 작전을 짜는 호기좋은 대학생으로.

잠깐의 부러운 환상 속에 슬쩍 미소가 옮겨갔다, 이내 다시 무거워진다. 눅눅한 마음과는 달리 청량한 빗소리와 비 냄새는 더없이 싱그러운 향이다.

겨울잠 자는 늦잠꾸러기를 깨우는 봄비.

카페 출입구 앞.

우산 없이 멍하니 빗방울만 하염없이 눈으로 쫓는 여자가 있다. 베이지색의 트렌치코트, 흰색 셔츠블라우스, 허벅지 길이의 올리브색 치마. 검은 머리칼에 흰 피부는 혈관이 비춘다.

한 손에 떨어질 듯 말 듯 겨우 붙잡고 있는 샤넬검정가방. 가냘픈 나뭇잎처럼 언제 떨어질지 가방은 흔들린다. 검은 구두 위로 통통 튀어 오르는 빗방울은 구두 위 투명한 비즈장식으로 수놓는다.

망연자실한 표정의 축 늘어진 어깨. 바보처럼 느껴진다. 아침부터 떨어진 비였는데. 우산 없음이 덧없는 후회로 보인다.

"으아아악! 아! 자기야 날 좀 그냥 죽여줘 제발."

날카롭게 소리치는 얼굴은 눈물과 콧물이 범벅되어 미희는 애원한다. 침대 위에서 몸을 꼬며 앞뒤로 흔들어 댄다. 매트 아래 철제들은 삐거덕거리며 병원침대는 덩달아 요동친다.

미희의 발작이 다시 시작됐다. 진통 주삿바늘을 꽂으려는 의사를 위해 나와 간호사. 세 명이나 달라붙어야 했다. 가슴이 휘청 휘청거리며 저미어온다.

이제 시간이 얼마 남지 않았다는 주치의의 말대로, 고통으로 찾아온 발작의 시간은 점점 짧아지고 있다. 하루에 한 번씩 찾아오던 고통은 7시간마다, 지금은 5시간마다 이어지는 지옥의 굴레가 되어버렸다.

비가 내리는 봄날.

하염없이 카페 입구에서 비를 바라보던 그녀가 미희였다. 그날 미희는 내 우산 속에서 함께 빗소리를 들었다. 비를 한참이나 바라보던 미희는 뛰지도 않고 유유히 빗속을 걸어갔다. 그녀를 제외한 주변 광경만 빠르게 돌아가는 듯 보였다.

"어디까지 가세요?"

그녀 머리 위로 우산을 드리우며 처음 건넨 말이었다. 엷은 보라의 우산은 미희 얼굴에 조명이 되어 비췄다. 연보라의 조명 아래 힐긋 나를 바라보는 눈은 매달리는 눈빛이었다.

"요 앞. 역까지요."

조용히 대답한 그녀를 따라 종종거리는 발에 맞춰 역까지 걸음을 같이했다. 토독토독 빗소리가 요란한 작은 우산 속. 말없는 그녀에게 주책없이 조잘대며 자신을 소개했다.

D신문사 사회부 기자. 나이는 이십대 후반. 이름은 본명 이지후.

그녀는 무신경하게 앞으로 걷기만 했다. 다 젖어 춥지 않냐는 질문에도 대꾸 없이 살짝 고개만 흔들었다. 몇 걸음 걷지 않은 기분이었는데 벌써 역 앞이었다.

고개만 꾸벅하고 역 안으로 사라지려는 그녀를 '잠깐만요.' 부르며 잡았다. 물기 가득한 연보라의 우산을 탁탁 털고 미희에게 건넸다.

비에 홀딱 젖은 고양이 같은 모습에 그렁그렁해 보이는 눈으로 나를 바라본다. 우산을 들고 내려가는 그녀를 '잠깐만요' 부르며 두 번째 불러 세웠다.

지나가는 사람들은 우리가 방해가 된다는 듯 신경질적으로 밀치며 내려간다.

"실례가 안 된다면 성함이요?"

"이미희요."

우산에 눈을 떨어뜨리곤 부동자세다.

"나중에 기회 되면 한 번 더 뵙고 싶은데 연락처 알 수 있을까요?"

떨리는 목소리로 비에 다 젖은 오른팔로 핸드폰을 건넸다. 조그마한 손은 내손 위에 현대적인 기계를 받아 번호를 꾹꾹 눌러준다. 차라리 그냥 돌려보냈으면 좋았을지 모른다.

세상의 아픔은 다 담고 있는 듯 헛헛한 얼굴을 지울 수 없었다. 물 흐르듯 흘러가던 일상은 그녀의 생각으로 잠식되었다. 창피하고, 볼썽사나운 일이었다. 돌아오지 않는 메아리에 대한 기대가 시작되었다. 미희가 지하철 계단으로 사라진지 5분만에 문자가 왔다.

'우산 감사하다'는 단문의 문자였다.

그때까지도 금방 다시 만날 수 있을 거란 생각이 들었다. 그날 이후 보내는 문자의 답장은 열 번에 한번 올까 말까 했다. 신호음만 흘러 보내는 받지 않는 전화. 혼자만의 실랑이는 한 달이나 지속되었다.

'오늘 날씨가 많이 좋네요.' '햇볕이 너무 뜨거워 주근깨가 올라올까 두렵네요.', '오늘은 미희 씨를 처음 만났던 커피숍이에요.', '오늘도 비가 오네요.', '따뜻한 아메리카노가 어울리는 날씨죠?' 주저리주저리 혼자 떠드는 게 하루의 일상이 되었다. 가끔씩 짧은 문자 하나가 날아온다. '그러네요.'

몹시도 비참한 기분은 오기와 자존심 사이의 착각이 아니길. 애타는 여운은 날이 갈수록 지워지지 않고 진해졌다. 무너지는 기분에 아랑곳하지 않고, 사람 약 올리듯 하늘은 점점 맑아지고 가끔씩 거칠게 불어오던 바람도 온화해졌다. 따뜻하기만 하던 봄의 막바지 끊이지 않는 비가 내렸다.

"잠깐 만날 수 있을까요?"

수화기 너머로 들려온 미희의 첫 음성. 흐릿하게 들리는 빗소리는 우산 속에 있는 것 같다. 연보라 조명속의 그녀 얼굴이 떠오른다. 어떤 표정으로 전화기를 잡고 있을지 궁금해진다. 전화기 속 목소리는 차분했지만, 침울해 보이는 얼굴이 그려진다. 목소리는 듣는 사람의 가슴속을 서걱거리게 만들었다.

예상치 못했던 미희의 전화가 날아갈듯 기쁘지만은 않은 건 그 때문이었을 것이다.

대학로.

해가 빨간빛으로 기울어져 물들기엔 아직 이른 시간. 길어진 해는 아직 열기가 식지 않은 축구장 같다. 편의점을 세 차례나 들르며 물어 찾아간 술집은 한낮에도 고뇌에 찬 대학로 연극인들을 위해 존재하는 곳 같은 느낌이다. 지하로 내려가는 계단. 오래된 영화 포스터들이 줄 지어 붙어 있다.

신성일 주연의 영화 포스터. 그 시절 것이라기엔 너무 깔끔해 보였다. 아치형의 계단을 내려서자 술집은 한눈에 구석까지 보였다. 주황색 조명이 가득한 술집 안은 오렌지 껍질을 깨고 들어서 있는 기분이다.

구석자리 대나무로 얼기설기 짜여진 그 속 노란빛의 전구는 솔 냄새도 같이 발하는 듯 보인다. 감색 스웨터에 흰 티를 받쳐 입은 미희의 모습은 처음 봤을 때보다 더 힘없이 초췌해 보인다.

탁자 위 손은 나란히 포개고 정숙한 요조숙녀처럼 앉아있다. 앞에 덩그러니 홀로 있는 투명한 소주잔을 잡아야 할지, 말아야 할지 고민하고 있는 사람처럼 보인다.

내가 두 번째 손님이었다. 종업원은 일찍부터 자리를 차지한 우리가 귀찮은지 짜증스럽게 술잔을 내팽개치듯 놓고 계산대로 돌아가 종이학을 다시 접는다. 고릴라 같은 놈. 분명 여자에게 주려는 무모한 짓일 테지.

혀가 끌끌 차진다. 말없이 주고받는 술잔. 보글거리며 작은 소리로 끓고 있는 김치찌개만 연신 떠들어댄다.

"저. 단도직입적으로 말씀드릴게요. 지후 씨 같은 사람이 저한테 왜 그러시는지 모르겠지만, 만날 수 없어요. 그러니 귀찮게 하지 말아주세요. 만나서 말씀드려야 할 것 같아서요."

길게 내리어진 불빛 사이 소주잔에 눈을 고정하고 말한다. 눈이 네 개로 속눈썹은 수만 개로 얼굴로 그늘진다.

'만날 수 없어요.'의 미세한 흔들림. 진위가 무엇일까? 시선을 느꼈는지 눈을 위로 치켜 확인하듯 쳐다보곤 술잔으로 돌아간다. 아무 말 없이 술잔을 비우는 나를 엷은 눈으로 본다.

"저 누굴 만날 수 있는 처지가 아니에요. 그러니…."

잠시 숨을 고르곤 담담하게 말을 이어나간다.

"저랑 만나면 힘들어져요. 아니에요. 만날 생각도 없지만."

흐느낌이 작게 느껴지는 목소리다. 여전히 아무 말 없는 나를 힐긋 바라본다. 가늘고 작은 매끈한 손은 미끄러지듯 술잔을 입으로 가져간다.

그날 밤 아름다움을 무릎 위에 앉혔다.

달콤하기만 할 것 같던 그녀는.

가만 보니 쓴 칡 맛이었다.

황량하기 그지없는 황무지 위.

내팽개쳐져 철저한 벌거숭이 모습의 또 다른 내가 보인다. 한 올 걸치지 않은 작고 가날픈 하나의 떨림만 존재하는 18살의 나였다. 한순간 절망으로 몰아쳐진 그때 모습 그대로였다.

잠에서 깬 한동안의 먹먹함은 셀 수 없을 만큼의 초가 지나고 나서야 스무 살 후반 현재의 나로 돌아올 수 있었다. 낯선 모양의 천장. 옆에 가녀린 숨을 몰아쉬고 있는 그녀. 악몽. 숙취. 머릿속 개미 수천 마리가 자글자글 거리는 기분이다.

기분 나쁜 간지러움. 두 단어만큼은 개미들이 갉아 먹지 않는다.

위암.

말기.

두 단어는 뇌 깊은 주름에 형태 없이 꽂혀버렸다. 손바닥 위에 한 줌의 사랑은 또다시 스르르 흘러내려진다.

사랑에 저주를 받았다.

하룻밤 사이 강한 연민과 사랑, 불안함으로 묶여 버렸는지 모르겠다. 갖가지 다른 사람 채취를 풍기는 하얀 이불 안, 왼쪽 어깨 눈물이 아직 덜 마른 미희의 얼굴이 갈색 머릿결 사이로 보인다.

옭아진 가시덩굴을 풀 기회는 지금이다. 훌훌 풀어헤쳐 뒤도 보지 않고 달려 나가면 동굴을 아무렇지 않게 웃으며, 햇살을 손에 쥐고 나올 수 있다.

그날 오후 욕정 가득한 사람들이 들락거리는 높다란 동굴 안에서 저주받은 두 손 가득 원망을 들고 나왔다. 하늘은 높고 청정하기만 하다. 따사로이 스치는 바람에도 할퀴어 온몸에 생채기가 난 듯 따끔거린다.

선택이라는 이성의 존재도 잃어버려. 사막에 내동댕이쳐진 날. 사랑이란 풍미에 빠져 들었다. 나를 잃어버리는 강렬함에 도취해 나는 네가 너는 내가 되어 두 곱 절의 에너지로 가득 만들어 버리는 사랑에.

그렇게 아무것도 아닌 유치하기 짝이 없는 모래사장 위 모래성 같은, 알알이 부서짐도 두려워하지 않으며 내 가슴 깊은 울림이 되었다. 또 하나의 세계는 내 안으로 들어왔다. 두 개의 다른 세계는 변형의 준비가 시작되었다.

어떤 형태로의 변화든 두렵지 않았다. 다시 예전으로 돌아갈 수 없을지도 모른다는 위험한 생각보단, 가슴 한구석 안도의 기쁜 마음이 들었다.

짐작할 수 없는 꿈틀거림은 나중에야 이유를 알 수 있었다.

베란다는 집안 가득 각양각색의 이불로 겹겹이 들어차 있다. 낮이면 베란다 쇠기둥 사이에 맨발을 찔러 넣고 미희와 한없이 산을 바라본다. 발톱으로 통통거리면 쇠기둥 안쪽은 비어 있음을 확인해주듯 경쾌한 소리를 들려준다.

병명을 확인한 날. 수술해도 가망 없다는 진단을 들은 날. 평소 산을 좋아했던 미희는 베란다 창문 나무를 한가득 품은 지금의 아파트로 계약을 했다고 한다.

"이렇게 바라만 보고 있어도 좋은 건 산뿐이라고 생각했는데."

무릎을 가슴까지 끌어당겨 안고는 물기 흐르는 목소리. 미희는 예술작품 감상하듯. 나를 한 번 산을 한 번 바라본다.

"바보처럼."

요즘 입버릇처럼 이 말만 자꾸 입에서 나온다. 이 말이 나올 때면 습관처럼 턱을 앞에서 뒤로 빼며 머쓱한 상태에서 말한다.

"자기가 옆에 있어줘서 너무 고마워. 당신은 분명 내가 살았었다는 가장 큰 증거로 남을 거야."

"또. 또 바보 같은 얘기."

미희는 8살에 고아원에 맡겨져 하루하루를 달력의 빗금을 쳐가며 버려진지 모르는 기다림을 계속했다. 몇 년간 계속 지속되던 기다림이었다. 사춘기가 시작됐을 무렵 알게 되었다고 한다. 부모로부터 버려졌다는 사실을.

버려짐의 복수. 울분들은 똘똘 뭉쳐 응집되었다. 고아가 꿈꿀 수 있었던 신분의 수직상승, 애처롭게 바라보는 눈빛으로부터의 탈피는 사법고시가 전부였다. 신문 작은 일면에 최연소 고시패스 했던 미희 이름의 기사는 마루 벽면 회갈색 액자 안에 들어가 있다.

흰 벽지 위의 액자는 고집스럽게 보인다. 환히 웃으며 손가락으로 브이를 그리고 있는 모습은 검정 잉크로 인쇄되었지만, 아직 애티를 벗지 못한 모습이 역력하다.

"지후 씨. 나는 그때는 돈과 잘나가는 직업이 전부인 줄 알았어."

처음 아름다움을 마주한 날부터 우리는 그녀의 베란다에서 함께였다. 산을 보며 지나간 우리의 시간을 얘기한지 벌써 10일째.

"로펌에 이례적으로 많은 연봉에 계약하고 들어갔어. 성공보수가 많다는 얘기를 들을수록 일에 매진하고 전력을 다했어."

가늘게 눈을 뜨고 미희는 얘기를 이어나간다.

"시샘. 질투 그런 눈빛 은근히 즐기며 말이야. 광대 같은 사랑놀이 너희나 하라지. 비웃으며, 난 갈 길이 너무 멀다고 느꼈거든."

"몸을 망가질 대로 망가뜨린 것도 모르고 말이야."

미희는 무릎 사이로 얼굴을 파묻는다.

"바보같이 이제는 광대놀음의 중심에 있으면서."

입에 붙어버린 말을 하며 미희 머리에 코를 갖다 댔다.

"자기 머리 안 감았어요?"

장난치는 내 입을 막으며. '꺅' 소리 지르며 웃는 모습이 천진난만

하다. 미희는 내 무릎 위에 법률로만 가득 찼던 머리를 올린다. 지긋이 내려 보는 내 얼굴을 양손으로 어루만진다.

"행복해. 당신이 옆에 있어줘서."

또르르 미희는 또 다시 눈물을 흘린다.

"내가 더 행복해. 당신과 함께 할 수 있는 시간."

침을 삼키고 말을 이어나간다.

"미희가 곁에 있어서. 그대를 한없이 안을 수 있어서 너무도 황홀한 걸. 만나는 날도 비가 왔는데. 우리한테는 비가 끊임없이 쫓아다니나 봐."

누워있는 미희 뺨으로 한 방울 두 방울 방울져 내린다. 미희는 눈물 머금은 미소를 꾹 참으려 입술을 깨문다. 함께한 후론 눈물샘이 확장 되었는지 가끔은 주책없을 정도다.

"고마워. 당신 없었다면 나 혼자 너무 외로웠을 거야."

얼굴을 베란다 쪽으로 돌리며 계속 얘기해 나간다.

"나 주변에 아무도 없잖아. 정말 자기말대로 바보처럼 말이야."

지그시 미희의 어깨를 감싸 안고 베란다 밖 바람에 일렁이는 초록물결을 바라본다.

아침부터 긴 사랑을 나눈 후 베란다에서 어김없이 잠이 들었다. 세 시가 다 되서야 정신을 추슬러 집 앞의 작지만 알차게 들어차 있는 마트로 향했다.

아직도 한밤처럼 이불 속에서 새근거리며 자고 있는 미희를 위해 오늘의 특별 식은 치커리, 상추, 부추, 케일, 깻잎이 들어간 낙지전복볶음밥이다.

한 손에 필요 재료가 쓰여 있는 종이를 들고, 다른 한 손은 자기 멋대로 획획 돌아가는 카트를 끌며 이리저리 분주히 어지럽다.

'양파는 어디 있지? 아참 청량 고추도' 요령 없이 같은 자리를 빙빙 몇 바퀴를 돈다.

'맞다. 거기 있었지' 혼자 말하고, 확인하며 온 길을 되짚어 왔다갔다 체력을 낭비시킨다. 잎이 달리지 않은 샐러리도 투명 봉지 안 가득 담아 넣었다. 수증기 속에 채소들은 한껏 신선함을 과시해 자꾸자꾸 넣게 한다. 계산 라벨을 붙여주는 아주머니는 채소를 거친 손으로 두 주먹이나 크게 집어 봉지에 같이 담아주었다.

처음 본 보라색의 빳빳한 잎과 초록의 빨간 줄기를 가진 무당개구리처럼 보이는 모습에 혐오감이 들었지만, 몸에 좋은 거라는 아줌마의 말에 안심됐다.

"총각 오늘은 혼자 왔나보네."

"네?"

"왜 매일 같이 오는 아가시 있잖우. 부인인지 애인인지 아가시 말이여."

어느 지역 사람인지 아줌마는 쌍시옷을 발음하기 버거워했다. 쑥스러운 표정으로 몰래 요리를 준비하러 나왔다고 말하자 빙글 반 바퀴 돌며 거친 손으로 오른쪽 팔을 쓰다듬어 주신다. 손의 까칠함이 옷의 보풀을 만들 것 같다.

"얼굴만 미남인 줄 알았더니. 이렇게 착하구먼. 마트 아줌마들이 총각 연예인 같다고 난리들이여."

두 손으로 잡은 카트를 밀며 "감사합니다. 예쁘게 봐주셔서." 활기차게 생긋 웃으며 계산대로 향했다. 계산대로 향하는 도중 홀로 떨어진 섬 같아 보이는 와인코너에 잠시 눈이 팔렸다.

샐러리와 같이 먹을 수 있는 와인을 추천 받느라 시간은 지체되었다. 형식상 위에만 검정 블레이저를 걸친 종업원 취향의 와인에 대해서도 들었다. 왜 들어줘야 하는지 이해할 순 없지만. 와인 고를 때 살뜰히 챙겨준 치즈 덕분에 쉽사리 얘기를 끊고 나갈 수 없었다.

"나중에 이건 꼭 한번 마셔보세요. 제가 정말 좋아하는 거거든요. 다음에 또 들러주세요."

끝까지 자기가 좋아한다는 와인을 권하는 모습이 꽤나 외골수로 보인다. 평일임에도 장을 보러온 주부들 덕분에 계산대의 줄은 다섯 명이나 앞에 있었다.

'close' 팻말이 위에 올려진 계산대로만 자꾸 눈이 간다. 평일이라 불

필요 인원을 감축한 모양이지만, 급한 성격만큼 마트를 들어설 때의 의욕은 사라지고 금방 지쳐갔다.

시간을 확인하려 뒤적거리던 주머니 속 핸드폰은 보이지 않았다. 왠지 꺼림칙한 마음이 들긴 했지만 걱정할 만큼 많은 시간이 흐른 것 같진 않았다.

계산을 마치고 들고 나온 노란비닐의 손잡이 부분이 늘어져 끊어질까 두려웠다. 바닥에 내려놓고 와인은 다른 한손으로 옮겨 들었다. 와인을 옮겨드는 찰나, 문득 고추장이 냉장고에 있는지 없는지 도무지 생각이 안 난다. '참. 참기름은.'

잠시 눈을 감고 기억을 되짚으며 마트 입구에 섰다. 머릿속에 냉장고를 그려본다. 흰색의 양문형 냉장고가 보인다. 오른쪽 냉장고 문을 연다. 가운데칸 결명자가 담겨진 물병이 보인다. 옆에는 맥주병이 서 있다. 좀 더 아래로 내려간다. 제일 아래쪽에 위치한 칸을 생각한다. 마요네즈가 보인다, 초장이 보인다, 갈색 병의 참기름은 보인다, 고추장의 모습은 흐릿해 잡히지 않는다. 한숨 쉬며 몇 발자국 나왔던 입구 안으로 다시 들어갔다.

"이것 좀 잠시 맡아 주세요."

계산대 옆에 배가 불룩해진 비닐봉투를 놔두고 쏜살같이 뛰어 들어갔다.

'딸칵'

문을 열고 들어서자 집안의 공기는 나올 때와는 사뭇 달리 냉랭히

가라앉아 있었다. 곧 소나기라도 내릴 듯 먹구름이 잔득 끼어있었다. 액자 밑 검정색 소파에 등을 기대 구부정하게 앉아 미희는 맥주를 홀짝거리며 있다. 침울한 표정이 액자 속의 웃고 있는 사진과 너무도 대조적이다.

낮게 깔린 변해버린 공기에 더럭 겁이 났다. 성적표를 들고 집에 들어섰을 때의 공기와 비슷했다. 나를 보자 배시시 웃으며 손가락까지 덮어져 있는 잠옷으로 입는 아이보리 스웨이드 티로 눈물을 닦아낸다. 오른손으로 뜨르륵 소리를 내며 알루미늄캔을 찌그러뜨리며 일어섰다.

"떠난 줄 알았어. 지겨워져 버린 줄 알았다고."

그렁한 눈으로 말을 이어나간다.

"나였으면 몰래 떠나갔을 거야. 나였다면."

하루에도 수십 번씩 계절의 변화를 느끼는 사람처럼 성격의 기복은 심해져만 갔다. 토끼얼굴이 붙어 있는 실내용 슬리퍼에 발을 앞으로 밀어 신으며, 오른손에 들려있는 와인을 낚아채 싱긋 웃는다. 웃음에 안도돼 벗고 나갔던 늑대얼굴이 달린 슬리퍼에 맨발을 밀어 넣었다.

미희는 입술이 얇다. 가끔 입 꼬리를 위로 치켜 올리며 지금처럼 웃는다. 무언가 만족한다는 듯 들릴 듯 말 듯 숨소리를 밖으로 빼내며 후후거린다.

"기분 좋아졌어?"

"기분?"

와인에 적혀있는 라벨을 읽으며. 다시 후후거리며 미소 짓는다. 각도도 변하지 않고. 같은 분위기로.

베란다 에메랄드빛 이불이 겹겹이 쌓인 침대-이불 더미를 우린 침대라 불렀다-에 누워 기분이 좋아졌는지 미희는 노래를 부른다. 힘들고 외로울 때면 코인 노래방 기계에서 불렀다는 노래는 수준급이다.

요즘은 맨디무어(Mandy Moore)의 〈섬데이 위 윌 노(Someday We'll Know)〉를 즐겨 부른다.

노래를 부르다 말고

"오늘 유난히 풀냄새. 벌레냄새 많이 나지 않아?"

대답할 틈도 주지 않고 다시 노래에 집중한다.

Who holds the stars up in the sky?

Is true love just once in a lifetime?

Did the captain of the Titanic cry?

Someday we'll know

"자기야. 누가 하늘에 저 별들을 걸어 두었을까? 살면서 진실한 사랑은 정말 한 번뿐이겠지? 타이타닉 선장은 울었을까? 가사 어때? 공감되지 않아?"

"진짜 우리 언젠가 알 수 있을까?"

"대답 좀 해봐."

총총 채소 써는 소리로만 대답했다.

One day I'll go .

Dancing on the moon.

Someday you'll know.

That I was the one for you .

I bought a ticket to the end of the rainbow .

"자기야! 너무 빨리는 아니더라도. 인생의 마침표를 찍게 되면 달 위에서 만나는 거야. 그리곤 멋지게 탱고를 추는 거지. 낭만적이지? 달 위에서 춤추는 우리. 그림자는 멋지게 지구 위로 드리워지겠지?"

무지개 끝에서 만나자는 말이 섬뜩하다.

"세상 모든 사람이 부러워하는 그런 연인의 그림자로 말이야."

노래를 부르고 난 후는 으레 더욱 감상적이 되어버린다.

"그럼 당장 탱고부터 같이 배워야겠는데."

미희한테 단박에 대답했지만, 마음이 쓸쓸해진다. 힘없이 웃으며 창 밖의 풀벌레 소리에 귀 기울이는 미희의 뒷모습에 아릿해온다.

"여름 짝짓기를 하느라 저렇게들 울어대는 거겠지?"

발끝이 저려와 찌릿해온다. 칼을 잡고 있는 팔도 저릿해진다. 채소 위에 물방울이 칼의 쇠와 마찰을 일으켜 스파크가 일어난다. 뜨거운 물에 담가진 낙지는 저항 없이 스르르 몸을 풀어놓는다. 뜨드득 마찰음을 내며 숟가락으로 전복을 긁었다. 좀처럼 떨어지지 않는 폼이 싱싱해 보인다. 낙지와 전복, 채소들로 은색이 반짝이는 양푼에 먹음직스럽게 섞여 들었다.

후식으로 샐러리를 마요네즈에 찍어 와그작거리며 와인을 홀짝였다. 공짜로 얻어온 치즈는 별 맛이 없었다. 약간의 취기와 풍만함에 눅눅한 마룻바닥에 늘어져 버렸다.

뜨거운 물의 낙지처럼.

8월 초 휴가기간이 실감난다. 사람들로 해변은 북새통을 이룬다. 눈을 뜨자마자 막무가내로 이끄는 미희에 이끌려 무작정 동해로 떠났다.

휴가의 한중간. 차들과 사람들로 가득하다. 주차장은 벌써 각양각색의 차들로 빽빽해 자리를 찾기 힘들었다. 결국 미희가 운전석에 바꿔 앉아 여성전용 발렛 파킹 서비스를 받을 수 있었다.

혹시 모를 발작이 있을 수 있는 일이라 마음을 단단히 준비했다. 어느덧 담담히 근처 응급실이 있는 병원도 알아 논 참이었다.

뜨거운 태양과 부서지는 파도.

"우와 바다다."

팔을 길게 옆으로 늘이며 미희는 소리친다. 해변을 끼고 있는 길가에는 갖가지 행상들이 줄지어 서 있다. 해변과는 언뜻 매치되지 않는 말이 끄는 마차부터 - 미희의 재촉에 탈 수밖에 없었다. 한 바퀴 주변을 도는 게 고작이었던 말 앞에서 멍청한 표정으로 사진까지 찍었다.

동전을 던지는 돈 먹고 돈 먹기 게임. 주르륵 걸려있는 풍선을 다트 핀으로 터트리는 게임. 공기총으로 인형을 떨어뜨리는 게임. 망치로 못을 박는 게임. 특색 없는 게임들이었지만 미희는 신나서 열군데도 넘는 행상을 빠짐없이 들러 게임을 즐겼다.

최저 기록들만 연신 기록하는 바람에 손에는 참가 상품이나 다름없는 폭죽이 12개가 들려 있었다.

멋없이 일자로 향해 쏘아지는 폭죽 '삐익 푹.' 이도 저도 아닌 힘없이 푹푹 거리는 폭죽이었다.

다음날 밤도 푹푹 거리는 할머니 같은 폭죽은 희고 작은 미희 손에 5개나 들려 있었다. 폭죽을 들고 당당히 앞장서 걷는 미희의 손이 그날따라 쭈글쭈글한 할머니 손으로 보였다.

갖고 싶어 하던 흰색 털이 수북한 곰 인형은 게임으로 획득하는 건 역시나 무리였다. 앞니가 하나 없어 웃을 때 실없어 보이는 다트가게 아저씨한테 얼마의 현금을 지불하고 나서야 미희 품에 안겨 줄 수 있었다.

신이 난 미희는 초등학생만한 크기의 곰 인형을 목마 태웠다, 다시 가슴깊이 안았다, 이번엔 오호 소리 내며 만지작거렸다. 인형 이마를 쓰다듬으며 '안녕? 너 이름은 모니? 난 미희야." 기분이 좋은지 입 꼬리를 올리곤 후후 웃고 만다.

초등학생 같은 천연덕스러운 모습에 무릎 꿇고 꼭 안아주고 싶은 마음이 들었다.

호텔에 투숙한지 3일째 날 아침 처음으로 뷔페에 들렀다. 매일 밤 과음으로 아침식사 시간에 맞춰 일어나는 건 무리였다.

조식이 포함된 숙박비가 아까웠는지 미희는 '아마 맛없을 거야 호텔 조식 별거 있겠어? 빵 조각 몇 개가 고작이겠지?'

동의를 해줄 때까지 '응응?' 거리며 아이처럼 대답을 보챘다. 침대 이불에 폭 감싸진 미희를 보며 당연하지란 눈짓을 보내면 그제야 다시 눈을 감는다.

기다렸다는 듯 콧소리를 새근거리며 이내 다른 세상으로 여행 삼매경에 빠져버렸다. 아침식사를 마치고 로비 소파에 늘어지듯 몸을 맡겼다. 미희는 검은 철제 책꽂이에 죽 늘어선 잡지 중 남자와 여자가 해변에 누워 있는 표지의 잡지를 탁자 위에 올려놓곤 보는 둥 마는 둥 휙휙 넘기며 불만을 토로한다.

"조식 뷔페 이렇게 잘 나오는지 알았으면 매일 먹는 건데 너무 아까워."

눈은 잡지를 향하는지 테이블 유리에 반사된 자기의 모습을 보는지 정체를 알 수 없는 시선을 하고선 입을 삐쭉거린다.

"자기야 이거 예쁘지?"

주변 관광지가 실린 지도를 꼼꼼히 보고 있는 눈 위로 잡지 안 하얀 원피스를 입고 있는 여자가 보인다.

"응 예뻐."

보지도 않고 건성으로 대답하는 나를 쏘아본다.

“미희가 입으면 너무 예쁘겠다. 쇼핑하러 갈까?”

눈치 채곤 단번에 말을 바꿨다. 이제야 대답이 마음에 들었는지 머리를 쓸어 넘기며 살이 없어 유독 도드라지는 무릎 위로 잡지를 다시 가져갔다.

두 시간 남짓 호텔 로비 소파에 몸을 맡기고 ‘소화가 안 되네, 날씨가 너무 덥네.’, ‘저 여자는 몸매도 안 좋은데 비키니를 입네.’, ‘저 남자는 선크림이 스며들지 않아 달걀 귀신같아.’ 하며 실없는 소리만 하고 있던 우리를 로비에서 몰아내려는지 어려 보이는 호텔 직원 한 명이 다가왔다.

직업적인 웃음을 띠며 인사를 한다.

‘뭐지?’란 눈빛을 읽었는지 재빨리 들고 있던 주변지도를 꺼내 관광할 만한 곳을 빨간 사인펜으로 동그라미까지 쳐가며 열정적으로 추천해준다.

‘과잉친절 아니야?’ 미희와 눈이 마주치자 동시에 고개를 갸우뚱거렸다. 풋 소리 내며 미희가 입을 가린다. 전혀 개의치 않고 라디오처럼 재잘거린다.

국어책을 읽어도 이렇듯 정확하진 못할 것 같다는 생각이 든다. 빨리 말하는 그의 입에서 ‘빨간 물 온천’이라는 말이 귀에 꽂혔다. 다소 선정적인 느낌의 온천이라 호기심에 자리를 털고 일어나 온천으로 향했다.

30분가량 달려 온천 입구에 도착했다. 숱한 세월을 이겨낸 것인지, 부실 공사의 흔적인지 벽면의 흰색 페인트는 가뭄을 견디지 못한 강물

안의 흙처럼 쩍쩍 갈라져 있었다.

맛집은 허름할수록 맛있고, 무인의 고수는 첩첩산중에 들어가야 만날 수 있다는 말처럼 어쩌면 허름한 겉모습의 온천이 숨은 명소가 아닐까란 두근거림으로 들어섰다.

온천의 입구는 초등학교시절 아빠 손을 잡고 갔던 목욕탕의 향수를 불러일으켰다.

"자기야, 왠지 굉장할 것 같아. 온천물에 몸을 담고 나오면 병도 다 나을 것 같은데. 호호."

신비로운 장소가 신이 났는지 연신 깔깔대며 웃는 미희와 한 시간 후 입구에서 만나기로 했다. 한 시간 후 입구에서 만난 미희와 나는 얼굴 한번 힐긋 쳐다보곤 아무런 말없이 주차장으로 걸어 나섰다.

한 걸음 두 걸음 점차 빨라지더니 뛰다시피 하며 밖으로 나왔다. 주차장 이글거리는 태양 아래 눈이 마주치자 미친 듯 땀까지 흘리며 웃어대기 시작했다.

"어땠어?"

웃음소리 때문에 말도 제대로 나오지 않았다.

"설마 자기도 탕 하나였어?"

"응, 여탕도 탕 하나였어. 거기에 샤워기는 다섯 개. 호호호"

조촐하다 못해 동네 목욕탕보다도 협소한 크기의 온천이었다. 옷장은 따로 없었다. 파란색 바구니에 옷과 소지품을 담으면 그만이었다. 매표소에 앉아 의아한 눈빛으로 우릴 바라보던 아줌마의 눈빛이 이해가 갔다. 돌이켜 생각해보면 매표소라고 부르기조차 민망할 지경이다.

녹색 이태리타월이 가득 들어찬 회색의 철제탁자 뒤 돗자리에 아줌마는 배 깔고 누워있었으니 말이다.

"이것도 추억이지 자기야?"

서로의 사랑을 확인한 날부터, 시선이 한군데로 향하게 된 순간부터 내입에선 '바보'란 단어가 미희는 '추억'이란 단어를 습관처럼 쓴다.

맛없는 음식점에 가도, 실수로 컵을 깨뜨려도 '이것도 추억이지?' 하며 묻곤 했다. 그 말 뒤엔 언제나 여운이 남았는데 아마도 '절대 잊지 말아줘. 내가 함께였다는 걸.' 이 말이 하고 싶은 건 아닐까 하는 생각이 들었다.

그 짧고도 강한 여운은 단박에 슬픔이 밀려들어 눈시울이 젖어질까 무섭게 만들었다. 미희와 함께 지내며 마음이 더욱 심약해진 건 확실하다. 약한 충격에도 와르르 깨져버릴 얇은 유리 같은 기분이다.

나는 태연하게 '바보 당연한 걸' 거짓의 목소리로 대답한다.

한여름의 온천은 사람을 진이 빠지게 만들었다. 차 안에서는 목소리까지 쉬어 말도 잘 나오지 않을 지경이었다. 뇌에서 지시하는 단어는 바싹 마른 입안으로 들어가 나오길 거부했다. 시원한 호텔방은 지친 몸을 산뜻하게 만들어줬다. 신발만 벗고 누가 먼저랄 것도 없이 포근한 침대 위로 달려들었다.

해가 서쪽으로 기울어 자취를 감춰 어둑해질 때까지 정신없이 잠들었다.

쏴아, 쏴아, 밀려왔다 다시 밀려가는 일렁이는 검푸른 밤바다는 쉼도 없이 지치지 않는다. 모래는 밀려들었던 바다에 자국을 남긴다. 젖은 모래는 목마름을 안고 소금물이 다시 들어오길 기다린다. 굳게 잡은 두 손에 따뜻한 이슬이 맺히지만 전혀 괘념치 않는다.

앞으로, 앞으로. 다시 돌아오는 길은 생각지도 않고 모래사장의 부드러움을 발끝으로 느낀다.

눈앞의 화려한 조명을 향해서 걷기만 한다. '반짝이는 조명들엔 이곳과 다른 무엇이 있겠지?'

뒤를 돌아볼 여유는 없다. 계속되는 내달림은 겁이 난다. 결승선 도달이라는 성취감이 아닌 작별이라는 허무함은 가끔씩 옴짝달싹 못하게 만들어 버린다. 그래도 나아가야한다. 주저앉아 기다릴 순 없다.

염분 가득한 바닷바람이 온 몸을 휘감았다 풀어주며 몸을 끈적이게 만든다. 소금기로 찰진 미희의 몸은 바싹바싹 메말랐던 그녀를 뇌쇄적으로 느껴지게 만든다. 잡고 있는 손을 몸 쪽으로 끌어당겼다. 힘없이 당겨진 미희의 입술과 포개진다. 입안의 뜨거운 한여름 밤의 열기는 생동감이 느껴진다. 삼삼오오 모여 술을 마시는 젊은 남녀들의 깔깔거리는 웃음소리. 외로운 늑대들이 여우에게 농을 거는 모습. 수군거리며 옆을 지나치는 연인. 가지런히 펼쳐진 검은빛의 바다. 역동성이 느껴진다. 두 눈 가득 심장의 움직임들이 보인다. 내 앞에서 작게 뛰는 심장의 울림이 느껴진다. 언제 꺼질지 모르는 촛불이지만, 마지막까지 열심히 내달릴 심장.

생동감을 더 느끼고 싶다. 눈을 감으면 찾아 올 어둠 속 침묵이 두렵다. 환한 빛을 온몸으로 느끼며, 또렷하게 보고 싶다. 심장의 두근거림을. 울림을. 마음과 달리 눈이 감긴다. 감겨버린 눈 흔들리는 빛의 잔상은 눈 위를 떠돈다. 미희의 선홍색 혀를 통해 입안으로 전해지는 열기에 스르르 몸이 녹아내린다.

부딪치는 파도소리는 귀로 전해지지 못하고 지워진다. 눅눅했던 몸은 산뜻한 차가운 감촉으로 허리까지 감쌌다. 정신없이 빠져든 열기는 허리춤까지 바닷물에 잠기게 만들었다.

"자기야 나 영혼이 빠져나가는 기분이야."

멍한 눈으로 미희는 얼굴을 빤히 바라본다. 그녀의 입술을 그녀의 가슴을 가까이 다시 당긴다. 둘 사이 조금의 틈도 허용하고 싶지 않다. 마주 안고 있는 둘 사이를 여유로이 오가는 바닷물이 야속스럽게 느껴진다.

"사랑해."

하나가 된 입술 안에서 내 목소리가 둘의 몸 사이로 포근하게 전해진다. 다른 단어의 공급이 뇌에서 원활하지 않다. 양 어깨를 감싸 안고 미희와 시원한 바다에 쓰러지며 몸을 담갔다.

'이대로라면 충분하다. 후회는 없다.'

미희도 자포자기하듯 몸을 나한테 맡긴다.

'당신과 함께라면 이게 마지막이라도.'

둘의 몸에선 같은 소리를 낸다.

삐-삐-

"어이 거기 지금 뭐하는 겁니까? 밤에 수영 금지인 거 몰라요?"

"빨리 나와요."

형광색의 조끼를 입고 있는 남자는 날카롭게 소리친다. 미끄러져 들어간 바다 위로 손전등 불빛이 아른거린다. 작지만 소중한 빛.

콧속으로 소금물이 들어가 캑캑거렸다.

추적, 추적 바닷물과 모래로 가득 찬 옷을 입고 모래사장으로 걸어 나왔다.

"자기야 이것도 추억이지?"

지쳐 보이는 얼굴이었다.

귀찮다는 표정으로 손전등을 비추는 안전요원을 바라보며 조용히 고개를 저었다.

며칠간 비운 아파트는 불가마를 방불케 했다.

문에 열쇠를 꽂으며 '집이 최고야 역시'라고 했던 말은 가방 깊숙이 들어가 버렸다.

뜨거운 온기와 시큼한 향. 코끝을 시큼하게 찌른다. 다시 발길을 돌려 어디로든 여행을 떠나고 싶다.

"자기야 이게 무슨 냄새지?"

미희가 이마에 내 천(川) 자를 그리며 묻는다.

"설마 우리 나간 동안 시체가 썩고 있는 거 아니야? 그러게 내가 토막 내서 냉장고 안에 넣어두자고 했잖아."

내 농담에 대꾸도 않고 얼른 부엌으로 향한다. 썩은 시체의 주인공은 포도였다. 열기에 참을 수 없었는지 물러터진 포도 주위로 날파리들이 윙윙거리고 있었다.

"하나, 둘, 셋 ,넷…." 치우기 싫어 파리를 세며 딴청을 피우자 등으로 강스매시가 날아온다.

"자기. 장난치지 말고 빨리 치우세요."

잔뜩 짜증이 났는지 고압적이다. 도착하자마자 썩어빠진 포도를 치우고 환기를 시키느라 한바탕 난리를 치러야 했다.

"미희야. 오늘 와인 먹자는 소리는 설마 안 하겠지?"

한낮의 열기를 식히듯 하늘에서 수직으로 비가 떨어졌다. 싱그러운 여름 밤비. 길게 열린 베란다 방충망을 통해 상쾌한 바람이 타고 들어왔다.

초록빛 숲 사이 남몰래 졸졸 흐르는 물소리가 나지막이 들렸다. 초록 잎사귀 위로 배 비비는 풀벌레 소리도 정겹게 울려 퍼졌다.

모두가 기다리는 살인적 더위 중간의 비였지만 비 냄새는 썩은 포도 냄새를 더 짙게 만들었다.

"자기야 이것 좀 따주면 안 될까?"

쑥스러워하며 건네준 미희의 손에는 와인이 들려있었다.

"낮에 포도 보고 헛구역질까지 하더니 와인을 마시자고? 아직 냄새도 빠지지 않았는데."

두 눈 동그랗게 뜨고 물었다.

"그래서 마시기 싫어? 자기랑 밤에 술 마시는 게 내 낙인데. 여행 내내 베란다에서 자기랑 와인 마시길 얼마나 고대하고 기대했는데. 비까지 내리고…. 자기는 싫구나?"

"그럴 리가 있겠어? 미희가 걱정돼서."

시원스럽게 대답하곤 와인을 받아들었다. 끽끽 소리를 내며 코르크 마개는 나오기 싫다는 듯 억지로 빠져나왔다.

와인 오픈 담당은 언제나 내가 맡아서 한다. 미희는 혼자 잠이 오지 않는 밤이면 종종 와인을 마셨다고 한다. 와인 뚜껑을 열다 코르크 마개가 잘 빠지지 않아 힘주어 빼다 병이 깨진 적이 있다고 한다. 미희가 힘이 세다는 건 여러 차례 등을 내준 덕분에 알고 있지만, 그 정도 일 줄이야.

깨진 병에 손가락을 다섯 바늘이나 꿰맨 자국을 보면 마음이 쓰라려진다.

와인과는 애증 관계라고 늘 얘기한다.

알코올은 확실히 환자에게 좋지 않을 것이다. 하지만 말린다며 힘 빼기는 하지 않는다. 얼마 남지 않은 시간 할애의 문제가 더 중요하다. 마시고 싶은 걸 마시며 수명을 줄이느냐, 참으며 수명을 늘리느냐. 미희에겐 두 가지 모두 생각 밖의 영역에 존재하고 있었다.

베란다 이불 위에 앉아 힘없이 초록의 숲을 바라본다. 초록의 싱싱한 생명력이 미희의 기분을 환기시키길 바란다. 창문틀 위에는 우리가 그간 먹은 코르크 마개가 가득하다. 코르크 마개 하나하나 검은 글씨가 새겨져 있다.

-장보다 싸운 날.

-사랑을 나눈 지 불과 10분전.

-사랑하는 지후 씨가 밥해준 날.

-팩하고 탱탱해진 우리.

작은 코르크 마개에 빼곡히 잘도 썼다.

"짠짜자잔. 오늘은 새로운 안주입니다."

흰 쟁반 위에는 식빵에 딸기 잼을 바르고 그 위에 치즈를 올려 한입 크기로 조각되어 있다. 입안으로 들어간 식빵은 달콤하면서도 담백했다.

"미희야 너무 맛있어. 안주개발에 소질이 있나 봐."

"내가 뭐든 하면 잘한다니깐. 호호"

어깨를 으쓱거린다.

"아참 자기야 코르크 마개 어디 있어? 안주의 탄생일이잖아."

받아든 코르크 마개에 정성들여 쓴다.

-brand new 안주.

밤 베란다.

둘은 오늘도 나란히 앉아 와인을 홀짝인다. 적막함. 숲의 녹색기운과 고요함. 부엌에서 새어나오는 불빛. 베란다 이불 위에 앉은 모습이 창가에 비친다. 비춰지는 미희의 모습은 한층 더 왜소하다. 얼굴도 몸도 반쪽만 존재하는 것 같다. 왼쪽 어깨 위로 미희의 머리 무게가 느껴진다. 어깨가 잠시 놀랐는지 의도치 않게 파르르 떨린다. 창문으로 비치는 미희의 얼굴이 굴절되어 보인다.

두 가지 세 가지 표정이 공존하는 모습이다.

하루 세 시간.

유일하게 미희와 떨어져 있는 시간이다. 현직기자로 알고 있는 미희에게 도저히 백수라고 말할 수 없었다. 물론 어떤 상황과 직업일지라도 이해하리라 믿는다. 실망을 안겨주고 싶지 않을 뿐이다.

적당한 업무 처리만 한다며 집을 나선다. 미희의 아파트에서 걸어서 15분 정도면 도착하는 사우나에서 시간을 보낸다. 작지만 사우나 안에 헬스장도 붙어 있어 간단한 체력단련을 하기엔 그만이다.

처음 들어선 헬스장(러닝머신 세 개와 덤벨 한 개 아령 몇 개가 고작이다.)엔 몸이 축축 처진 벌거숭이 아저씨가 러닝머신을 타고 있는 모습에 아연

실색했다. 그 풍경에 익숙해져 눈인사까지 하며 전라의 모습으로 러닝머신을 뛴다.

자신이 싫어지는 날은 운동도 하지 않고, 뜨거운 탕 안에 한 시간이고 두 시간이고 몸이 퉁퉁 부을 때까지 몸을 담곤 한다. 내가 끔찍이 밉고 싫어질 때는 아무런 전조 없이 찾아온다.

봄이 여름으로 변하듯. 거울 속 비열해 보이는 내 모습이, 헛된 망상들로 가득한 머릿속이, 모든 게 다 원망스럽다. 원망의 끝은 슬슬 자리잡으려 하는 배로 향한다. 허영의 기름기로 가득 차기 전 바로잡고 싶다. 그런 마음도 없으면서 자신을 다시 속인다.

변하고 싶다고.

보통 여느 가정의 가장처럼 회사 회식이 끝나면, 여름이면 아이스크림을, 겨울이면 군고구마를 사 들고 집으로 향한다. 넉넉하지 않을지는 몰라도 온정이 가득한 집으로 들어간다.

봄에는 도시락을 싸들고 한강둔치로 간다. 부인과 손잡고 앉아, 뛰노는 애들과 강아지를 바라본다. 아내는 먹기 싫다는 애들 손을 붙잡고 김밥을 입에 물려준다. 입을 오물거리며 새로 사귄 친구들과 공을 차고 우르르 몰려가며 뛰논다. 마침 나온 보너스로 집 근처 아울렛에 들러 꼬까옷을 한 벌씩 사서 입힌다. 일요일이면 배 위에 아이들을 눕히고 야구를 보고, 라면을 끓여먹는다. 대청소를 하자며 늘어져 있는 남편한테 아내는 잔소리를 퍼붓는다. 양 겨드랑이에 애들을 껴안고 안 들린다는 듯 살며시 눈을 감는다. 저녁엔 식구 다 같이 마트로 향해 삼겹살을 잔뜩 사와 둘러앉아 삼겹살 파티를 한다. 막내아들 녀석은 고기엔 관심 없고 새로 산 로봇에 정신 팔려 로봇을 만지작거리며 엄마가 입에 넣어주는 고기만 씹는다. 막내 녀석을 보면 웃음이 절로 나온다. 어떤 사람으로 성장할지 궁금해진다.

'우리 아들 꿈이 뭐야?' 아들은 로봇에만 시선을 주며 대답한다. '장난감가게 사장.' 식구들은 박장대소한다.

사춘기가 한창인 첫째 애는 밥만 먹고 방으로 사라진다. 방문을 닫고 들어가는 첫째 딸을 보며 부인과 혀를 차며 걱정을 한다. 걱정하면서도 젓가락은 쉬지 않고 상추쌈을 만들어 사이좋게 입에 넣어주고 비어 있는 잔에 소주를 채워준다.

격주 일요일에 한 번씩 부모님을 찾아뵌다. 부모님은 아내와 남편 인사는 안중에도 없다.

'우리 똥강아지 왔어?' 기력이 쇠한 몸이지만 번쩍 안아 들어 통통한 볼에 연신 입술을 가져가신다. 막내는 귀찮은 듯 뺨에 묻은 침을 닦아낸다. 첫째와 둘째 딸들은 슬쩍 인사만 하곤 컴퓨터 방으로 들어가 컴퓨터에 집중한다. 바리바리 보자기에 싸인 밑반찬을 두 손 가득 들고 집으로 돌아온다. 아내와 남편은 둘 다 몰래 부모님의 용돈을 챙겨드린다. 소박하지만 정이 넘치는 부부다.

월요일 다시 상쾌해진 몸으로 출근한다. 직장에서의 스트레스를 참고 일요일을 생각하며 가족과의 소소한 행복을 기다린다. 언제나 그리는 소박하지만 어려운 삶.

돌아가기엔 너무도 멀리 와버렸단 생각에 애통하다.

체중계 위의 퉁퉁 부은 몸. 한없이 초라해 보인다. 얼굴에선 어떠한 연륜도 묻어나지 않는다. 깊이 있는 주름도 한 줄 찾아볼 수 없다.

얼음 맛도 나지 않는 팥빙수. 시원함도 느껴지지 않는다.

아이스크림을 사 들고 들어가야겠다. 미희가 좋아하는 포도 맛으로.

~딩동, ~딩동

한낮에 뜨겁게 내리쬐는 태양이 숨고르기를 하러 들어간 시간. 현관에서 울리는 벨 소리는 더위에 지쳤는지 엿가락처럼 소리가 늘어진다.

"누구세요?"

묻는 말에 밖에서는 아무런 대꾸가 없다. 미희는 신경 안 쓰인다는 듯 베란다 이불 위에 누워 노래를 계속 이어서 부른다. 같은 노래 언제나 같은 부분의 감탄사. 느긋함에 웃음이 흘러나온다. 베란다의 이불은 도대체 언제나 세탁하려는지 갑작스레 궁금해진다.

"자기야 놔둬. 교회 선교 하러 온 거겠지."

~쿵, 쿵

손으로 문을 두드리는 소리다.

"뭐야 이건 너무하잖아."

짜증가득 툴툴대며 현관으로 나갔다. 문을 열자 초로의 한 남자가 서 있다. 고개는 깊게 숙이고 신발을 바라보고 있다. 깊게 패인 주름. 이마부터 정수리까지 듬성듬성 나 있는 머리카락.

"미희 씨 집 맞나요?"

친근하게 미희라고 부른 남자. 살짝 건들기만 해도 또르르 눈물을 흘릴 것 같은 눈을 하고 서 있다. 갑작스러운 정적에 현관으로 나온 미희는 곧 얼음이 되었다.

초로의 남자는 먼 곳을 보고 있는 듯 깊은 빛을 담고 미희를 바라보았다. 미희 얼굴은 순식간 하얘져 혼령이라도 보고 있는 사람처럼 보인다.

남자에게 돌아가려는 눈을 멈추고 미희를 흘겨봤다. 힐문하듯 물었다.

"혹시 그 사람?"

아무 대답 없는 미희의 목젖이 위아래로 심하게 요동쳤다. 입안의 마른침은 계속 식도로 흘러내려 보내나보다. 문 앞 남자의 정체가 감지되자 온몸의 체모가 삐죽거렸다. 등줄기부터 따끔거려 등 전체가 따가워져 참기 어려웠다.

'더럽게 덥다.'

함께 베란다에서 보낸 지 한 달이 넘었던 어느 날. 사랑 얘기가 화두가 된 날이 있었다. 진정한 사랑을 해본 적 없는 난 평범한 거짓 사랑의 스토리를 만드느라 둘러대기 바빴다.

연애는 광대놀이라 말했던 미희였기에 선생님 짝사랑, 그 정도가 고작 일거라 생각했다. 처음 미희와 하나가 되었을 때 남자 경험이 없지 않았음은 짐작하고 있었다. 막상 그녀의 입에서 나온 말은 놀라웠다.

"사랑. 음. 사랑은 자기가 진심으로 처음이야. 사랑 말고 의지한 적은 두 번 있어."

미희는 담담하게 말한다.

"헉. 동성한테?"

"뭐야. 남자한테 말이야."

"이런 말 듣기 싫지?"

미희가 묻는다.

"아니야 해줘. 궁금해."

나는 묵묵히 말한다. 안 한다며 손사래를 치는 미희에게 조르고 졸라 얘기를 다시 시작하게 만들었다.

"대신 그냥 듣고 넘기기야. 질문은 사양입니다."

"오케이"

손까지 동그랗게 만드는 대답을 듣곤 미희는 말을 이었다.

"대학교 1학년 때였어. 학교 공부랑 사시 공부랑 병행하느라 정신적으로도 체력적으로도 모두 바닥이었지. 가끔 담당교수님을 찾아가 넋두리를 했었어. 자기도 이제 알겠지만, 나 친구라고 부를만한 사람이 없었어. 한 번이 두 번이 되고 점차 횟수가 늘어갔지. 점차 교수님한테 의지한다는 걸 알게 됐어. 무서웠어. 누군가한테 의지하려는 나약함이. 아마 부모님 없이 자란 탓에 따뜻함이 더 그리웠는지 모르겠어. 자연스럽게 교수님하고 술자리도 갖게 됐어. 그러면서 잠자리로 연결됐고. 어쩌면 나 여우같이 그러길 원했는지 모르겠어. 사실 교수님은 학교 안에서 인기가 엄청 많았거든. 소문도 많았고. 말할 때는 언제나 '이를테면', '살펴보면'이란 말을 습관처럼 썼는데. 고지식해 보이면서도 믿음이 갔어. 외모는 웃을 때 눈 옆으로 진하게 두 갈래의 깊은 골이 파였어. 주름은 힘든 삶을 산 사람의 그것이 아니라. 개구쟁이처럼 보였어. 회색의 머리칼과 검은색, 흰색이 섞여 있는 거칠한 느낌의 머리였는데 정말 매력적이었거든. 눈은 초롱초롱하고 코는 동그랗고 나이 맞지 않게 귀여웠어. 마치 슈나우저처럼 말이야."

"쳇. 교수랑 그래도 되는 거야? 귀여워? 늙은이가? 몇 살이야 그 노인네. 학교 신고할 거야."

짜증난 목소리로 얘기 중간 씩씩대며 말꼬리를 잡았다.

"이것 봐 이럴 줄 알고 얘기 하지 않는다고 했잖아. 안 해!"

"장난이지 미희야. 장난도 못 쳐? 그럼 대꾸 안하고 듣기만 할게. 미희 모든 거 알고 싶어서 그래."

방금 전의 짜증스럽던 목소리는 뒤로 하고 사뭇 상냥한 척 말했다.

"피."

입을 굳게 다문 미희의 겨드랑이며 발을 간질였다.

"안 할 거야? 이래도 안 해?"

"알았어. 알았어."

졌다는 듯 두 손을 머리 위로 올리곤 얘기를 했다.

"음. 다음엔 별거 없어. 그렇게 만남은 이어졌어. 연인도 멘토도 아닌 애매모호한 관계로. 물론 사랑은 아니었어. 사시 공부하는데 도움도 많이 줬어. 기출문제며, 모의고사 문제며 돈 없는 고학생이었던 터라 너무 감사한 마음이었지. 도움 때문인지 최연소 사법고시 패스라는 영광을 얻을 수 있었지. 그리곤 연수원 들어가면서 관계도 끝!"

"모야, 시시해."

그때를 후회하는지 회상하는지 모를 미소로 와인을 마시며 창밖에 시선을 두는 미희가 애처로워 보였다.

"그럼 두 번째는?"

"두 번째? 로펌서 일할 때 만났던 사람이야. 우리 협력 로펌 직원이었어. 나이 차이가 많이 나는 아저씨였어. 배는 뽈록 나와서 동네슈퍼 아저씨 같은 사람이었어. 외모와 다르게 많이 섬세한 성격이었어. 그 사람은 진심으로 신경 써주고 아껴줬어, 마음이 느껴졌었지. 근데 내가 병원에서 병을 알고 나서 소리 소문 없이 증발해버렸으니 그걸로 관계 끝났던 거지. 그리곤 사랑한다고 주저 없이 말할 수 있는 이지후라는 남자를 만나게 된 거야."

어색한지 고개 숙이고 피식 웃어 보인다.

~딸그락, 딸그락.

커피 받침까지 받쳐져 있는 머그잔은 요란한 소리를 낸다. 아무 말 없이 커피 잔만 들었다 놨다. 10분이 흘렀다. 내 앞의 초로의 남자는 어깨선이 둥글게 떨어졌다. 운동하고는 담쌓고 지낸 모습이다. 한복이 잘 어울릴 모습이다. 이런 순간에도 잘도 엉뚱한 생각에 젖는다.

집 앞 불륜등산객만 드나드는 커피숍. 커피숍 안은 한밤처럼 조명이 어둡게 내려앉아있다. 등산 하러 온 건지 만남이 목적인지 아줌마들의 얼굴은 진한 화장으로 빈틈이 없다.

칸막이 넘어 여보, 여보 부르는 소리, 입 맞추는 소리만 가득하다. 자극적으로 느껴지기보단 토악질이 나올 것 같았다. 이루지 못하는 사이라 여보라 부르는 게 더 극적인 자극을 주는 모양이다.

한심한 종자들. 소소한 가정의 가장으로서 소소한 바람이라. 필수코스로 그것도 가정 속에 넣어야 하는 건지 의문이 들었다.

"저랑 소주 한잔 하지 않으시겠습니까?"

검은 흙탕물에 시선만 떨어뜨리던 남자가 처음 건넨 말이다. 소주 한잔. 땅속으로 꺼질 것 같은 목소리는 무슨 말이 하고 싶은 걸까. 차라리 저 한심한 인간들처럼 감정에 솔직했음 대화가 편하게 이어졌을 것이다. 한없이 깊은 슬픔을 간직한 눈은 돌발적 행동을 저지를 것 같은 기분이다.

여름밤.

가장 좋아하는 계절. 어스름하게 땅거미가 내려앉은 시간. 어쩐지 신나는 일이 일어날 것만 같은 가능성을 듬뿍 담고 있는 시기. 친구들과 어울려 가볍게 마시는 술잔 속에도 즐거움이 가득 들어차 있는 것 같다. 낮에 마시는 맥주도 전혀 이상하지 않다.

좋아하는 여름밤. 머리가 벗겨질까 말까 고민하는 남자와 함께 하는 사실에 현실감이 없다. 종종 만났던 여자들의 남자와 논쟁도 아닌 언어투쟁 비슷한 싸움한 기억은 있었지만, 불가사의한 경험이다.

커피숍을 나와 언덕길 몇 발자국 아래 위치한 막걸리 집으로 들어섰다. 변호사라는 직업과 어울리지 않게 소심한 남자다. 행동도 일부러 조심하려는 요량인지 전혀 박자감이 없어 어수룩해 보인다. 주변에 있는 사람도 답답하게 만드는 인간임에 틀림없다. 강아지처럼 쫄래쫄래 좇아 들어온다. 안쪽 깊숙한 자리 얼굴을 맞대고 앉았다.

말없이 주문한 소주만 몇 잔째 들이켜는 남자를 하염없이 바라보았다. 박치스러운 동작으로 따르고 마시고를 다섯 잔째. 눈 한번 제대로 마주치지 못했던 남자는 결의를 다진 표정으로 나를 응시한다. 현관에 이어 두 번째 똑바로 바라보는 눈빛이다. 흔들림 없는 눈빛엔 총명함과 굳건함이 서려있었다.

"미희와는 어떤 관계십니까?"

나지막한 목소리로 묻는다.

"제가 그걸 정체도 모르는 남자한테 말해야합니까? 경우가 없군요."

한 달 반 전 맞은 필러로 미간에 주름이 잡히진 않지만 억지로 만들어 냈다. 결의를 다질 것처럼 마셨던 소주 다섯 잔이 고작 이런 유치한 질문이었다니. 어이가 없어 웃음이 나온다. 자세를 고쳐 앉고는 안주머니에서 명함을 건넨다.

"저는 이런 사람입니다."

명함을 건네는 모습이 많은 사람이 만들어 준 특유의 거만한 자세로 보였다. 자기 것이라고는 아무것도 없어 보이는 한심한 인간.

"용건이 뭡니까?"

신경질적으로 물었다.

"어떤 관계인지 제 짐작이 맞을 거라 생각하고, 두 번 묻진 않겠습니다. 미희가 많이 아프다는 건 알고계십니까?"

우위에 섰다는 듯 재수 없는 표정에 한대 갈겨주고 싶은 마음이 서린다.

"알고 있는데 무슨 문제 있습니까?"

내 대답에 다시 한동안 말을 잃고 한잔 혼자 따라 마신다.

"저도 한잔 주시죠."

말없이 그 남자와의 술잔은 주거니 받거니 이어졌다.

"미희야. 미희야."

불도 켜지 않은 채 베란다 침대 위에 웅크리고 있던 미희는 휘둥그레진 눈으로 맨발로 뛰어 나왔다.

"뭐야 지금 이 상황을 어떻게 받아들여야 하는 거야?"

현관문에 어깨동무하고 머리가 듬성듬성 나있는 예전에 잠시나마 미희가 의지했던 남자와 껄껄대며 서 있었다.

"뭘 어떻게 돼. 영주 형, 사람 좋더라고. 이런 형님을 진국이라고 하는 건가? 우리 2차는 집에서 셋이 하자고."

머릿속이 훤히 보이는 남자는 들고 있는 와인을 짤랑인다.

"나 참 기가 막혀서, 어떻게 된 거야?"

"미희 씨. 안으로 들어가면 안 될까?"

술 냄새를 풍기며 말하는 남자를 난감한 표정으로 들어오라 손짓했다. 문을 닫고 들어서는 옆구리를 찌르며 도대체 무슨 일이냐며 소곤거린다. 대답하지 않고 거실로 들어섰다.

미희는 소파에 기대 바닥에 앉아 있는 우리 둘을 팔짱끼고 서서 멀뚱멀뚱 쳐다본다.

"미희야. 목 아프니깐 좀 앉아봐."

"미희 씨. 앉아요. 앉아."

우리 둘의 말에 아랑곳하지 않고 부엌으로 들어가 조각 치즈와 와인

잔 세 개를 들고는 바닥에 놓으며 앉았다.

"무슨 일인지 이제 말해줘."

이마의 인상은 아직도 그대로 드리워져있다.

"어찌된 영문인지 얘기해줘."

머뭇거리는 우리 둘을 번갈아보며 큰소리를 낸다.

"영주 형이 좀 취한 거 같으니깐 내가 대신 얘기할게."

미희의 큰소리에 주눅이 들었는지 움츠러드는 남자를 대신해 나섰다.

"영주 형? 자기 지금 뭐하는 거야? 도대체 뭐하는 거냐고."

정신이 번쩍 들 정도로 소리를 지른다. 아까 와는 비교할 수 없을 만큼 볼륨이 높아졌다.

"미희야. 왜 화를 내고 그래 내가 얘기할게"

날카로운 소리에도 개의치 않고 실실거리며 대답하는 내가 얄미운지 매의 눈으로 바라본다.

"지후 씨. 내가 얘기할게요."

남자는 숨을 한번 고르곤 얘기를 이어나간다.

"미희 씨. 내일부터 회사일 끝나고 나 이리로 온다고 했어."

기가 차다는 표정의 미희는 어안이 벙벙한지 아무 말이 없다.

"김 차장님. 그게 무슨 소리에요?"

미희와 남자는 잠시 마음이 찡했던 사이였던 게 어색한 호칭이다.

"회사에서 다 들었어. 많이 아프다고. 갑자기 사라져서 얼마나 걱정했는지. 주변 동료는 아무도 모르기에, 팀장님한테 사정사정해서 겨우 알았어. 그리고 지후 씨한테 들었어."

잠깐 주저하다 다시 입을 연다.

"시간이 사실 얼마 남지 않았다는 거…."

남자는 시선을 어디로 둘지 몰라 방황한다.

"자기, 잠깐 얘기 좀 해."

화가 잔뜩 난 미희와 나는, 멍하니 올려다보는 남자를 거실에 남겨 놓고 베란다로 향했다.

"무슨 생각으로 이런 일을 벌였어?"

인상 쓰며 얘기하는 미희의 입 꼬리를 양손 검지로 위로 치켜들었다. 손을 뿌리치며 얼굴을 쏘아본다.

다시 입 꼬리를 올리자 화낼 기운도 없는지 이내 웃음 짓는다. 웃음의 바이러스는 전이되어 둘은 배를 잡고 한참을 웃었다. 거실에서 어리둥절한 표정으로 남자가 바라본다.

"자기 엉뚱해 정말. 기분 나쁘지도 않아? 자기란 남자 정말 못 말려."

황당한 표정이지만 싫지만은 않은지 입 꼬리는 손으로 올려준 그대로다.

"미희가 복 많은 여자라서 두 남자랑 시간 보낼 수 있는 건 행복 아닌가?"

"자기야 말 같지 않은 소리 하지 마. 자기 한사람이면 나는 충분해. 그러니깐 김 차장님은 돌려보내자."

말은 돌려보내자고 말하지만 알고 있었다. 아직도 가슴 한쪽 영주란 남자의 배려에 대한 고마움과 복잡한 감정이 그림자 져있다는 것을, 문 앞에 남자가 나타났을 때 미희의 눈빛은 모든 걸 말하고 있었다.

미희와 나와의 사랑을 의심하는 철없는 짓은 하지 않는다. 삶의 마침표가 얼마 남지 않은 미희를 위해서 내가 해줄 수 있는 부분은 최선을 다한다. 할 수 없는 부분에 대해 채워주고자 하는 오만한 생각을 갖지 않게 되었다.

둘이 함께 마주 앉은 술집에서 미희의 상태를 알고 있는 남자에게 숨 쉴 수 있는 날이 얼마 남지 않았다고 전했다. 이죽거리는 느낌을 주는 남자한테 한방 먹이고 싶었는지 모르겠다.

충격을 받았는지 남자는 한동안 눈만 깜박거렸다. 결심이 섰다는 표정으로 갑작스럽게 남자는 자리에서 벌떡 몸을 일으켰다.

담뱃재가 수북한 바닥에 무릎 꿇고 저녁시간 하루에 한 번 식사만이라도 셋이 함께할 수 있게 해달라고 애원하듯 부탁했다. 술집에 가득 들어찬 등산복을 입은 불륜 커플들은 수런거렸다.

순식간 술집 안은 낮은 웅성거림만 들렸다. 아들을 버리고 떠났던 아버지가 용서를 비는 듯한 모습으로 비쳤을 것이다. 자기 일보다 남의 일에 더 관심 많은 국민성. 치가 떨린다.

수군거림이 짜증나 일어나지 않으려 힘주는 남자를 가까스로 일으켜 자리에 앉혔다. 고지식한 성격에 한숨이 나왔다. 이 남자도 드라마를 끊어야겠다. 한심한 중년.

남자의 부탁에 동의한 것은 남자의 간절함 때문만은 아니다. 부탁이 없었더라도 내가 도와달라고 했을지 모르겠다. 그래서 미희의 얘기를 전할 때 '얼마 남지 않은 시간'을 강조해서 말했다.

호기롭던 마음은 조금씩 자신감을 잃어갔다. 가끔 고통에 몸부림치며 약을 찾는 미희의 모습은 혼자 감당하기에 너무 큰 무게로 다가왔다.

어쩌면 남자는 나에게 하늘에서 내려준 동아줄 같은 존재인지 모른다. 썩은 것인지, 튼튼한 것인지 분간은 쉽지 않다. 중요한 건 형체만일지도 모른다.

누군가와 상의하고 성급하지만 사후의 문제를 걱정해 줄 사람의 존재만으로도 마음의 위안을 삼을 수 있었다.

사랑하는 사람의 두 번째 죽음.

예정된 죽음은 지독히 두려웠다. 죽음을 기다리는 사람 옆의 난 한없이 작고 초라해져 가기만 했다.

"지후 씨. 오늘은 뭐가 좋겠어? 와인은 집에 있어?"

저녁 5시면 기다렸다는 듯 전화가 걸려온다. 몸에 밴 성실함인지, 미희를 위해 장을 보는 게 유일한 삶의 낙인지, 회의 중에도 몰래 빠져나와 '지후 씨. 중요한 회의라 길게 말 못하는데 뭐가 좋겠어?' 답답할 정도로 제시간에 맞춰 전화를 건다. 5시에서 일 초라도 넘어가면 큰일이라도 나는 모양이다. 저녁식사만으로 당초에 약속됐던 관계는 유야무야 돼버렸다.

술이 약한 남자는 식사 후 마시는 와인 세잔에 소파 위에 안겨버린다. 물론 의도적으로 남자의 잔에는 꾹꾹 눌러 와인을 따라준다. 식탐이 많은 남자는 가득 따라지는 와인을 보며 행복한 미소를 짓는다.

새벽 6시 정각이면 일어나 출근 준비를 한다. 알람소리는 걸 그룹의 댄스 노래다. 아주 삼박자가 고루 맞는 한심한 중년임을 입증한다. 일이 많은 날은 투덜거리며 고동색 식탁에 앉아 잔업을 처리한다. 남은 음식을 처리 할 때의 뒷모습과 사뭇 비슷하다.

미희와 나는 남자가 잠이 들면 베란다로 침대 위에 양반다리를 하고 앉아 하염없이 창밖을 바라본다.

잠이 오지 않는 밤은 이불 안 숨겨둔 와인을 조용히 홀짝홀짝 병째로 나눠마신다. 남자와 마실 때 절대 내놓지 않는 고가의 와인을 꺼낸다. 수학여행에서 선생님 몰래 마시는 학생처럼 키득거린다. 미희 얼굴엔 어린 시절의 소박함이 묻어 나온다. 아마 저런 모습으로 힘차게 살아왔겠지. 미희는 이런 스릴이 꽤나 즐거운 모양이다. 뒤이어 빠지지 않는 말을 잇는다.

"이것도 추억이지?"

슬픈 수렁에 나를 밀어 넣는 말이다. 베란다는 남자가 절대로 침입 불가능한 성지였다. 들어와 보려 몇 차례 시도하는 남자를 미희는 밀어낸다. 따돌림에도 아무렇지 않게 허허 웃는 남자가 안쓰러워진다. 성격이 둔한 것인지, 좋은 것인지. 분간이 어렵다.

베란다 창살에 발톱을 통통거린다. 옆에서 미희 발을 바라본다. 희고 작은 발로 넘어지지 않고 열심히 살아온 미희가 기특해진다. 혈관이 훤히 보이는 발등에 입맞춤한다.

베란다 한쪽 죽 늘어선 와인 코르크 마개 하나가 눈에 들어온다.

-셋의 기묘한 만남.

셋이 처음 와인을 마신 날.

서먹한 분위기를 주체 못했던 날의 추억.

뜻하지 않았던 동거는 차츰 형태가 잡혀갔다. 이를테면 식사 준비와

쓰레기 치우기, 장보기는 대머리 아저씨 담당. 방 청소, 화장실 청소, 각종 정리는 내 담당.

잠자기와 잔소리, 먹기와 눈웃음 짓기, 가장 중요한 오늘의 와인 결정은 미희 담당이었다.

분업이 이루어진 집안은 톱니가 잘 맞물리듯 착착 마찰음 없이 여유롭게 돌아갔다.

여름 장마가 시작된 무렵. 오랜만에 앞치마를 두른 미희는 솜씨 좋게 닭볶음탕, 호박전, 두부무침, 연근 튀김을 만들어냈다.

"이것도 맛있고, 저것도 맛있고."

남자는 입안의 밥풀을 튀어가며 흥분했다. 남자 덕분에 모든 음식이 조금씩 짜다는 말은 할 수 없었다. 식사를 마치고 텔레비전을 조명삼아 셋이 나란히 앉아 와인을 마셨다.

미희는 불쑥 '셋이 이렇게 계속 살았으면 좋겠다.' 고 입 밖으로 냈다. 와인을 마시던 손은 일제히 멈춰 섰다. 이기적인 마음이란 생각보단 미희가 우리와의 시간을 길게 향유할 수 있기를 기도했다.

남자와는 어느덧 친형제 못지않게 우애가 좋아졌다. 가끔 철없이 '영주야. 밥 줘' 혹은 '대머리 아저씨 밥 내놔.' 하며 버릇없게 굴어도, 즐거운지 허허 웃으며 '지후 씨 조금만 기다려.' 대답이 돌아온다.

업무적인 습관 때문에 씨를 붙여 말하는 게 편하다는 남자는 술에 취해도 전혀 흐트러짐 없이 씨자를 꼭 붙여서 말한다.

구멍이 뚫렸다고 해도 어색하지 않을 정도로 어제부터 비는 쉼 없이 내렸다. 비가 내리는 날은 좋은 일이든 안 좋은 일이든 사건이 생긴다.

혼자 바람 쐬러 나갔다 온다며 미희는 웬일로 혼자 밖에 나섰다. 가끔 엄습해 오는 진통 때문에 혼자 밖으로 나서길 무서워했다. 베란다에 앉아 멍하니 굵어졌다 얇아졌다 하는 빗줄기를 바라봤다. 비를 바라보는 순간은 아무런 생각도 없이 조용히 귀를 기울이게 된다. 고요함에 낮게 깔려 드는 청명한 소리에.

열어 놓은 긴 베란다 창문으로 가끔씩 비는 들이쳤고, 비를 피하듯 열었다 닫기를 반복하며 베란다 밖의 물줄기를 응시했다.

"지후 씨, 미희 씨 너무 늦지 않아?"

오이를 썩썩 썰면서도 미희 걱정뿐이었나 보다.

"형. 미희 나간 지 얼마나 됐죠?"

"지금 한 시간하고 삼십팔 분이나 지났어."

지독히 깔끔한 답이다.

"흠. 곧 들어오겠죠. 혼자 시간도 필요하겠죠."

빗소리 듣는 순간을 방해받고 싶지 않아 뚝뚝하게 끊어 말했다.

"몸이 성한 사람도 아닌데 전화 한번 해보지 그래?"

진부한 성격이 가끔은 사람 목을 조인다.

'저러니 대머리 노총각이지.' 말이 목까지 나온다.

"알겠어. 앞에 잠깐 나갔다 와볼게."

피할 요량으로 슬리퍼를 질질 끌고 아파트 입구 쪽에 있는 정자에 앉아 비 감상에 다시 젖었다. 남자가 몇 번 신었는지 슬리퍼가 늘어져 겉도는 기분이다. 빌어먹을 돼지가 허허거리며 웃는 모습이 말풍선처럼 머리 위로 잠깐 그려졌다 사라진다. 뒤잇는 머리 위 말풍선엔 돼지의 두 다리를 있는 힘껏 잡고 패대기치는 내 모습이 그려진다. 혼자 피식 웃고 만다.

먹구름이 가득해 초저녁임에도 어둑한 날씨다. 그럼에도 저 멀리 하얀 바람막이를 입고 걸어오는 미희의 모습만은 또렷이 보인다. 하얀 반바지 차림이 눈사람처럼 보였다. 산 옆이라 쓸려 내려온 토사를 피하느라 이리저리 폴짝폴짝 거린다.

모습이 귀여워 다리를 꼬고 앉아 핸드폰으로 사진을 찍었다. 핸드폰 안의 그녀는 폴짝거리다 갑자기 풀썩 주저앉았다. 생각할 틈도 없이 달려 나가는 찰나 옆으로 검은 그림자 하나가 쑤욱 지나친다. 그림자는 나보다 먼저 달려가 그녀를 일으켜 세운다. 그림자의 발에는 뒤를 꺾어 신은 낯익은 운동화가 보인다.

"내가 그러게 빨리 전화해 보라고 했잖아."

대머리는 옆에 있는 내게 소리소리 지른다. 귀가 먹먹해진다.

"차장님 왜 오버하고 그래. 갑자기 다리에 힘이 빠져서…."

멋쩍은 표정으로 미희를 들쳐 업었다. 남자는 행여나 비에 젖을까, 반 발짝씩 늦게 걸으며 우산을 받쳐 들고 따라온다.

"우산 속에서 빗소리 들으니까 자기랑 처음 만난 날 생각나네. 후후."

남자는 분명 못 들은 척 고개를 돌렸겠지. 방 침대에 눕혀 놓자 기어코 베란다로 나와 눕는다.

"빗소리 듣고 싶어서."

하는 수 없이 미희가 잠들 때까지 함께 빗소리를 감상했다. 쇠기둥에 부딪히며 공명하는 소리는 어느 피아노 건반도 흉내 낼 수 없다. 아파트는 처마 밑에 서 있는 것처럼 빗방울 소리로 가득 찼다.

잠이 깬 미희는 언제 그랬냐는 듯 쌩쌩해졌다.

"이거 사느라고."

손에는 진이 한 병 들려있었다. 봉지 안에는 토닉 다섯 병도 함께였다. 어제 본 토요 심야영화에서 여주인공이 마시던 진 토닉이 마시고 싶었나보다.

푸른색의 원피스를 입은 여자 주인공은 프랑스의 고급스런 식당 웨이팅 바에서 진 토닉을 세 잔 내리 마시곤 추태를 부렸다. 이혼 도장을 찍고 혼자 향한 고급스러운 식당에서 자리를 빨리 내주지 않는다며 주정을 부렸다. 세상 물정 몰랐던 여자가 일방적 이혼을 당하게 되며 삶에 회의를 느끼며, 순간을 즐긴다는 진부한 내용이었다. 화면 속 여자는 자기 합리화를 시키는 요량인지 시종 '까르페 디엠(Carpe diem)'을 외쳐댔다.

그 모습이 맥 빠지게 보였다.

눈을 비비며 미희는 방안으로 다시 사라졌다.

"짠. 원피스 어떻습니까? 여러분?"

남자는 입을 헤벌레 벌리곤 실실거리고 봉긋 올라온 미희의 가슴을 노골적으로 쳐다본다. 모습은 꼭 중년의 변태 아저씨였다. 트렌치코트를 입히고 여 고교 앞에 보내도 손색이 없을 완벽하고 절묘한 표정이다. 기사 머리말에 '잘나가는 변호사의 자극적 사생활.' 이렇게 실리겠지.

"원피스 사러 나갔다 왔던 거야?"

등에 업혀서도 손에 꼭 쥐고 보여주지 않아 생리대쯤으로 오인하고 있었다. 미희는 선물이라며 우리 것도 하나씩 건넸다.

그 안에는 비치팬츠와 보 타이가 들어있었다.

"미희 씨 이게 뭐예요?"

눈치 없는 인간은 항상 끊임없는 질문의 연속이다.

"형, 눈치가 그렇게 없어? 이거 입고 나오라는 거지. 하여간 눈치는 제로예요."

"미희 씨. 이걸 입고 나오라고요? 이 나비넥타이는 그럼?"

내 말은 들은 척도 안 하고 미희에게 묻는다. 조용히 후후 웃으며 기분 좋은지 입 꼬리를 올리곤 가만히 방문만 쳐다본다.

"형 빨리 쫓아 들어와요."

남자의 팔을 붙들고 들어갔다.

"지후 씨. 이거 진짜 입어야 하는 거야?"

"형 빨리 벗어요. 이 정도 부탁도 못 들어주면 집에서 나가야겠는데."

나가야 한다는 말에 놀랐는지 재빨리 벗는다. 이럴 때 보면 저런 인간이 법정에서 변호는 제대로 하는지 의문이다. 예상대로 벗은 남자의 몸은 비루하기 그지없었다. 일등급 한우에서 볼 수 있는 선명한 마블링이 남자의 배에서 보였다.

이혼한 스트레스로 갑작스레 20킬로가 늘었다는 말대로 배에는 살이 터진 자국이 흉물스럽게 남아있었다.

헐벗은 몸에 보 타이를 매고 나온 시답잖은 모습에 미희는 바닥을 데굴데굴 굴렀다.

"어떤 병이든 웃음이 최고의 약이라잖아."

남자한테 속삭이듯 말하자, 가슴을 쫙 폈다 접었다 움직이며 없는 알통을 만들었다. 미스터 챔피언 자리의 선수마냥 포즈를 잡는다. 역시나 박치에 센스 없는 동물이다.

"그럼 파티를 시작해볼까?"

카랑카랑 소리를 내는 얼음 안의 진 토닉을 마시기 시작했다. 허기졌던 우리는 피자, 족발, 치킨을 닥치는 대로 주문했다. 애피타이저로는 남자가 만든 에그 스크램블과 오이절임을 먹었다.

빈속에 술이 들어가자 더 허기졌다.

배달음식은 연이어 도착했다.

우리의 행색이 우스웠는지 혼자 풋 하곤 두 번 쳐다보진 않았다. 그중 피자 배달원은 '파티하시나 봐요.' 하며 너스레를 떨었다. 미희는 벌써 술이 올랐는지. '학생도 일 끝나고 와요. 대신에 저기 남자들 보이죠? 저게 오늘의 드레스 코드에요.'

대머리 아저씨와 나도 흥에 겨워 '와요, 와요.'하며 소리쳤다. 잘 알지도 못하는 아이돌의 노래를 들으며 방방 뛰며 주책없이 신나했다.

-딩동. -딩동.

벨 소리에 서로 얼굴을 쳐다봤다. 필시 아랫집 사는 사람이 올라왔을 것이다. 노랫소리를 줄이고 기괴한 행색은 생각지도 않고 문을 열었다. 채면이 우선인 둘은 방으로 피신했다.

"어머 진짜네?"

나를 빤히 쳐다보며 원피스 차림의 여자가 웃고 있다. 눈은 다리에 고정된 상태로 멍하니 머리만 회전했다.

'안녕하세요?' 문 옆으로 얼굴을 빠끔히 내밀고 한 남자가 인사를 한다. 머릿속이 빠르게 눈앞의 남자에 대한 기억의 단서를 잡으려 내달린다.

"아. 아까 피자 배달원?"

"아하하 네. 아까 원하면 오라고 하시기에."

타고난 넉살이다.

"잠시만. 미희야 일로 와봐 손님이 왔어."

아랫집 사람인 줄 알고 숨어있던 남자와 미희는 슬금슬금 모습을 드러냈다.

"어머머. 진짜 왔네. 들어와요. 준비물은 가지고 왔고요? 호호호."

둘은 젊은 나이의 명랑함과 패기가 있었다. 재미없는 얘기에도 깔깔거리며 좋아했다.

배달원 남자는 이름이 기태라고 했다. 함께 온 여자 친구는 미국 어학연수 시절 만났던 친구로 레이첼이라고 자신을 소개했다. 미희, 나, 영주 형, 기태, 레이첼 이렇게 다섯의 축제가 시작되었다.

취해 몽롱해 연신 광대뼈 아프도록 웃어대는 우리를 끌고 미희는 밖으로 나왔다. 비틀비틀하며 한 손엔 맥주를 들고 있는 다섯의 모습은 가관이었다.

"자기야. 저기 보이지."

손가락으로 가리킨 곳은 야외 수영장이었다.

"응 근데 왜?"

"담 넘으면 안쪽에서 문 열 수 있는 구조야. 내가 예전부터 오다가다 봐뒀어. 자기가 넘어가서 열어주면 안 될까?"

옆에 착 매달려 끈적이는 애교를 부리며 압박하는 미희를 진정시키려 말을 끌었다.

"미희야 그건 법적으로도…."

젊음의 피는 무서웠다. 일말의 주저 없이 '누나 저기 말이죠?' 확인하듯 묻곤 미희의 끄덕임에 거리낌 없이 녹색의 창살을 넘어가고는 문을 열었다.

"Welcome To Paradise."

두 손으로 쇠문을 열며 검게 태닝 된 얼굴을 하늘로 향하며 외쳤다. 목젖이 굵은 만큼 소리도 우렁찼다. 미희와 레이첼은 둘의 얼굴을 보며 깡충깡충 뛰며 좋아했다. 대머리 아저씨도 신이 났는지 두 볼은 빨개서는 "어이쿠 좋아, 어이쿠야. 오늘 이 수영장 내가 접수했어. 꺽."

문이 열리자 달빛에 반사된 반짝이는 물은 세 군데로 나눠져 있었다. 첨벙, 첨벙 한명씩 가장 앞쪽의 사각의 물로 뛰어들었다. 파란색의 수영장 안을 유유히 배를 내밀고 손을 젓고 있는 남자와, 발만 담그곤 기태와 나의 수영시합을 응원하는 두 여자.

은은한 달빛의 조명 아래 꿈속에 있는 기분이다.

-삐삐, -삑

"거, 거기 누구요."

귀에 익은 호루라기 소리가 검고 넓게 펼쳐진 밤하늘 아래 청명하게 울린다. 활짝 열려진 문 사이로 눈처럼 하얀 머리의 노인이 들어왔다. 기태와 어리둥절해 몸이 굳어있는 남자를 끌고 풀장 위로 올라섰다.

발아래 블록들이 산뜻하게 느껴진다. 축축이 젖은 옷을 드라이 하듯 빠른 내달림으로 뒤쪽으로 향했다. 뒤쪽 산기슭으로 이어진 문을 기태는 주저 없이 발로 걷어찼다. 녹이 슬어있는 쇠창살로 만들어진 문은 끽끽 소리를 내며 힘없이 열린다.

방울진 옆얼굴들. 그들의 얼굴에 묻어있는 물방울들은 예고된 것처럼 흩날린다. 귓가에 노래가 흐른다. 치즈로 온몸을 감싸 안을 느끼한 음악의 선율. 각자의 음악을 느끼듯 리드미컬한 발걸음 사이 음표가 생성된다. 한낮의 열기로 뜨거워진 아스팔트는 보이지 않는 파도의 출렁임으로 앞으로 나아가게 만든다.

호루라기를 들고 선 남자는 든든하지만 기역자로 꺾어진 허리로 조용히 사라지는 우리가 다행인지 모자를 벗어들고 땀을 훔쳐낸다.

"잠깐만, 잠깐만."

헉헉대는 미희의 목소리가 낮은 안개를 감싸 안는다. 입을 막아 버리고 싶은 충동이 앞선다. 귓가에 울려 퍼지는 아름다운 선율의 정지를 눌렀다. 여덟 개의 눈동자 안의 흔들림은 각자의 의지를 표출한다.

"행복해!"

뜻하지 않은 장소. 생각지 못했던 말의 여운. 두리번거리며 서로 안식을 찾으려 눈을 이리저리 움직인다. 눈빛의 움직임은 단조로움을 갈

망한다. 앞뒤로 엇갈리며 개선장군마냥 어깨에 힘을 주며 아파트 입구를 향해 은색 빛에 인도되어 한 걸음 한 걸음 내딛었다.

아직 눈에 익지 않은 남녀, 미희, 남자. 한바탕 재미있는 꿈을 꾸고 눈을 뜬것처럼 들뜬 기분이다.

하룻밤의 일탈은 레이첼과 기태와 벌집 안의 끈끈하고 달콤한 인연을 예고했다. 처음 본 기태와 레이첼은 혈기 왕성한 이십대 초반의 나로 단숨에 호흡하게 했다. 어느 자리에서든 우뚝 솟아나 보이고 싶었던 그때의 나. 숨을 들이켜 느끼고만 싶었다.

귓가에 울려 퍼지는 노랫소리처럼 젊음의 폭발력은 지속하기는 어려웠다. 멈추어 버린 아드레날린의 활발한 분비가 아쉬움보단 다른 방식의 감사함으로 다가왔었다.

얼음 속 깊은 차가움. 저변의 활기찬 생동감보다 얼어버린 느긋함을 바랬다. 걸어서 십분 거리인 아파트 입구까지 리드미컬한 움직임들은 눈 깜짝할 사이 도착했다.

파란 조명 아래 놀이터.

사인펜과 칼자국으로 잔뜩 낙서가 서려 있는 나무 벤치 위에 다섯은 줄지어 앉았다. 미희의 요구로 우리 다섯 사람은 얼굴을 꾹꾹 붙이고 핸드폰으로 사진을 찍었다.

"저희 또 놀러 와도 되죠?"

"으아. 당연하지. 또 놀러 와요. 맛있는 음식 해줄게요."

레이첼의 낭랑한 목소리에 대머리는 헐떡이는 숨도 고르지 않고 대답한다.

아침부터 찾아오는 더위는 숨을 턱턱 막히게 한다. 살랑대는 가벼운 바람의 움직임도 없다.

"다녀올게."

남자는 우렁차게 말하며 현관에서 구두를 신는다. 허리 숙여 구두를 신는 남자의 정수리에 송글 맺힌 땅방울이 보인다. 거실로 통해 들어오는 에어컨 바람은 일분, 일분 빨라진 태양의 떠오름에 베란다에서 거실로 우리를 인도한다.

떠오르는 태양은 제일먼저 우리에게 비춰지는 느낌이다. 검게 빛바랜 미희의 사진이 걸려있는 액자 밑. 남자의 출근을 알리는 목소리가 들리고 몇 초 후면 주저 없이 거실로 터벅거린다.

민트색의 이불을 한 장 질질 끌며 나가는 미희 뒤를 반쯤 뜬 눈으로 따라나선다. 나른함은 인위적인 시원한 바람으로 한가득 여유로워진다.

"자기야."

평소와 다름없는 애정이 담긴 목소리로 나를 부른다. 얼굴을 돌려 미희를 바라본다.

"나 욕심 하나만 부려도 돼?"

"당연한 걸."

마음이 놓인다는 표정이다. 민트색의 이불은 이리저리 꼬여 미희 몸과 하나가 되어있다.

"낮에 일 나가는 거 있잖아."

주저하며 조그맣게 입을 벌리며 말하는 목소리에 가슴 한편이 덜컥 주저앉는다. 표정변화 없이 다음 말을 기다린다.

"정말 내 욕심인데, 출근하지 않으면 안 돼? 당분간만이라도. 혹시 회사에 장기휴가 같은 제도 없어?"

낮이면 찾아왔던 고통을 혼자 인내하기 힘들었던 모양이다. 뜨거운 물에 몸을 풀어헤쳤던 자신이 미안해진다.

"당연히 있지. 나 참 바보같이 그걸 안 알아봤네. 이따 회사 나가면 알아볼게. 혹시 안 된다고 하면 멋지게 사표 날리고 들어올게 뭐 그 정도쯤이야."

"정말? 역시 내 남자가 최고야."

몇 번인지 헤아릴 수 없을 만큼 얼굴 가득 입술이 날아온다. 민트색의 이불은 형체를 알 수 없을 만큼 배배 꼬여 들어간다.

첫날의 인연은 계속됐다. 인터폰 앞에 시선을 어디로 둘지 몰라 고전하던 레이첼도, 문 앞에 신발을 벗고 들어서면 머리를 긁적이던 기태도 군더더기 없는 멋진 몸짓으로 집안으로 흘러들어 온다.

띠, 띠 거리며 누르는 현관 키 버튼 소리에 집중할 수도 없을 만큼 미희와 나를 제외한 세 사람의 존재는 집안을 분주히 만든다.

'레이첼 들어오네, 기태 들어온다, 앗 차장님이다.'

미희는 현관 키를 누르는 버튼의 간격만으로 들어오는 사람을 추리했다. 그 추측은 한 번의 오차도 없었다.

기태, 레이첼은 베란다의 침대도, 기묘한 우리 세 사람의 관계도 별다른 설명 없이도 자기중심적인 젊은이답게 물어오지 않았다. 처음 남자를 만나던 날. 기태, 레이첼과 인연이 닿았던 그날.

그들을 관찰했다. 나에게 사람의 '살핌'은 봄이면 꽃피는 이치와도 같았다. 무엇을 원할까? 무엇이 필요할까? 질문은 맴돌았다. 내재한 야수성이 언제 드러날지 모른다는 두려움. 인간을 유용성만으로 가늠했던 통한의 삶.

"누나. 오늘은 스페셜 피자야."

쿠킹호일에 감싸 가져온 피자를 내미는 기태를 보면 자신이 한심해진다. 알고 있는 것. 짐작 가능한 것. 굳이 확인해 타인에게 상처를 입히지 않는다. 자기중심적인 사고는 어쩌면 타인 중심적인 사고로 투영

된다는 생각이 짙어진다.

"자기야 나 콜라 갖다 줘."

밀가루 덩어리를 우걱 거리며 미희는 나를 부른다. 밀가루 안에 탄산을 넣을 수 있다면 부드러울까? 콜라를 들고 식탁에 앉자 피자는 이미 종적을 감추고 난 후다. 아쉬움에 쩝쩝거리는 소리를 따라 시선을 돌렸다.

남자는 누가 뺏어 먹을세라 두 손에 한 조각씩 들고 피자를 씹고 있다. 남자의 모자란 팔을 대신해 콜라 잔에 빨대를 꽂아준다.

"오호, 지후 씨 고마워용."

입은 기름기를 흘리며 애교 섞인 목소리에 어이가 없다.

방송이 끝난 TV 안의 색채는 아름답다. 검은색과 회색의 조화로움의 자유는 끝도 없이 펼쳐진다. 어두운 빛에 의지해 맥주 한 캔을 오른손에 맡긴다.

레이첼도 잠이 오지 않는지 옆에 쪼그려 앉아 멍하니 맥주를 홀짝거린다. 생각지 못했던 방향은 사람을 당황케 한다.

"비가 지겨워 지려고 해요."

낮부터 레이첼이 현관문을 열며 한 말이다. 레이첼이 손에 들고 온 만두를 식혀 먹으며 맥주를 마신게 술의 시작이었다. 뒤이어 남자가 만들어 오는 야채초무침, 우엉조림, 당근 탕수육을 안주삼아 맥주에서 소주로 바꿔가며 술을 마셨다.

마지막은 누가 뭐라 말할 것 없이 작은방의 와인셀러에서 갖고 나온 와인과 과일이 잔뜩 박혀있는 치즈로 마무리 했다.

술기운으로 베란다에 잠에 깊게 빠진 미희와 소파에 축 쳐진 남자를 두리 번 살피더니 레이첼은 말을 꺼낸다.

"지후 오빠, 나 사실 할 말 있는데."

보리 냄새가 코를 찌른다.

"할 말?"

관심 없는 무표정한 눈빛은 레이첼의 톡 나온 이마로 향한다. 한 줄로 질끈 묶은 머리카락이 이마를 돋보이게 한다.

"나 오빠 계속 지켜봤어. 오빤 알 지 모르겠지만, 언덕 초입의 편의점에서."

레이첼 말에 앉아있는 몸에 편의점 유니폼을 걸쳐본다.

"그게 무슨 말이야?"

대수롭지 않게 말을 받았다. 미희가 잠이든 밤이면 홀로 찾아 들렀던 편의점이었다. 잡지를 펼쳐보고, 맥주를 한 손 가득 검은 비닐에 싸주던 편의점.

레이첼의 얼굴은 감감무소식이다. 난감한 얼굴로 바라본다.

"나 기태랑은 그냥 친구 사이야."

무슨 말을 하려는지 쉽게 분간이 되지 않는다.

"그러니깐 자꾸 기분 나쁘게 잘 어울린다느니 잘 해보라느니 그런 말 하지 마요."

농담으로 항상 던졌던 말이 기분을 상하게 한 모양이다. 칙칙 거리며 검은 빛을 발산하는 텔레비전만 바라본다. 레이첼을 보면 풋 하고 웃음이 나올 것 같다.

"기태가 처음 이 아파트로 오자고 했을 때 약간 흥분됐었어. 오빠가 여기 사는 것쯤은 대충 짐작하고 있었거든. 편의점 손님 대부분이 여기 아파트 사는 사람이니깐."

레이첼은 들고 있던 맥주를 바닥으로 옮겨놓는다. 소파 위에서 드르렁거리며 자는 무신경한 남자. 코 고는 소리가 잦아지면 혹시나 들을까 무서워 뒤를 힐긋힐긋 본다. 베란다의 웅크린 미희는 세상모르고 자는 눈치다.

"오빠가 미희 언니 얼마나 사랑하는지 그쯤도 충분히 알아요. 하지만, 하지만."

존댓말과 반말을 오가는 특유의 말버릇은 오늘 더 심해진다. 제어창이 무너져 내린 것 같다.

"그래도 마음 한번 표현하지 않고 아무렇지 않은 사람처럼 지내는 거 너무 힘들어."

오른쪽 발아래 있는 리모컨을 잡아들었다. 행여나 누가 들을까 무서워 시끌벅적한 소리가 흐르는 예능 프로 채널로 바꿨다.

"오빠 듣고 있어요?"

조용하지만 힘이 들어있는 목소리다.

"응 듣고 있어."

"설마, 설마 하며 들어선 집에 기묘한 차림을 한 오빠를 보고 번개 맞은 기분이었어. 인연이라는 생각이 들었어. 소심함에 오빠가 편의점에 올 때면 웃으며 돈 받는 게 다였으니깐. 오빠가 들춰 보는 남성 잡지도 비닐이 붙어있으면 혹시 못 보게 될까봐 뜯어놨어."

언제나 잘 보이는 자리에 남성 잡지는 자리 잡고 있었다. 편의점 주인이 남자라고만 생각했다. 패션과 운동에 관심이 많은 주인이란 생각에 은근한 호감도 느끼고 있었다.

"인연, 운명 이런 말 믿지는 않았는데, 막상 내 앞에 이런 일이 벌어지니깐 믿어보고 싶었어. 혼자만 가슴에 담고 있긴 너무 힘들어서 말했어. 그러니 너무 부담 느끼지 마요. 그냥 머리도 콩콩 때리며 예전처럼 대해줬으면 해요. 술기운에 터져 나왔어요. 미안해. 이해해줘요."

주르륵 쏟아낸 얼굴은 개운함보단 허전함이 보였다.

인연. 쓸데없는 단어에 많은 여자는 목을 맨다. 운명으로 이루어진 굵고 단단한 줄에 의지해 무엇을 만들어 내고 싶은 건지. 얼마나 많은 여자에게 인연이란 단어를 들었을까. 나는 얼마나 많이 이 단어를 사용해 마음을 유린했을까.

"응. 마음 잘 알겠어. 오빠도 기태랑 둘 사이 장난 안칠게. 동생같이 귀여워서 그랬어. 솔직하게 마음 얘기해 준 거 고마워."

"오빤 내가 마냥 동생으로만 보여요?"

레이첼의 한숨에 그간 마음고생이 느껴진다.

"오빠는 미희 정말 많이 사랑해. 미희도 나도 우린 서로가 전부거든. 그리고 , 그리고…."

은은함을 간직한 눈빛은 조용히 얘기를 기다렸다.

"사랑만 해도 시간이 모자랄지도 모르거든."

마음은 생각과 달리 울컥거렸다. 울컥 쏟아낸 말은 미희의 상황과 기묘한 우리 세 사람의 동거에 관해서도 이야기가 이어졌다. 듣는 중간마다 흐느낌을 참으려는지 작은 두 손으론 레이첼은 입을 꼭 막았다.

진실한 밤이 지나고 레이첼은 둘이 누워있는 베란다 침대 안으로 뛰어 들어오지도, 미희와 둘이 바라보는 눈과 눈 사이를 손으로 휙휙 젓지도 않았다.

미희와 레이첼 사이에 보이지 않는 경계선은 그날 밤 이후로 무너져 버린 듯 보였다. 연민으로 오는 감정인지 레이첼은 언니, 언니 부르며 잘 따랐다.

느긋한 일요일의 오후. 기태만이 유일하게 바쁜 존재다. 제일 어리지만 다섯 가족의 가장 같은 느낌이 든다. 어린 가장이 주고 간 딸기 쇼트케이크와 얼 그레이로 입맛 없는 한낮의 허기를 달랬다.

베란다에서 내 배를 베개 삼아 노래를 부르는 미희. 실핏줄이 보이는 얇은 얼굴이 사랑스럽다.

대머리 돼지는 소파에서 오늘도 나올 생각이 없는지 남은 케이크가 상한다며 기어코 다 먹어 치우곤 늘어져 있다. 유난히 딸기 맛을 좋아하는 남자는 딸기 케이크에도 딸기 우유를 곁들여 마셨다.

한번은 집 앞 마트에서 좋아 죽는 딸기 한 상자를 사다줬다. 고맙다는 인사를 하고는 몇 개 집어 먹고는 먹지 않았다. 미희와 나는 의아하게 남자를 봤다.

남자도 시선을 느꼈는지 배를 통통 손으로 튕기며 '나는 과일로서의 딸기는 별로야. 단 것도 있지만 신 거는 도저히 참을 수가 없거든.'

돼지는 우리 셋 중에 음식 기호가 가장 확실하다. 돼지의 확실한 기호 덕분에 아침마다 설탕이 듬뿍 들어간 주스를 한동안 마셔야했다.

알바를 끝내고 놀러 온 레이첼은 자기도 케이크 먹고 싶다며 텔레비전을 보며 연신 툴툴거리며 남자의 배를 노려본다.

미희의 노랫소리를 타고 '언니, 언니.' 부르는 레이첼의 여성스러운 목소리가 들린다.

"응?"

이보다 자애로운 응답의 목소리가 있을 수 없단 생각이 든다.

"우리 목욕 갈까요?"

"진짜?"

"네, 언니. 같이 목욕탕 가서 등도 밀어주고 해요."

"우와. 신난다."

미희는 손을 위아래로 흔들며 흥겨워한다. 목욕 바구니를 들고 사이 좋은 자매처럼 한낮의 태양을 맞으며 밖으로 나갔다.

두 여자가 나가는 문소리와 함께 나무의 감촉이 느껴지는 마룻바닥에 벌러덩 몸을 눕혔다.

"지후 씨."

남자는 내 이름을 부르곤 혼자 헤벌쭉 웃는다.

"기분 나쁘게 왜 웃어?"

대꾸도 없이 껄껄거린다. 돼지의 입안에 딸기시럽을 한가득 짜주고 싶은 충동이 일어난다.

"잘생겨서 좋겠어. 시대를 잘 타고난 건가?"

요즘 들어 생뚱맞은 인간들이 주변에 늘었다.

"내가 어렸을 때는 얼굴도 각지고, 눈도 크고, 이마도 톡 불거져 나와 깊이 있는 인상의 남자가 인기가 많았는데 말이야. 요즘 애들은 곱상한 남자를 좋아한단 말이야. 박력 없어 보이는 연약해 보이는 남자들을."

나한테 들으라는 듯 말을 비꼬며 해댄다. 떠드는 소리가 얄밉게 귓등을 스친다. 냉장고 안 딸기 시럽이 있는지 확인하러 몸을 일으켰다.

"지후 씨는 인기 많아서 좋겠어."

"도대체 무슨 말을 하고 싶은 거야?"

목을 돌려 남자를 바라봤다. 입가에 생크림을 묻혀둔 채 웃고 있다.

신경질적으로 툴툴대던 레이첼은 남자의 배로 향한 게 아니라 입가에 생크림으로 시선이 향했을 거란 생각이 든다. 재잘거리는 두툼한 입가에 파리나 앉았으면 좋겠다.

"여자들이 다 지후 씨만 좋아하니. 나도 이참에 살 좀 빼야 하는 건가? 살이 문제야 살이."

그것만 문제냐는 말이 나오는 걸 가까스로 참았다.

"형은 도대체 무슨 말을 하는 거야? 웃지 말고 얘기해봐."

"왜 이래 내숭은."

재수 없게 조용히 낄낄거린다. 시큰둥한 표정으로 떠드는 소리에 부엌으로 향했다.

"레이첼."

끊어 말하는 목소리는 짐짓 멈칫거리게 만들었다.

"하하. 뭐가 무서운지 연신 뒤를 돌아 나를 확인 하더군."

며칠 전 레이첼과의 대화를 들은 모양이다.

"억지로 코를 드르렁거렸더니 다음날 코 안쪽이 아파서 혼났어."

"형 설마 미희한테 말하지 않았지?"

"요즘 애들이 이해가 안가. 듬직한 내가 눈앞에 있는데 말이야."

이죽대는 남자한테 부아가 치밀었다.

"딴소리 하지 말고 말했어, 안했어?"

"지후 씨를 위해서가 아니라 나를 위해서 집안의 평온을 깨고 싶은 마음은 없어. 이렇게 배려와 속이 깊은 남잔데 말이야."

"자기야."

베란다에 누워 밤하늘의 공허함을 한없이 느끼고 있었다. 눈을 작게 내리깔고 입을 조물조물하며 말할 때면 반드시 따라오는 말이 있다.

"나 부탁이 있는데."

예상대로 따라붙는 말이다.

"응 뭘까?"

경쾌하게 대답을 해주지 않으면 미희의 얼굴은 금세 어두워진다. 최근 더 쇠약해져 말라가고 있는 모습이 안타깝다. 할 수 있는 건 무엇이든 해주고 싶은 마음이다.

"심야 영화 보고 싶어."

"뭐야, 그게 별거라고 당장 보러 가자."

주뼛거리며 입을 다시 연다.

"한 가지 더 있는데. 영화 보고 찜질방."

"찜질방 가면 되지. 우리 공주님이 원하는 건 무엇이든 해요."

아직 만족스럽지 않은지 입 꼬리 한 쪽이 올라가지 않는다.

"양머리라고 수건으로 만들 줄 알아? 텔레비전 보니깐 찜질방 가면 사람들이 으레 하던데."

소심하게 얘기하는 볼 안에 사탕을 물고 있는 아기 같은 모습이다.

"만들 줄 알지 자기야, 양머리 하고 맥반석 계란도 먹고. 좋지? 아참 식혜도 마시고."

"식혜랑 계란?"

되묻고는 그제야 만족스러운지 입 꼬리를 올리곤 작게 소리 내 웃는다.

"마침 심심했던 참인데 심야 영화에 찜질방이라 좋지 좋아."

거실에서 큰소리로 자신의 동의를 표한다. 도청기라도 설치되어 있는지 천장 타일로 이리저리 눈이 움직인다.

"사랑에 빠진 레이첼과 열심히 사는 기태한테 전화해볼까?"

미희는 어리둥절한 눈으로 내 눈을 바라본다.

"레이첼이 사랑에 빠졌어? 그런 얘기 없었는데. 혹시 기태랑?"

다른 날파리들과 함께 데이트를 한다는 사실보다 사랑에 빠졌다는 소리가 궁금한 모양이다.

"에이 형이 장난으로 하는 소리겠지. 얼마 전에 사랑하고 싶다고 텔레비전 보면서 말 한적 있어서 하는 소릴 거야."

둘이 주고받는 목소리 사이로 묵직한 목소리가 끼어든다.

"레이첼은 이십 분, 기태는 삼십 분 안에 올 수 있대."

뚱뚱한 몸은 시키지 않아도 이럴 땐 잽싸다.

"오늘은 내 애마를 이용해서 움직여야 하니 나가서 먼지 털고 있을게 준비하고 내려와용."

애교 포즈인지 어깨를 앞으로 살짝 모으며 엉덩이를 뒤로 뺀다. 기가 막힌 행동이 익숙해져 뭐라 말대답하기도 귀찮다. 삼십 분 후 내려간 주차장엔 레이첼과 기태, 남자 세 사람이 아이스크림을 물고 손을 흔들었다.

"여기야. 여기."

쿡쿡거리며 레이첼은 웃고 있다. 정말 어이가 없는 인간이다. 국방색으로 일부러 도색까지 한 차는 어디서든 한눈에 들어온다.

처음 국방색으로 도색한 차를 끌고 나타났을 때 당황스러워 입을 다물 수 없었다. 고급 세단을 진한 국방색으로 염색한 모습의 차는 아파트로 장을 보고 들어오는 미희와 내 앞으로 미끄러져 들어왔다.

"마트 갔다 오는 거야?"

배로 통 밀며 차문을 닫고 내린 남자는 기세등등하게 말을 걸었다. 한동안 어리둥절한 시선으로 남자와 차를 오가며 눈을 움직였다. 정신세계가 세상과 단절된 게 분명한 인간으로 보였다.

"아, 형 차 색깔이 어떻게 된 거야?"

"차 색깔? 어때? 멋있지? 우리 같은 일하는 사람은 기합이 중요해. 미희 씨도 잘 알고 있을 거야 그치?"

황당한 눈빛을 부러움의 눈빛으로 오해하는 둔감함은 몸에서 나오는 것이 분명하다.

"기합보단 준비가 철저해야 하지 않아요?"

별일 아니라는 듯 무신경한 말투로 미희는 말한다.

"기합하고 국방색은 무슨 상관인데?"

내가 물었다.

"내 인생의 터닝 포인트는 군대였어. 군 시절을 생각하면 절로 기합이 들어가지. 일종에 박력의 상징 정도로 해두지 흠. 지후 씨는 군 생활을 했나? 했으면 내말에 이해가 정확하게 갈 텐데 말이야."

만족스럽다는 듯 어깨에 힘을 주며 배를 통통거렸다. 사람은 사람을 잘 만나야 하고, 강아지와 차는 주인을 잘 만나야 한다. 개라도 한 마리 키우면 분명 국방색으로 염색시켰을 인간이다.

어디서든 한눈에 띄는 국방색 차 안 우리 다섯 사람의 뜨거운 여름은 느긋하게 흘러간다. 이 순간의 여유로움을 담은 여름 밤공기는 평생 잊고 싶지 않다.

밤의 공기를 느끼려 창문을 열었다. 몇 초 후 창문은 저절로 닫힌다.

"지후 씨, 뜨거운 공기 들어와서 더워, 더워."

다시 창문을 내리려 버튼을 눌러도 내려가지 않는다. 룸 밀러로 마주친 남자는 씨익 눈만 웃는다. 뒤에서 창문을 못 열게 락 버튼을 누른 모양이다.

오늘은 돼지가 독재자가 되어도 싸우기 귀찮다.

데자뷰.

오늘 영화의 주제이자 양머리를 한 우리 다섯의 화제였다.

"살면서 데자뷰 느껴 본 적 있어? 그건 혹시 전생이 존재한다는 증

거 아닐까?"

미희가 먼저 운을 띄었다.

"맞아요. 말로 표현되지 않는 상황이나 순간들이 있잖아요. 처음 본 순간부터 지후 형과 아저씨. 누나 셋 다 낯설지가 않은 기분이었던 건 아마도 우리가 전생에 끈끈한 인연은 아니었을까요?"

기태는 평소엔 즉흥적인 인간이지만 사람과의 관계는 소중하게 생각한다.

"과거가 있다면 우리들은 어떤 인연이었을까?"

레이첼은 쿡쿡거리며 말한다.

계란과 딸기 우유에만 관심이 있는 남자는 대꾸 한마디 없이 우걱우걱 씹기만 한다. 가끔 우리들의 대화에 박자 맞추듯 고개만 끄덕인다.

"음. 과거, 전생이 있었다면 말이야."

미희는 곰곰이 생각하는 모습을 보이더니 나를 보며 싱긋 웃고 다시 말한다.

"우리 자기는 방자였을 것 같아 아주 매력 있고 한없이 자유로운 그런 자기한테 이몽룡은 항상 뒤에서 혼나고 배우는 거야. 몰락한 양반의 자식이어서 아는 것은 많지만 어쩔 수 없이 도련님을 모셔야 하는 비운의 남자라고나 할까."

"내가 왜 비운의 남자여야 하는 거야?"

입을 삐쭉거렸다.

"비운의 남자는 왠지 사연 있어 보이고 멋있잖아. 항상 느끼는데 자기가 다른 곳으로 시선을 보내고 있을 땐 나보다 몇 십 년은 더 살아온 사람 같다니깐."

탄성을 지르며 기태가 '그럼 우리는요' 하며 미희의 말을 재촉한다.

별일 아닌 상황에도 기태는 금방 들뜨는 성격이다. 첫날 수영장 문을 발로 걷어찼을 때도, 가끔씩 사들고 나타나는 간식에 우리가 환호성을 지를 때도 기분이 좋아져서는 얼굴까지 빨개지며 흥분하는 타입이다. 감정에 솔직한 기태의 모습은 풋풋하게 느껴진다.

"기태는 우리 자기와 어린 시절부터의 죽마고우였던 거지. 이름은 로또였어. 어린시절부터 골목대장을 하며 친구들 사이에 인기가 좋았던 방자를 로또 역시 좋아하고 많이 따랐었어. 몰락해버려 몽룡의 뒤치다꺼리를 해야만 하는 방자가 애틋해 성인이 되고 난 후 뒤에서 물심양면으로 도와주는 거야. 덕분에 방자는 예전의 명성과 지위를 다시 되찾게 되지. 로또라는 친구는 방자 인생의 로또였던 거야."

'우와, 우와' 추임새를 넣는 기태의 호응은 미희의 병을 레이첼로부터 듣게 된 다음부터 티가 날 정도로 과도해졌다.

"언니 정말 그럴듯해요."

레이첼도 기태 못지않은 반응을 보이며 엄지손가락을 치켜세운다. 미희는 양머리 끝을 손으로 만지작거리며 쑥스러운 듯 미소 짓는다.

기분 좋을 때 웃는 특유의 미소가 아닌 멋쩍은 미소. 어려서부터 수재 소리를 들었던 미희지만 칭찬엔 언제나 부끄러워한다.

"언니, 그럼 나는요?"

"레이첼은 말이지. 그럼 우선 나부터 얘기하고 얘기해야겠다."

생각을 곰곰이 하다 말을 다시 잇는다.

"나는 월매였던 거야."

'에?' 소리 내며 기태와 레이첼, 나는 의아하게 미희를 본다.

"우리 미희는 성춘향이지. 방자와 바람난 춘향이 말이야."

내 말에는 아랑곳하지 않고 하던 말을 계속한다.

"방자처럼 아주 매력적인 여자지. 많이 배우진 못했지만, 기품과 성품을 타고난 여자인 거야. 방자는 그런 나를 언제나 기껍게 생각해. 그래서 기태, 그러니깐 로또의 도움으로 성공을 한 방자는 나를 찾아와 월매가 좋아하는 눈앞에 녹음이 푸르른, 연못이 멋지게 있는 집안에서 어려운 사람을 도우며 살아가는 거야."

탄력 받았는지 쉬지 않고 연신 얘기한다.

"레이첼은 엄청난 부자의 무남독녀야. 어린 시절부터 바다 건너 세상의 풍경을 동경하며 살았지. 월매와는 얘기가 잘 통해 밤이면 바다 저편의 세상을 그리며 얘기를 나누며 우리 둘의 우정은 깊어져 갔어."

잠깐 틈을 미희는 말을 쉬었다.

재촉하는 눈빛들은 미희를 뚫어져라 바라봤다.

"여자로는 최초로 외국 문물을 경험하러 떠나는 거야. 한국인 최초로 레이첼이란 영어 이름으로 개명까지 했지. 루벤스가 그린 '한복 입은 남자'라는 그림의 주인공은 사실은 레이첼이었던 거야. 여자의 모습으로 세계를 돌아다니기에 위험해 남자의 모습으로 돌아다니기 시작한 거지. 세계 각국으로의 긴 여정 끝에 돌아온 레이첼은 사람을 도우며 열심히 살아가는 월매와 다시 만나. 방자와 월매가 배움의 기회가 없어 무지했던 사람들을 돕는다는 사실을 알고는 레이첼도 같이 도와주며 살아가는 거야."

"우와 언니 너무 멋있어요."

"누나 최고야."

다들 혀를 내두를 지경이다. 뿌듯한 기분에 미희의 얼굴을 양손으로 도리도리 한다. 너무 애정표현이 과한 거 아니냐며 투덜대던 레이첼은 은근슬쩍 눈을 피할 뿐이다.

"누나 그럼 아저씨는요?"

남자는 자신의 얘기에 관심이 생겼는지 얼굴을 앞으로 빼고는 귀를 기울인다. 계란으로 가득 차 오물거리는 입으로 미희를 본다.

"아 그건 내가 얘기할게."

다들 초롱초롱해진 눈망울로 나를 바라본다.

"영주 형은 이몽룡이었어. 아주 뚱뚱하고 둔한, 단거면 사족을 못 쓰는 사람이야. 어렸을 때 일화만으로 동네 사람들이 다 아는 먹보인거지."

모두 폭소가 터졌다. 남자는 마음에 들지 않는지 '흥'하며 계란에 다시 시선을 향한다. 7번째 계란. 지치지 않는 식성의 소유자다.

"그 일화는 친구들이 장난삼아 줄에 사탕을 매달고 몽룡이 가는 길에 놔뒀어. 몽룡은 허겁지겁 달려가 잡으려 할수록 앞으로, 앞으로 내달리는 사탕을 쫓았어. 그러다 기생집 안으로 들어가 어린놈이 기생을 훔쳐보러 왔다며 흠씬 두들겨 맞고 쫓겨났었지. 몽룡 밑엔 몸종처럼 부리는 몰락한 양반의 자식인 방자인 내가 있는 거야.

세상 물정에 어둡고 먹는 것만 밝히던 몽룡은 개울가로 끌려가 나한테 혼도 많이 나곤 하지만, 내가 책을 보고 싶다고 하면 부모님을 졸라서 사다 주곤 하는 성품이 착한 사람이지.

결국, 먹는데 눈이 멀었던 몽룡은 배의 충족을 위해 재산을 탕진해버리고, 대부호가 된 방자를 찾아가 호의호식하며 방자의 집에서 요리사로 살아가지."

배를 잡고 낄낄거리며 좋아하는데도 남자는 표정 변화 없이 눈만 움직인다.

"역시 자기랑 나는 이래서 찰떡궁합인가봐."

내 얘기가 마음에 들었는지 오른팔에 꽉 붙어서는 놔주지 않는다. 서로 얘기의 여운을 머릿속으로 되짚고 있는 순간 둔탁한 목소리가 분위기를 깬다.

"어차피 데자뷰 같은 건 뇌의 기억착각이나 신경세포 혼란에서 오는 거야. 전혀 과거 같은 거랑은 상관이 없다는 얘기지."

남자의 말 한마디에 분위기는 삽시간에 냉각되었다. 따뜻한 찜질방마저도 얼어붙게 하는 대단한 존재.

열 살.

인생의 처음 친구들과 동네 영화관을 찾았다. 홀로 집에 남겨진 금발의 남자가 꽥꽥 소리를 질러대며 혼자라는 공간의 자유를 느끼던 꼬마는 외로움으로 가족의 소중함을 느끼게 된다는 전형적인 가족영화였다. 스크린에서 뿜어져 나오는 기운과 영화관의 맛있는 쥐포 냄새와 핫도그, 팝콘 튀기는 냄새 그 공간은 나를 단박에 사로잡았다.

그 무렵 나는 할리우드 영화와 중국 영화에 깊게 빠져들었다. 주인공이 술병을 들고 무술을 구사하면 집에 돌아와 물병을 손에 들고 얼굴에 들이부으며 이리저리 비틀거렸다.

나를 매료시켜버린 주인공이 등장하는 영화는 두 손으로 세도 넘을 만큼 봤다. 영화 주인공은 내가 되었고, 그들의 삶에 들어가 있었다. 길게는 몇 달씩 그들의 모습으로 돌아다니고 행동도, 말투도 똑같이 흉내 냈다.

한창 주윤발과 슈퍼맨에 심취했던 시절. 목에는 음식 냄새가 배어있는 보자기를 묶고, 이에는 이쑤시개를 물고 다녔다. 침 때문에 갈라지는 이쑤시개는 하루에 몇 번씩 갈아서 물었다.

"얘가 왜 이래. 자꾸 이쑤시개로 물고 다니면 이빨 벌어져."

아들의 이가 걱정되는 엄마의 잔소리는 아랑곳하지 않았다. 비교적 넉넉한 용돈 사정으로 옆구리에는 비비탄 총까지 장착되었다.

"지후야."

이름을 부르는 친구들한테 관자놀이에 총을 들이밀며 '윤발이라고 불러라. 안 그럼 이 세상 너의 자취는 찾아볼 수 없을 것이다.' 말도 안 되는 기백에 눌린 친구들 사이에서 윤발이로 불렸다.

고등학교 시절에는 몰래 반입되는 일본 영화에 빠져들었다. 백발로 탈색한 모습을 한 반항하는 일본 고교생의 모습과 오토바이를 타고 자유로이 떠도는 영혼들은 내 마음을 흔들기 충분했다.

영화 속 주인공과 같은 가와사키 오토바이를 타고 다니며, '빠가야로' 빽 하며 고주파의 목소리로 친구들한테 소리쳐 대며 일본의 불량아처럼 행동하고 다녔다.

때로는 멜로 주인공의 자상한 남자로 돌아서 '아아 소우데스까?' 듣기에 가장 부드러워 보였던 일본말을 지껄이고 다녔다.

카멜레온처럼 변화되는 삶은 어린 시절부터 예고됐는지 모르겠다.

계속 이어질 것 같던 더운 날씨도 한풀 꺾였다. 밤이면 뜨거워진 대기를 식히려 예고 없이 투두둑 떨어지는 비도, 짙은 여름의 향기도 서서히 잃어 간다.

바뀌는 대기 온도는 생각 속에 잠기게 한다. 베란다 밖의 풍경을 바라보는 미희와 쇠기둥에 올려진 맨발. 조금 더 지나면 작은 발엔 양말이 신겨있겠지.

여름의 두근거리는 기운도. 어쩐지 무슨 일이 일어날 것 같은 저녁도. 이제는 깊은 동굴로 들어가 버리면, 한 해를 다시 기다려야 한다.

기다린 일 년 후 찾아올 계절 안. 나는 초록의 아름다움과 가슴의 아픔을 동시에 느껴야 한다. 감당할 수 있는 상황만을 느끼며 살기엔 너무 타락해 버렸다.

가슴 아픔은 이겨내지는 못하지만 참아낼 수는 있다.

"자기야 산책하러 갈까?"

거실에 벌러덩 누워있는 남자가 미희 목소릴 듣고 현관으로 달려 나갈까 두려웠다. 거실에 있어야 할 남자는 타닥, 타닥 소리를 내며 고동색 부엌식탁에 앉아 노트북으로 연신 두드려댄다. 배에 걸쳐 끝까지 내려오지 않은 티는 누르스름한 옆구리의 살을 보여준다.

"차장님 저희 산책 다녀올게요."

평소 같으면 따라나설 남자는 손으로 오케이 손짓을 하곤 화면에 얼굴을 기울인다. 집중할 때의 모습은 듬직한 변호사의 모습으로 돌아온다. 산만한 덩치와 웃을 때 내려가는 선한 눈꼬리는 변호를 맡기는 사람으로부터 편안한 신뢰를 담아 줄 것 같다.

미희는 선선한 공기가 이내 못마땅한 모양이다. 검은 탑 위에 입은 흰색의 카디건을 입은 게 답답하다 투정부린다. 매일 깊게 파진 브이

넥 한 장만 편하게 걸친 모습보다 보기 좋다.

야윌 대로 야위어진 양쪽 쇄골엔 물 한 잔쯤은 거뜬히 들어갈 수 있어 보였다. 바짝 마른 몸이 마음에 든다는 미희에게 내색할 수는 없었다.

"딴딴딴 딴따라단단."

기분 좋게 미희는 발로 땅을 차며 박자를 맞춘다. 습기를 머금은 초록의 잎사귀들은 반짝반짝 빛난다. 매끈한 잎사귀들 사이로 손을 마주 잡고 걷고 있노라면 세상이라는 존재도 까마득해진다. 오직 살아 있는 초록의 생명과 두 개의 심장만이 요동치는 느낌이다.

"매미 소리가 나지 않는 밤이네?"

얼마 전까지 짝을 찾으려 쉬지 않고 울어대는 소리 때문에 비행기 안에 있는 것처럼 먹먹해져 침을 몇 번이고 삼켜 넘겨야 했다.

"그러게 왠지 좀 아쉽네."

미희는 말한다.

"지겨웠던 것들도 사라지고 멀어지면 아쉬움이 남나봐."

서운해 하는 미희 얼굴을 보며 말했다.

"내년에 다시 우릴 짜증나게 만들어 줄 텐데 뭐."

희망이라도 주는 듯 미희 손을 꽉 잡았다.

초록의 배웅을 받으며 언덕 아래까지 내려왔다. 단층과 이층의 집들이 조화를 이룬 주택단지가 나온다. 차창으로 지나치기만 했던 곳이다. 오늘은 그 주택단지 안 골목을 돌아보기로 했다. 들어선 골목엔 빽빽이 빨간 벽돌의 집들이 들어차 있다. 같은 디자인의 벽돌집들이 신기하다. 건축 설계자가 한 사람이었는지. 설계도를 돌려썼는지 집들의 모습은 영락없는 닮은꼴이다.

골목 군데군데 설치된 주황색의 조명은 사람을 화사하게 보이게 하면서도 무서운 느낌이 든다. 상회라는 이름이 걸린 조그마한 구멍가게로 희뿌연 조명 빛이 빠져나온다.

주택가의 연륜을 보여주는 가게다. 가게 앞 누렇게 변해버린 장판이 깔린 평상에 미희는 톡톡 터져 신맛이 나는 사탕을 물고, 나는 캔 맥주를 들고 앉았다. 상회 안에는 양파, 파, 고추 ,두부 등 신선해 보이진 않지만 간단한 음식 재료들이 있었다.

외딴 섬 안의 구멍가게 모습을 보는 것 같았다.

"사람 사는 냄새."

눈앞의 이 층 옥상에 걸려있는 옷들이 나부낀다. 바람을 타고 사람마다의 특유의 냄새가 섞여서 바람결에 옮겨간다.

"자기도 느껴져?"

고개를 끄덕이고 평상에 몸을 눕혔다. 흰색 라운드 반팔티를 입고 나왔지만 상관없다. 대머리 덕분에 눕는 습관만 배웠다.

"미희야. 누워봐 별 보인다."

사탕을 문 입으로 고개를 젖히곤 밤하늘의 별을 본다.

"며칠 전에 비가 와서 그런지 하늘이 더 깊어 보이네."

미희는 하아 소리를 내곤 폐 깊은 곳까지 숨을 들이켰다.

"고아원에 있을 때 사람 냄새가 너무 싫었는데. 지긋지긋했어. 생활에서 오는 냄새들이."

고개는 뒤로 젖힌 채 밤하늘을 보며 말한다.

"사회에 발을 들여 놓으면서 향수는 필수품이 됐는데. 회사에 집 냄새를 안고 오는 사람들이 정말 짜증났었어."

누워 있는 얼굴의 턱수염을 만진다.

"자기 오늘 면도 안 했구나? 어쩐지 아까 뽀뽀할 때 따갑다 했어."

"후후, 왜 섹시해 보이지 않아?"

"그러니깐 면도하라고 내 앞에서만 섹시해야 해 자기는."

턱수염 하나를 손톱으로 꽉 쥐어 뽑아낸다.

"아프단 말이야."

"이렇게 짧은데도 뽑히네."

낮은 웃음소리를 내며 한 개만 더 뽑게 해달라고 한다.

"나 자기 만나면서 느꼈는데, 아닌 척 하지만 질투 엄청 많은가 봐. 지금에서야 얘기하는데 레이첼이랑 기태가 처음 왔을 때. 레이첼이 자기 바라보는 눈빛 보고 화가 솟구쳤던 적이 몇 번이나 있다. 자기가 레이첼한테 잘해주고, 챙겨줬으면 나 정말 미쳤을 거야. 생각해보면 어리고 귀여운 모습에 질투를 느꼈나 봐. 자기한테 질투가 아닌 레이첼이란 인간에 대한 질투 말이야."

미희는 후우 한숨을 내쉰다.

"나도 젊음만으로 빛나고 아름다웠던 시절이 있었을 텐데. 도무지 기억이 안 나."

내 오른팔을 일자로 만들곤 팔을 베고 옆에 눕는다.

"미희야 난 자기가 세상에서 제일 아름다운데. 깊은 눈동자 안에 다른 세계가 보일 때 난 당신 앞에 얼어버려. 눈 안에 또 다른 세계를 가진 건 세상에 미희 당신뿐일 거야."

"정말? 어떤 세계인데?"

미희는 오른팔로 몸을 감싸 안는다.

"눈동자 안에 또 하나의 미희의 존재가 살아가는 모습이 보여. 내게 보여지는 모습과는 다른 아무것도 구애받지 않고 활개 치는 보헤미안의 모습 말이야."

"보헤미안의 모습? 나랑 전혀 어울리지 않네. 나처럼 새장에 갇혀만 살았던 사람이."

미희는 얼굴을 들어 내 눈을 뚫어져라 바라본다.

"지금도 보여?"

미희는 입술을 닿을 듯 말 듯 내 입술 위에 숨소리를 흘린다.

"응 보여, 축 늘어진 치마에 헐렁거리는 남자용 웨스턴 부츠를 신고 있는 여자가 키스하고 싶어 안달하는 모습이."

말이 끝나자 입술은 살며시 다가왔다.

"어이구, 좋은 시절이구먼."

상회 안에 앉아있던 흰 백발을 뒤로 질끈 동여매고 있던 할머니는 양동이의 물을 바닥에 뿌리며 말한다. 목소리에 놀라 스프링처럼 튀어 오르듯 몸을 일으켰다.

"예쁘구려. 예뻐. 좋은 시절 많이많이 사랑해유."

아하하 무안해 머리를 긁적이며 인사하고 집 가는 길로 돌아섰다.

"오늘 추억의 한 자락은 처음 뵙는 할머니가 장식해 주셨네."

미희는 만족스럽다는 듯 특유의 미소를 짓는다.

조물조물 아름다운 입으로.

아침부터 무섭게 몰아쳐 내리는 비는 짙은 녹색의 나뭇잎을 떨어뜨린다. 한여름 밤의 축제 마감을 알리는 비. 비 오는 날은 항상 같은 포즈로 베란다에 앉아 있는 미희.

십분 전까지 고통에 몸부림쳤던 얼굴은 사라지고 생기마저 느껴진다.

"비 오는 날을 몇 번이나 더 볼 수 있을까?"

희망찬 대답을 들려주기엔 미희의 목소리가 자조적이다. 가냘픈 어깨로 시선을 낮춘다. 진통제를 몇 알씩 위장으로 떨어뜨려도 고통은 쉬이 사그라지지 않는 모양이다.

이마 옆의 잔머리들은 땀으로 범벅이 되어 형식 없이 들러붙고 갈라져 있다. 얼굴만큼이나 머릿결도 생기를 잃어버려 푸석푸석해졌다. 눈가에 검게 내려온 다크서클과 기미들 깊게 패여 볼품없는 볼. 고통이 찾아온 후의 얼굴은 말로 형용할 수 없을 만큼 심각해진다.

그 참담한 몰골의 자신을 거울에 비춰 확인하면 지옥에 가까운 히스

테리를 부린다.

"왜 날 그런 눈으로 바라봐?"

외면하려 텔레비전으로 눈을 돌려도 어깨를 잡고 흔든다.

"내 얼굴 보니깐 왜 정 떨어져? 말해봐."

자리를 피하려 일어섰다.

"말해보라고, 말해봐. 야. 이지후, 내 꼴이 마음에 안 들면 꺼져 꺼지라고. 다 필요 없어."

고래고래 있는 목청을 다해 소리를 지른다.

"내가 빨리 죽었으면 좋겠지? 어? 죽는 날 기다리지 말고 당장 사라져버려. 예쁘고 젊은 애 만나!"

"하긴 이런 거지같은 꼬락서니를 누가 좋아하겠느냐고. 김 차장 그 인간은 이제 내 얼굴도 보려고 하지 않아. 왜 밥맛이 떨어지나 보지. 어? 이지후 너도 내 얼굴 보면 밥맛이 떨어져? 그래서 빨리 먹는 거야?"

"이리 와서 뭐라고 말 좀 해보라고!"

손에 잡히는 화분을 집어던졌다. 와장창. 깨지는 소리에 부엌 싱크대에 말없이 물줄기에 손을 맡기고 서 있던 어깨가 파르르 떨린다.

베란다 미희 옆으로 달려간다. 눈가엔 아직 닦이지 않은 염분 가득한 눈물이 서려 있다. 미희의 어깨를 힘껏 잡아당겨 안았다.

"말해보라고 이 흉측한 몰골에 정 떨어지냐고."

품 안에서 흐느끼는 소리는 괴성에 가깝다.

"미희야. 당신은 내 눈에 이 세상 누구보다 아름다워. 다른 세상을 느끼게 만들어 준 당신이 있어서 얼마나 행복한지 몰라."

미희는 참았던 눈물을 폭발시킨다.

"미희. 당신의 얼굴을 미인의 기준으로 만들어 버리곤 자꾸 그런 말 하면 가슴속이 아파서 너무 아파서 숨도 쉴 수 없어."

목이 따끔거려 온다.

"온몸을 누가 전기로 지지는지 도무지 따갑고 쓰라려서 죽고 싶어. 당신이 이러면 나 죽고 싶어져."

소리치며 울부짖는 내 몸을 꼭 안아준다. 누가 위로를 받는 건지 언뜻 알아채기 힘든 상황이다. 이제 진정이 되는지 어깨의 흔들림이 점점 작아진다.

"진작 말해주면 좋잖아. 매일 매일 내가 세상에서 가장 아름답다고 말해줘."

부끄러운지 가슴에 얼굴을 숨기곤 꺼내 들지 않고 얘기한다.

"불안해. 자기가 날 떠날까 봐. 불안해 미치겠어. 나 많이 바라지 않아. 하나만 약속해줘. 죽을 때까지만 옆에 있어준다고. 그리 오래 걸리지도 않을 거야. 나 느낄 수 있어. 자기 약속해줘."

몸을 안고 있었던 왼손은 얼굴 위에 새끼손가락만 우뚝 선 채 눈앞으로 다가왔다.

"미희야. 제발 그런 말 하지 말아줘. 제발. 자기가 죽긴 왜 죽어 나버리고 먼저 떠나면 나도 콱 죽어버릴 거야."

진정됐던 눈에선 다시 하얀 방울이 솟구쳐 나온다.

"자기야말로 그런 소리 하지마. 내가 죽어도 자기는 내 몫까지 더 즐기며 살아야 해. 얘기했잖아 달 위에서 자기 기다린다고, 충분히 즐기고 와서 나한테 얘기 들려줘야지. 그때는 자기 어디로 도망도 못 가고 옆에만 평생 있어야 하는데."

마주친 새끼손가락은 굳게 고리를 만들었다.

"자기야."

조금은 안정이 됐는지 평온한 목소리다. 무언가를 원할 때 부르는 톤의 리듬.

"응?"

왼손으로 뼈만 앙상한 미희의 어깨를 감싼다.

"나 죽으면…."

죽음에 관한 얘기가 나오면 끝도 모르고 얘기의 꼬리가 늘어진다.

"그런 얘기 하지 말랬지."

고압적이 되었다.

"그런 얘기 아니라. 소원이 하나 있어서."

한번 숨을 들이켜 마음을 잡는다.

"많이 생각해 봤는데 나 화장해서 뿌리는 거보다 납골당에 들어가고 싶어. 자기가 힘들 때 찾아와 얘기할 말 상대 되어주고 싶어."

미희의 눈은 다시 물을 머금는다.

"나도 알아. 의지할 곳이 없다는 것, 얘기할 곳이 없다는 것. 그게 얼마나 사람을 비참하고 궁지로 몰아 슬프게 만드는지. 적어도 내가 느꼈던 고통은 자기한테 느끼게 만들어 주고 싶지 않아. 죽기 전 소원이야. 해줄 수 있어?"

죽어서도 나를 보살펴 안아주고 싶어 하는 여자. 이 여자의 배려 깊이는 나를 몹시 초라하게 만든다.

"응 꼭 약속할게."

오늘 두 번째 길고 강하게 만들어지는 새끼손가락의 고리. 새끼손가락의 굳은 자물쇠가 뫼비우스 띠처럼 보인다. 형이상학적인 모습으로 안과 밖의 구분 없는 모습. 우리 사랑은 생과 사라는 형식적인 모습과 별도로 계속 이어질 것이다.

"사실은 말이야 내가 계약해 둔 납골당 있는데, 그건 자기가 나중에 자연스럽게 알게 될 거야. 항아리는 특별히 내가 핑크로 계약했으니깐 거기에 예쁘게 넣어서 보관해 줘야해. 나 작아졌다고 소홀히 하면 안 돼."

뭐든 철저한 준비로 이루어진 미희. 죽음이 다가온 순간에도 한 치의 흐트러짐을 용납하지 않는다. 미희에게 세상을 배운다. 후훗 소리 내며 밝게 웃는다.

"아휴. 이제야 속이 좀 시원하네."

기지개를 길게 편다.

떨어지는 양손은 내 목을 감싸고 이불 안으로 끌어당긴다.

둘이 함께 있는 낮에만 미희는 격양된 모습을 보인다. 가족으로 또 다른 자신으로 생각하는 나한테만 화내고 소리친다. 다른 사람들에겐 힘들어도 웃어 보이는 미희 덕분에 주변의 사람들은 더 불안해진다.

휴화산을 앞에 둔 사람들처럼 조마조마하다. 내면으로 강인함만을 외쳐야 했던 미희가 불쌍해진다. 얍삽한 나란 인간의 내면은 가끔 그들과 함께하는 시간에 마음의 안정이 찾아든다.

머리맡에 들려오는 활기찬 핸드폰 벨소리. 뉘엿뉘엿 해가 지는 걸 보니 다섯 시가 된 시간인가 보다. 매일 다섯 시에 틀림없이 전화하는 대머리 돼지.

"지후 씨, 지후 씨 오늘 저녁은 외식이 어떨까? 조미료 전혀 쓰지 않는데 찾아냈거든."

뭐가 그리 신이 나고 급한지 숨도 안 쉬고 떠든다. 오랜만에 외식이란 단어에 어린애처럼 들뜬다.

"자기야."

조금의 오차도 없을 정도로 정확한 리듬과 속도를 구사한다. 무슨 부탁일지 듣기도 전에 무섭다.

"응?"

거실 위 먼지를 빨아들이는 청소기를 잠시 끈다. 방금까지 신나서 노래를 부르다 뭔가 생각이 난 표정이다. 이제 조금씩 옷을 입으려는 단풍들의 활기찬 준비에 미희 뒤 배경은 근사해 보인다. 보라색의 니트를 입은 미희가 유난히 활력적으로 보인다.

"우리 클럽 갈까?"

레이첼이 문제다.

어젯밤 시답잖은 케이블을 틀어 놓고 기태를 제외한 넷이 식탁에 둥그렇게 모여 앉았다. 연어 스테이크가 덜 익어서 비리다며 대머리를 구박하고 있었다.

잠시 흐른 정적에 '여기가 요즘 한창 뜨는 핫 플레이스입니다.' 새된 목소리가 들린다. 레이첼은 밥 먹다 텔레비전 앞으로 조르르 달려갔다.

'우와, 우와' 내뱉는 소리에 미희와 나도 앞으로 갔다. 밝은 금색으로 염색한 남자는 클럽 단상에 올라가 춤을 추다, 들고 있던 샴페인을 사람들을 향해 뿜어댔다. 전형적인 케이블 막 나가는 프로그램이다.

"뭐야 별거 아니네."

두 사람을 끌고 식탁으로 돌아왔다.

남자는 신경도 쓰지 않고 연어의 익지 않은 부분을 발라내느라 사투중이다.

"올리브유를 더 충분히 넣어야 하는데. 불을 약하게 오래 구웠어야 해."

혼자 지껄여댄다. 레이첼은 클럽의 잔상이 남았는지, 한 번 밖에 가보지 않았다던 클럽 얘기를 신이 나서 떠들었다. 미희는 신기한지 '정말?, 어머, 요즘 애들 웃긴다.' 추임새를 붙여가며 들어준다.

시답잖은 얘기뿐이다. '여자는 입장료가 없다느니.', '뒤에서 어떤 남자가 갑자기 안아서 힐로 발을 꾹 눌러 줬다느니.', '핸드폰 번호를 몇 명이 물어봤다.'는 얘기였다.

경험이 없는 사람들의 세세한 기억은 혀를 내두를 정도로 디테일하다. 어젯밤 레이첼과의 대화가 도화선이 되었나 보다.

"살면서 한 번도 클럽에 가보지 않는다는 건 너무 억울하잖아. 자기는 가봤지?"

수도 없이 들락거렸던 클럽이었지만 한 번도 경험한 적 없는 문화라고 둘러댔다.

찢어질 듯 포효하는 스피커 소리. 단상 위에 여유로운 척 손을 흔들며 호응을 자아내는 디제이. 다양한 빛을 받아쳐 바닥으로 밀어내는 밀러볼. 녹색 광선들의 향연.

미희의 고집대로 남자를 제외한 기태와 레이첼 이렇게 넷은 클럽으로 들어섰다. 뿌연 담배 연기가 안개를 만든다. 안개는 피어올라 사람 사이의 이질감과 호감을 만들어 낸다.

기관지가 좋지 않은 미희는 연신 콜록 댄다. 기침하면서 주위를 둘러보는 눈빛은 놀이동산에 던져진 어린애처럼 들떠 보인다.

"자기도 춤춰봐."

기태와 레이첼은 멋진 춤사위를 펼친다. 타고난 리듬감으로 둘은 여유롭게 음악에 몸을 맡긴다.

"난 맥주면 충분해."

미희 손에 들려 카랑카랑 소리를 내는 칵테일 잔과 살짝 부딪혔다.

"자기 나 어지러워."

조명의 반사에도 미희의 얼굴만 아무런 색을 띠지 않는 모습이다.

많은 사람이 내뿜는 연기와 열기는 미희를 탄력적이기 보단 지치게 만들었다.

"응 미희야 나가자."

출구를 바라보며 잡은 팔목에 힘이 빠져나가는 게 느껴진다. 스르륵. 바닥으로 마른 몸은 공기 빠진 인형처럼 늘어진다.

응급실 앞.

셋은 초조해 어찌할 바를 모른다. 레이첼은 놀랐는지 손톱을 이로 물어뜯는다.

"어떻게 된 거야."

복도 끝에서부터 소리치며 남자는 달려들어 온다. 숱이 없는 머리는 휘날려 정수리를 감쌌다 다시 놔줬다 해파리 같은 모양이다.

"그러게 그딴 데를 왜 가는 거야."

"어? 아픈 거 뻔히 알면서 왜 사람을 부추겼어."

강렬한 눈빛에 레이첼은 고개도 들지 못한다.

"죄송해요."

기어들어가는 목소리는 애처롭다. 기태는 힘없이 바닥에 주저앉아 멍하니 응급실만 바라본다. 쓰러진 미희를 둘러업고 병원으로 들어섰을 때 간호사는 익숙하다는 듯 수속 먼저 밟으라고 여유롭게 말했다.

기태는 있는 힘을 다해 고래고래 소리 지르며 빨리 응급실 안으로 넣어달라며 소리쳤다. 기백에 놀랐는지 간호사는 순순히 자리를 내줬다.

"미희가 가고 싶어 했어. 누가 이렇게 될 줄 알았어? 우연한 사고 같은 거라고."

애기는 듣지도 않고 레이첼만 뚫어져라 바라본다. 독기가 담긴 눈빛이다. 비 오는 날 아파트 앞에 이어 두 번째 보는 눈이다.

그날 새벽 중환자실로 미희는 옮겨졌다. 의사는 남자와 나를 방으로 불러 앉히고는 언제 쓰러져도 이상하지 않을 정도로 몸 상태가 악화됐다고 말했다.

길어야 한 달 정도의 시간이 허용될 거라 덧붙였다. 옆 남자의 얼굴엔 검은 절망의 빛이 드리운다. 머릿속은 공회전만 반복한다. '예정된 이별이다' 덤덤하게 생각하려 고통스러워하는 미희를 볼 때면 채찍질했지만 쉬이 마음은 가라앉지 않는다.

가슴이 접힌 기분이다.

기력을 어느 정도 회복한 미희는 남자의 주장대로 일인실로 옮겨졌다. 의사도 손을 놓은 환자. 고통에 활처럼 크게 휘어지는 몸을 부둥켜안아 진통 주사를 맞는 도움밖에 해줄 도리밖에 없다.

3층의 병실 높이는 나무들과 키를 나란히 한다. 병실 창밖은 무심하게 벌써 완연한 가을을 내뿜는다. 색동옷이 눈앞을 수놓는다.

"자기야. 비 왔으면 좋겠다."

기력이 완전히 쇠약해진 몸. 목소리에 생기라곤 찾아볼 수 없다. 침대 위에 누워있는 축 늘어져 덮고 있는 이불 밖으로 자그마한 미희의 발이 보인다.

베란다 쇠기둥을 기분 좋게 통통거리던 발은 퍼런 힘줄만 그때의 감각을 되살리는 것 같아 보인다.

졸졸졸 물 흐르는 소리가 병실 안을 채운다. 비가 보고 싶다는 미희를 위해 분수를 갖다 놨다. 레이첼과 기태와 상의하자 바로 나온 답이었다.

젊음의 신선한 머리는 확실한 회전을 한다. 결과는 대성공이었다.

"자기 물 흐르는 소리 너무 좋아. 마치 비 오는 거 같잖아. 나 어쩌면 비를 보는 것보다 빗소리를 듣는 걸 좋아했는지 모르겠어."

작별.

한 달이라는 시간보다 작별의 시간은 빨리 찾아왔다. 단풍의 가을을 흘려보내기도 전에 아름다움을 발하던 꽃은 결국 시들어 버렸다. 시들어 버린 꽃이지만 특유의 따스한 향기로 안심시킨다.

마지막까지 배려 깊은 꽃. 줄기는 흰색에서 점점 회색으로 바뀌어 간다. 창문 안으로 병원 간판 불만 새어 들어온다.

그녀의 얼굴이 더 창백하게 느껴진다.

오늘이 마지막일지 모른다는 직감. 하늘은 마지막이 다가온 사람에게 신호를 보내나보다. 낮부터 유난히 밝게 기운 내며 가슴에 안기던 미희. 온몸이 떨려 전화 버튼도, 의사 호출 버튼도 누르는 힘이 들어가지 않는다. 식어버린 미희의 손을 잡고 오늘을 이렇게 보내고 싶다.

'굿 모닝'이라고 밝게 외치며 옆으로 드르륵 문을 밀고 남자는 들어왔다. 눈 안의 터져버린 혈관은 약물에 중독된 사람 같은 행색으로 남자를 본다. 아침 도시락을 들고 들어선 남자는 도시락을 바닥에 떨어뜨린다. 누가 봐도 미희는 빛을 잃은 사람임에 틀림없다. 털썩 주저앉아 남자 역시 아무 말도 없다.

조촐한 장례식.

레이첼, 기태, 남자, 나. 우리 넷만 자리를 지켰다. 서로 대화는 필요 없었다. 방해받지 않는다. 하지 않는다. 낮은 조명의 닭장 같은 장례식장 한 칸에 꼼작하지 않고 앉아 있을 뿐이다. 조용히 저마다의 방식으로 미희와 대화하며 이별을 고하고 있는 순간이다.

매정할 정도로 준비가 철저한 여자. 우리 몰래 영정사진까지 준비했다. 밝게 웃고 있는 모습의 사진이 이내 가슴을 찢어지게 한다. 소리 내어 목 놓아 울고 싶다.

한 명이 무너지는 순간 삽시간에 둑은 무너진다. 참고 참아야 한다.

어금니에 꽉 물려있는 양 볼. 입안 붉은 피의 느낌이 가득하다. 작은 입안의 고통보다 얼마나 더 심한 고통을 미희는 온몸으로 받아내며 절규했던 것일까. 손으로 가슴팍을 찢어 버리고 싶다.

우리는 무엇을 위해 살아가는 것인가. 종국에 죽음이라는 종지부는 무슨 의미로 다가오는 것인가.

혼란스럽다.

유한적 삶에 원망스럽다.

감정 없는 피조물이 되고 싶다.

삼일이란 시간은 형체 없이 흘러갔다. 미희의 향기가 가득 들어차 있는 집안 거실. 익숙한 풍경이지만 서늘한 공기에 몸은 오한이 느껴진다.

나란히 식탁 위에 앉아 있는 남자도 나와 같은지 어깨를 움츠린 자세로 검은 가방에선 잔뜩 서류 더미를 꺼낸다. 서류다발이 꺼내 올려진 식탁에 어리둥절한 눈빛으로 남자를 본다.

"지후 씨. 우선 이건 미희 씨 편지야."

핑크색의 편지봉투를 건넨다. 역시 미희답다. 식탁 위의 편지를 소중한 보물 다루듯 가슴에 안고 베란다로 향했다.

아직도 이불이 겹겹이 쌓여있는 우리 둘의 장소로.

dear 지후.

손 글씨로 편지를 쓰는 건 실로 오랜만이야.

글 쓸 힘이 아직 남아 있을 때 흔적을 남겨야겠다는 생각이 들어. 분명히 이 편지가 자기 손에 들려 있는 순간은, 내가 달 위에서 당신을 기다리고 있는 상황이 펼쳐진 후겠지?

분명 김 차장님은 믿고 의지할 만한 사람이야. 당신에게 아이스크림을 먹고 싶다며 투정부려 자리를 비우게 만들었던 뜨거운 점심.

사후 문제에 대해서 의논했어.

그런 세세한 문제까지는 편지로 설명하지 않을게.

김 차장님과 나한테 이중으로 들으면 피곤할 테니깐.

난 우리 얘기만 이어 나갈게.

당신 이지후라는 남자를 처음 본 카페.

아직도 눈앞의 풍경은 세세히 기억이나. 시한부를 선고받은 사람의 머리는 그 순간부터 바쁘게 사진을 찍어대거든.

바쁜 셔터의 움직임에 당신이 들어왔지.

남자답지 않게 새하얗고 빨간 입술은 애기 같은 모습이었어.

귀여운 모습 속에 슬픔이 가득 담긴 눈을 하고 있더라.

살짝만 건드려도 무너질 것 같은 눈으로 나를 바라봤지.

우산 속에서 당신의 손은 듬직해 보였어.

붉게 툭 튀어나온 혈관의 활발한 움직임은 너무 섹시해 보였어.

우산 속에서 덥석 당신의 손을 잡고 싶은 유혹이 들었으니깐.

집안 베란다에서 함께 시간을 보내게 되는 순간 전부터 당신에게 빠졌던 거야.

정확히 말하면 우산 속에서 빠져들었지.

바보 같은 사람.

당신이 기자가 아니라는 것쯤은 단박에 알았어.

자기는 내가 잘 나가는 변호사라는 걸 잊었나 봐.

변호사는 기자들과도 가까이 지내.

이지후라는 사람에 대해 친분을 이용하지 않아도 기자가 아니라는 건 쉽게 알지.

어떻게 알았느냐고?

후후 그건 비밀이지.

동족은 동족의 냄새가 나. 아무리 그런 척 하려해도 아닌 티가 나는 거야.

더구나 특수한 집단들의 냄새는 진하지.

당신의 지갑이 열리는 모습을 보면 가슴이 아팠어.

하지만 모르는 척 했어.

남자는 폼이 생명이잖아.

회사 나가지 말아 달라는 내 부탁에 자기 눈이 얼마나 강아지처럼 변했는지.

내 눈이 거울로 변해 반사 시켜주고 싶더라.

귀여워 안아주고 싶었어. 이제 살았다 이런 얼굴이었지.

귀여운 사람이야 당신은.

언젠가 당신이 그랬지 거짓말의 거짓말은 야누스의 얼굴을 하고 괜찮다며 자기를 위로하는 것뿐이라고.

삶이 앞으로 두 시간이 남았다 하더라도 나는 두려움은 없어.

산더미처럼 쌓여 버린 추억들이 있는데. 무엇이 중요하겠어.

얼마 전 고통의 순간 진통제도 잘 듣지 않는다는 걸 알았어.

내 시계는 더 빠르게 움직이는 거겠지.

진통제도 듣지 않았지만.

자기와의 추억을 곱씹어 보다 보니 그 상황에 집중되고 신기하게 고통이 덜해졌어.

화내고 투정부렸던 내 모습 사과하진 않을래.

사랑의 다른 표현이었으니깐.

대신 이해는 바랄게. 비양심적인 사람이라 욕하려면 나중에 달에서 해줘.

고마워.

마지막 사랑이란 달콤함을 마음껏 느끼고 향유할 수 있게 해줘서.

p. s 약속한 거 잊으면 나중에 만나서 혼납니다.

참. 힘이 들 땐 꼭 찾아와 상의해야 하는 거야.

그리고 혹시나 찾아올 수 없는 상황이 있을까 봐 작은 목걸이 만들었어.

그 안에 나를 조금 덜어 놓으면 돼. 특별 주문 제품이라 방부역할을 하니 걱정 마.

수 천 수 만 번 불러도 짜릿함을 주는 이름 이지후.

당신을 그려봅니다.

그려보는 그림 속 사랑이란 단어만 그려집니다.

참고 참았던 둑은 붕괴했다. 오열에 가까운 울음은 조용히 집안 가득 울려 퍼졌다. 미희의 향이 가득한 베란다의 이불들의 향기는 더 짙게 풍겼다.

온몸을 탐닉하며 하루 종일 시간을 보냈던 공간. 눈앞의 코르크 마개들은 아무 일 없는 듯 일렬종대로 서 있다. 코를 이불에 감싸고 개라도 된 것처럼 킁킁대며 미희를 찾았다. 기괴한 소리의 외침은 계속됐다. 누가 들어도 이해할 수 없는 소리.

미희의 향기는 살포시 몸을 감싸 안아준다.

매정하리만큼 따뜻한 마음의 사람.

사각사각 남자는 평정심을 찾으려는 듯 서류를 앞뒤로 정리한다. 그 모습에 원망의 화살이 날아간다. 이런 개자식. 감정도 없는 개자식.

아닌 걸 알지만, 누군가는 제물이 되어야 한다. 끝없는 지껄임과 고통의 분출구여야 한다. 감정이 진정 될 때까지 남자는 조용히 고동색 의자에 앉아 나를 기다렸다.

후우.

숨을 들이마셔 몸을 진정시킨다. 물을 거칠게 들이마시고 남자 앞에 앉았다. 냉장고 안에만 있다면 결코 썩지도 줄지도 않는 물이 부럽다.

"지후 씨, 이제부터 설명할게. 잘 들어줘."

검은색의 정장을 입고 있는 남자는 호흡을 가다듬는다.

"미희 씨의 사후 재산 처리에 관한 문제는 나한테 위임된 상태야. 우선은 여기 보험 수혜자 성명 확인하고 서명하고 도장 대신 지장을 찍을게."

토씨 하나 흐리는 법 없이 간결하다.

소파에 눌어붙어 있던 돼지와는 거리가 멀다.

"미희 씨는 예전부터 암보험에 들어 있었어. 병을 알기 전부터 계약해 둔 보험인데. 수혜자는 원래 고아원 원장님이었어. 미희 씨가 지후 씨로 수혜자를 바꿨어."

받을 수 없다며 펄펄 뛰며 종이를 찢으려 들었다.

남자는 미희의 유언을 이런 식으로 만들 거냐며 벼락같이 소리를 질렀다.

소리에 눌려 시키는 대로 서명하고 지장을 몇 장에 걸쳐 찍었다.

"우선 이건 됐고. 다음은 집하고 미희 씨 앞으로 개설됐던 펀드 등인데. 그건 지후 씨 앞으로 다 돌아간 상태야."

예전 집 보증인이 필요하다며 인감과 신분증을 빌려간 적이 있었다. 목에 매달린 핑크색의 상자 안 미희가 후후거리며 올라간 입꼬리가 보인다.

바보 같은 나를 위해서.

그날 밤.

와인셀러 안. 미희가 아까워 마시지 못하고 바라만 봤던 빈티지 와인 한 병을 꺼내들었다. 베란다 침대 위에 새빨갛게 핏빛으로 저물어가는 태양을 바라보고 앉았다.

고요한 집안의 소리는 미희의 목소리로 가득 차는 느낌이 든다. 병째로 입으로 가져가 세 번에 걸쳐 비웠다.

값비싼 숙성된 포도는 위속에 잠식됐다.

코르크 마개를 들고 처음이자 마지막이 될 순간을 기록했다.

-홀로 추억해 본다.

"hey. where are you from?"

"me? korean."

"oh. korean. you are so handsome."

뜨거운 태양 아래 초콜릿색으로 변해버린 피부는 녹아내릴 것 같다. 핑크색 상자는 목에 걸려 반짝반짝 거린다.

비치 앞 조그마한 바는 낮부터 술을 마시는 서양인들로 북적거린다. 귀에 익숙한 말은 한마디도 들리지 않는다.

낯설음이 오히려 편안하다.

볏짚을 이어 만든 지붕과 달리 술집 파란 조명 아래 푹신한 소파들로 가득한 현대적인 모습이다. 꽃의 향기로움을 잃어버려 시들어버린 일주일 후. 시간이 존재하지 않을 것 같은 섬으로 여행을 왔다. 태국에서 배를 타고, 타고 들어와 이름도 들어보지 못한 곳에 내렸다.

미희가 마지막 존재를 확인해달라는 듯 내 앞으로 남긴 돈은 40억이었다.

북한산의 집은 아직 처분 전이다.

음기가 충만한 집은 별장으로의 용도로도 필요 없다.

모든 계획은 생각대로 움직였다.

소화 장애를 겪고 있어 종종 병원에 들르곤 했다. 의사와의 친분으로 별도의 예약은 필요 없이 언제든 달려갈 수 있었다. 삼 일째 소화가 안 돼 고전하던 나는 병원을 찾았다. 진료실 안에서 나온 여자는 다리에 힘이 풀리는지 바닥에 바로 주저앉았다.

통명스럽게 내리 비치는 하얀 조명과 흰색의 타일위의 온몸이 검은색으로 치장된 여자는 저승사자처럼 보였다.

죽을병이라도 걸렸나.

쯧쯧, 입술이 마주쳤다 떼어진다.

“선생님 오랜만이에요.”

여자를 곁눈질로 내려보고 진료실로 들어섰다.

“아이 참, 지후 씨 보고 싶었는데 왜 이리 요즘 얼굴을 안 보여줘요.”

나한테 흑심을 품고 있는 여자. 10살 연상의 여자는 내 앞에서 관능적인 모습을 어필하려는지 살색의 스타킹을 한번 쓸어 올린다.

직업만 든든한 여자. 언감생심이다. 감히 나를 넘볼만한 여자가 아니다. 눈가에 가까스로 주름을 만들어 웃어준다.

“아참 근데 방금 나간 여자는 무슨 일이에요?”

“지후 씨 봤어요?”

“네 봤죠. 나오자마자 털썩 주저앉던데요.”

가슴으로 들이대는 은색의 무미건조해 보이는 청진기를 바라보며 말했다. 은색의 딱딱한 물체에 얼굴이 길어졌다 옆으로 늘어지며 일그러진다.

“참 안됐어요. 위암 말기에요. 장래 촉망 받는 여자가 안됐지 뭐예요."

의사의 말은 이랬다.

병원 앞 큰 로펌회사와 주기적 거래를 해왔는데 아까 본 여자는 바쁘다는 핑계로 정기 검진 한번 받지 않았다고 한다. 로펌 안에서도 잘나가기로 유명한 여자는 근래 몸이 눈에 띄게 안 좋아져 병원을 찾았는데, 오늘 끔찍한 통보를 받게 됐다는 거다. 앞으로 길어야 반년이라는 확정을 받았다고 한다. 눈이 번뜩이고 귀는 얼굴만큼 크게 확장되었다.

"그러니 지후 씨도 정기 검진 빼먹지 말고 받아요. 괜히 저 걱정시키면 안돼요."

머리가 아플 정도로 하얀 병원에서 보았던 여자와의 만남은 생각보다 쉽게 이루어졌다.

병원 건너편 그녀가 다니는 로펌회사 밑 커피숍. 이틀째 하는 일 없이 잡지로 시간을 때웠다.

비가 오는 그날. 여자는 멍하니 입구에 서 있었다. 허탈한 표정의 여자는 더없이 순진해 보인다. 순진한 여자는 모 아니면 도다. 성공이든 실패든 확실한 결과를 준다. 뜨뜻미지근한 답은 존재하지 않는다. 생각이 많았던 여자는 달콤한 입술과 쉬폰케 같은 부드러운 속삭임에 품 안에서 허우적거렸다.

그물 안에 걸려든 물고기와 숲이 우거진 자연의 그림을 자랑하는 집에서 한살림이 시작됐다.

미희와의 동거는 순풍에 돛을 단 것처럼 흘러갔다. 한순간 난항을 겪을 사건이 발생됐다. 김영주라는 대머리 돼지가 뜨거운 한낮 문 앞에 모습을 보였던 순간이었다.

더운 날씨만큼 짜증스러웠던 남자의 등장은 생각과 달리 일을 해결하는데 순조롭게 만들어줬다. 법적인 문제를 자신의 일인 양 남자는 발 벗고 나서줬다.

잠자는 척 하며 유산 문제에 대해 숨죽이며 대화를 나누는 그들의 소리를 듣곤 속으로 쾌재를 불렀다. 아이스크림이 먹고 싶다며 밖으로 내보내는 순간엔 아무것도 모르는 눈빛으로 밖으로 내몰리는 연기를 했다.

몇 십 억에 달하는 대형 프로젝트는 그렇게 서서히 윤곽을 만들어 졌다. 고통에 몸부림치는 여자의 짜증, 시답잖은 소원 들어주는 것쯤은 우스운 일이었다. 시한부 선고를 받은 여자와의 로맨스. 남자 주인공 역할은 몸에 감기듯 혼연일체가 되었다.

숨소리 속에서도 근심, 걱정이 가득한 연약한 남자로 호흡했다. 완벽한 각본의 드라마 속에서 여자는 사랑이라는 기적을 가슴에 품고 사라졌다.

그녀가 세상과 단절된 후에도 순정남의 역할에서는 한동안 헤어나지 못했다. 바라봤던 창밖의 짙은 녹색의 풍경들은 망막 위에 잔상처럼 서려있다.

직업적으로 오는 상대적 박탈감이려니 다독여본다.

자신을 다시 되찾으러 떠난 여행은 정처 모를 곳으로 나를 이동시킨다. 한 번도 해본 적 없는 목걸이는 목 위의 묵직한 느낌으로 자꾸 아래로 고개를 숙이게 만든다.

가슴팍에 흔들리는 핑크색 상자. 원앙 두 마리는 부리를 맞대고 있다. 작은 상자 안에서 미희가 입술을 삐쭉이 내밀고 있는 듯 보인다.

목걸이를 들어 상자 위로 입맞춤을 한다. 차가운 금속성이 입술로 전해진다. 나지막이 상자에 속삭인다.

"이것도 추억이지?"

자기야! 너무 빨리는 아니더라도.
인생의 마침표를 찍게 되면 달 위에서 만나는 거야.
그리곤 멋지게 탱고를 추는 거지. 낭만적이지?
달 위에서 춤추는 우리. 그림자는 멋지게 지구 위로 드리워지겠지?
세상 모든 사람이 부러워하는 그런 연인의 그림자로 말이야.

맛소금

제임스 딘.

부서질 것 같은 눈빛의 남자는 사랑이란 감정으로 처음 젖어들게 만들었다. 그가 세상과 작별한지 정확히 20년 후 9월 30일 나는 태어났다.

제임스와 운명의 고리는 세상의 빛을 보게 된 날부터 시작되었다고 굳게 믿었다. 찬란한 그의 존재를 알게 된 건 축복을 받으며 세상에 나온 지 15년 후였다.

어려서부터 부모님은 비디오 대여점을 운영하셨다. 마음껏 비디오를 볼 수 있었던 덕분에 중학교 무렵부터 미국 고전영화에 매료되어 갔다.

〈에덴의 동쪽〉에서 주머니에 손을 찔러 넣은 올백 머리의 흔들리는 눈빛의 남자. 그는 언제 꺼질지 모르는 촛불처럼 위태로워 보였다. 그의 모습은 소녀 마음 속 피어나지 않았던 모성애를 자극시키기에 충분했다.

모성애로 시작된 사랑은 핑크빛 불꽃이라는 씨앗을 남겨 마음을 환하게 밝혀주었다. 주변에서도 제임스에 대한 사랑은 유명했다. 당시

유행했던 두꺼운 합판지로 만든 필통, 책 표지는 제임스 사진으로 도배 되어 있었고, 읽지도 않을 만화책이며 잡지에 제임스 딘의 사진과 브로마이드가 실려 있다면 서슴없이 사들이곤 했다.

제임스에 집착하는 모습에 주변 친구들은 '딘 마누라'라며 비꼬듯 불렀다.

'딘 마누라' 이보다 더 행복한 호칭이 있을까? 불리는 것만으로도 황홀감에 빠져들게 만드는 별명은 자꾸자꾸 불리길 바랐다.

'잘 살아 보세'의 새마을 운동 시대였던 아버지는 작은 방안 틈 없이 가득 들어차 있던 포스터를 보면 "뱃속에 기름만 차서 요즘 계집애들은 정신이 나갔다."고 늘 입버릇처럼 말씀하셨다.

내 위로는 두 명의 못난이 오빠가 있다. 어려서부터 모범생으로 통했던 큰오빠와, 지나친 오지랖의 작은오빠. 큰오빠와 달리 작은오빠는 사람들과 어울리기를 좋아한다. 학교가 끝나면 어김없이 친구들을 몰고 집으로 왔다. 작은오빠 친구들은 하나같이 시끄럽고 정신없었다. 끼리끼리 논다는 말처럼 오빠 친구들은 전부다 끼리끼리 어울렸다. 잘생긴 외모에 자상한 성격의 오빠 친구는 영화에서 만들어 낸 가상인물일 뿐이었다.

혹시나 하는 영화 같은 기대를 해보곤 했지만 오빠 친구들을 볼 때면 긴 한숨만 나왔다. 실망감은 제임스에 대한 집착을 심화시켰는지 모르겠다.

"빨리 살고, 일찍 죽는다. 그래서 아름다운 사랑을 남긴다." 제임스가 자주 했던 말은 옷장 문 뒤에 붙어 있었다. 그는 그의 말대로 아름다운 사랑을 남기고 너무 서둘러 돌아올 수 없는 곳으로 여행을 떠났다. 글귀를 보고 있으면 그가 살던 시절로 시간여행을 떠나는 기분에 사무쳤다.

열려 있던 옷장 문에 붙은 글귀를 본 작은오빠는 쪼르르 아버지한테 달려가 일러 바쳤다. 당장에 방으로 달려온 아버지는 무슨 생각으로 사는 거냐며 호통을 치셨다.

아버지 손에 뜯긴 종이는 갈기갈기 찢어졌다. 작은 오빠는 찢겨져 나뒹구는 종잇조각들을 실실거리며 손으로 주워 모았다. 찢겨진 종이 위의 글귀는 쓰레기통으로 버려졌지만, 그의 말은 깊은 사랑에 대한 동경을 심어주었다.

고등학교 졸업까지 꿈은 오로지 하나였다. 미국의 인디애나주에 가 보는 것. 막연한 꿈의 이유는 단 하나. 사랑하는 그 사람의 흔적이 고스란히 남겨져 있는 박물관이 있기 때문이었다. 그의 채취를 온 몸으로 느끼고 담아내는 것이 유일한 꿈이었다. 다른 친구들처럼 캠퍼스의 낭만을 꿈꾸며 열심히 공부를 하지도 않았고, 연애에 대한 원대한 꿈에 부풀어 있지도 않았다.

아버지는 나와 반대로 이루고자 하는 꿈에 대한 열정이 대단한 사람이었다. 전기회로 납품 업체를 운영하던 아버지는 사업 실패로 비디오 대여점을 운영하게 됐지만, 사업에 대한 열정은 언제나 식지 않았다. 식지 않는 열정에 보답이라도 하듯, 빚을 얻어가며 다시 시작한 건설 납품 사업이 크게 성공했다.

아버지의 사업 성공으로 비디오 가게를 통해서만 들어갈 수 있던 작은 방 세 개가 나란히 연결된 집에서, 정원까지 딸린 2층 집으로 고등학교 1학년 때 이사를 했다.

2층은 오빠 둘이 차지했고, 나는 1층 거실 옆에 붙어 있는 방에서 지냈다. 여유가 생긴 집에서는 여자도 배워야 한다며 과외 선생님까지 붙여가며 채찍질 했다.

나는 공부에 전혀 취미가 없었다. 성적은 언제나 중하위권에 머물렀다. 오빠 둘은 예외였는지 둘 다 호랑이가 기세등등하게 바라보는 학교로 입학을 했다.

"지혜야. 네가 여대에만 입학하면 아버지가 미국 보내주신대."

햇볕이 쨍쨍히 내리쬐는 일요일 오후. 엄마는 침대에 누워 잡지를 보고 있는 내 옆에 앉아서 말씀하셨다. 엄마가 침대 위로 앉을 때 느껴졌던 출렁임이 가슴속까지 출렁이게 만들었다.

도무지 공부에 취미 없는 딸을 위한 극약 처방이었다. 약효는 바로 행동으로 나타났다. 당시는 해외여행이 자유롭던 시절이 아니었다. 입버릇처럼 미국을 가고 싶다고 말하고 다녔지만, 미국으로 가는 건 꿈속에서나 가능한 일이었다.

돈에는 인색하지만, 약속만큼은 어떤 일이 있어도 지킨다는 게 아버지의 철칙이었다. 아버지의 약속에 미국행 실현이 가능할 것이라 믿어 의심치 않았다.

상상 속에서 그려보고, 그려봤던 제임스의 체취가 가득한 그곳. 그곳을 갈 수 있다는 희망은 꿈이 아닌 10대의 인생 최대 목표로 바뀌었다.

생애 첫 해외여행은 두려움이 가득했다. 잘 다녀오라며 안아주는 엄마 품 안의 심장은 뜨겁고 두근거렸다. 오빠 둘은 가족 중 제일 먼저 비행기를 타보는 내가 얄미운지 입이 퉁퉁 불어서는 잘 갔다 오라는 말 한마디 없었다.

꿈을 현실로 바꾸기 위해 검은색 지렁이가 어지러이 꿈틀거리는 책을 밤낮으로 붙들고 살았다. 아버지와 약속한 학교는 손에 잡힐 듯 가까이 느껴졌다. 하지만, 내 생각과 달리 현실은 냉정했다. 불합격이라는 차가운 결과를 통지해 줬다. 어느 때보다 열심히 했던 모습을 지켜봤던 가족들은 위로의 말도 조심스레 건넸다. 감정 표현이 무딘 아버지는 훌쩍이는 내 얼굴을 가슴 깊이 품었다.

미국으로 가지 못한다는 현실보다, 물거품이 되어버린 노력의 결과를 받아들이기 힘들었다. 짧은 인생에 처음 겪는 좌절. 좌표를 잃어버린 배처럼 어디로 움직여야할지 몰랐다. 눈은 하루하루 땅을 보는 데 익숙해졌다.

나는 그렇게 좌절 앞에 고개 숙였다. 며칠째 내린 눈은 지나치는 차들로 단팥죽처럼 변해 있었다. 창밖을 바라보며 서 있는 내 마음과 같왔다.

적막한 갯벌 한가운데 빠져있는 내게 엄마는 소리치며 방으로 들어오셨다. 인생의 나락에 서 있는 외로운 흐느낌을 구원하는 목소리는 '추가 합격'이라는 엄마의 환희에 가득 찬 목소리였다.

10일 일정의 미국 여행에는 아메리칸 드림을 꿈꾸며 날아갔던 이모부부가 LA에서 나를 위해 인디애나주로 오기로 약속해 주셨다. 아버지는 딸과의 약속을 위해 이모 부부의 비행기 티켓도 끊어주셨다.

가족에게 유난히 무뚝뚝했던 나는, 아버지한테 고맙다는 인사도 쑥스러워 제대로 하지 못했다. 당시에는 비행기 안에서 물 안에 수면제를 타서 준다느니, 일부러 술을 권해 취해 잠이 들면 지갑을 훔쳐간다는 말 같지도 않은 소문들 일색이었다.

엄마는 한몫 더해 바지 안쪽에 천을 덧대서 안주머니를 만들었다. 안주머니에 여권과 돈을 넣고 다니라고 신신당부하셨다. 안쪽 주머니에 들어간 여권과 돈은 한쪽을 축 처지게 만들어 우스꽝스럽게 보였다.

15시간 넘게 하늘을 가로지르며 날아가는 비행기 안에서 물과 기내식은 손도 대지 않았다. 엄마가 싸준 달걀과 감자를 화장실에서 숨죽여 먹었다. 화장실 물은 시큼한 맛에 소독약 냄새가 났다. 화장실로 검은 봉지를 들고 들락거리는 나를 의아한 눈들로 바라봤지만, 나는 기내식을 받아먹는 그들의 모습이 병든 닭처럼 보였다.

긴 시간의 힘든 비행에도 제임스를 만난다는 생각은 몸을 짜릿하게 조여 왔다. 영화 속처럼 하얗고 높을 줄만 알았던 날씨는 금방이라도 눈물이 쏟아져 내릴 듯 남색의 짙게 내려온 하늘이었다.

이모 부부와는 8년만의 재회였다. 훌쩍 커버린 나와 다르게 둘은 변함없는 모습에 여유 있는 웃음을 지을 수 있는 부부였다. 이모 부부 옆에는 카우보이모자를 쓴 갈색 머리의 키가 큰 남자가 서 있었다.

나를 보자 오랫동안 알고 지냈던 사이처럼 반갑게 껴안으며 인사를 했다. 생애 처음 안겨본 남자의 품 안에서 어리둥절한 눈은 이모 부부를 찾았다.

눈 안의 물음표를 읽었는지 이모는 가이드라고 소개했다. 영어라면 자신 있었지만 완벽한 미국식 발음은 당황케 만들었다. 제임스와 같은 고향에서 태어났다는 마크는 웃는 모습이 개구쟁이 같았다.

이모 부부는 뒷자리에 나는 마크 옆 보조석에 앉았다. 마크의 입은 쉬지 않고 떠들었다. 반은 알아듣고 반은 알아들을 수 없었지만 마냥 즐거웠다.

제임스가 살았던 훼어마운트로 가는 길. 마크는 제임스가 어려서부터 모터사이클을 타고 다녔던 길이라고 설명했다. 차창 밖으로 손은 쉼 없이 셔터를 누르기 바빴다. 제임스가 차 사고로 운명을 달리하게 됐던 교차로에 처음 차를 정차시켰다.

교차로에는 제임스 딘이 사고 난 장소라고 알리는 글씨가 녹색 보드 위에 쓰여 있었다. 녹색 안에 흰색으로 쓰인 제임스의 이름은 건조하게 메마른 치즈스틱 같았다. 눈치 없는 이모는 앞에 서서 사진 찍으라고 했지만, 대답 없이 차로 돌아갔다. 사진을 찍으라고 다시 말하는 이모한테 '됐어요.' 단호하게 대답했다.

대답과 함께 울컥 쏟아져 나오려는 눈물을 가슴으로 밀어 넣었다. 두 번째 잠깐 정차한 곳은 제임스의 묘였다. 묘 앞의 묘목들을 보며 한창이나 서성였다. 감정의 소용돌이는 어디서 시작된 건지 끝을 알 수 없었다. 제임스 묘석 위에 나란히 놓인 담배와 라이터, 동전들. 그 옆을 장식하고 있는 자그마한 성모마리아와 시들어버린 꽃들. 비석 위에 있는 담배를 하나 꺼내 물어 불을 붙여 보았다.

생애 처음 들이마셔 보는 담배 연기. 양파를 한입 가득 베어 문 느낌이 들었다. 이모 부부는 뒤쪽 공원을 산책하는 중이라 몰랐지만, 마크는 그러면 안 된다고 손을 저었다.

콜록, 콜록 마른기침이 흘러 나왔다. 눈물과 콧물이 얼굴로 쏟아져 내렸다. 담배는 빨간 빛을 간직한 채 검지와 중지 사이에 끼어있다. 마크는 내 모습에 포기한다는 듯 두 손을 으쓱 올리고는 나무에 기대어 섰다.

묘지에서 10분쯤 달리자 그토록 꿈에 그리던 제임스 박물관이 보였다. 온갖 사진과 장식, 잡지, 한쪽에서 끝임 없이 흘러나오는 제임스 주연의 영화들.

그 안의 공간은 마치 깊은 품속으로 빨아 안 듯 받아 주었고, 나 역시 그 안에 녹아내렸다. 다른 사람의 손에 제임스가 사용했던 소장품들이 반듯한 유리관 안에 놓여 있었지만, 그의 숨결을 느낄 수 있었다.

한 번도 맡아 본 적 없는 향기가 박물관 가득 풍겼다. 나는 시가 냄새일거라 근거 없는 확신을 했다. 한바탕 담배 연기에 흘러내린 눈물

때문인지 눈물은 더 이상 흐르지 않았다.

대학 3학년. 미팅에 소개팅 끊임없이 끌려 다니며 시간을 보냈다. 미팅에 나오는 남자들은 시시껄렁한 남자들뿐이었다. 어떻게든 술을 먹이려 들었고, 마음대로 되지 않으면 금세 토라져 버렸다.

나는 또래 친구들에 비해서 술이 센 편이긴 했지만, 취하게 마시지는 않는다. 비틀거리며 집 안으로 들어서자마자 현관에 버티고 있던 아버지한테 쫓겨났었다. 간신히 술이 깨고서야 집으로 발을 들일 수 있었던 날의 기억은 비참했다.

시시한 남자들 때문인지 가슴 한편 제임스에 대한 사랑은 여전히 지속되고 있었다. 방 안은 사랑을 확인하듯 3년 전 미국에서 사 온 제임스의 시계, 티, 모자들로 한쪽 면을 장식해 놓고 있다.

제임스 덕분인지 수많은 미팅에도 불구하고 나는 아직껏 남자 손 한 번 잡아본 적 없었다. 첫 미국 여행 때 마크를 안아본 게 남자의 전부였다.

내가 좋다며 쫓아다니는 남자도 적잖게 있었다. 가끔 집 앞에 기다리고 있는 남자들을 보면, 아버지는 여자가 끼를 흘리고 다니는 거냐고 호통을 치시곤 했다. 나는 변변한 대꾸 한마디 못하고 방 안에서 제임스만 바라볼 뿐이었다.

학교, 집, 미팅, 도서관, 가끔씩 다니는 수영장이 내 삶의 전부였다. 특별할 것도 행복할 것도 없었다. 삶의 무료함에 지쳐 아르바이트를 시작했다.

한창 번화가를 중심으로 종합쇼핑몰이 많이 만들어졌다. 나는 쇼핑몰 꼭대기 층에 있는 영화관에서 알바를 시작했다. 물론 영화도 좋아했지만, 그보다 유니폼을 입고 일하는 모습이 마음에 들었다. 흰색 블라우스에 검은색 조끼, 조끼가 특히 마음에 들었다.

은근히 몸의 볼륨감을 살려주는 옷의 맵시는 자신감을 솟게 했다. 유니폼이 좋아 알바를 시작했다는 말에, 같이 미팅을 하며 몰려다녔던 대학교 친구들은 생일날 검은색 조끼를 선물해 주었다. 지나치게 신경 쓴 것처럼 보일까봐 밖으로 입고 나간 적은 한 번도 없었다. 몇 번씩 외출 전 입어보고 벗기를 반복하다 결국은 침대 위로 툭 던져 놓고 나갔다.

"일찍 들어오너라."

나가는 문소리에 언제나 겹쳐 들려오는 아버지 목소리. 저 목소리가 두려워 화장도 진하게 하지 못하는 내가 한심스럽다.

언제나 깔끔한 정장 차림의 남자는 알바하고 있는 쇼핑몰 모든 여자들의 관심을 한 몸에 받고 있다. 흐리멍덩한 눈의 남자는 어제도 술을 마셨는지 한 손에는 헛개나무 음료를 들고 있다. 주변 남자들의 말을 대답 없이 시큰둥하게 듣고 있다. 눈빛은 무슨 생각을 하고 있는지 도무지 종잡을 수 없다. 쇼핑몰의 경영적인 부분을 담당하는 남자는 쇼핑몰 회장의 아들이라는 소문이다.

일주일에 한 번 휑하니 둘러보고 휙 사라져 버리는 남자는 억지로 하는 모습이 역력해 보인다. 회장 아들이라는 건 일하는 여자들의 입에서 입으로 전해져 이제는 공공연하게 알고 있는 사실이 되었다. 남자의 목소리를 처음 들은 건 영화관 한쪽 테이블이 다섯 개 남짓 놓여 있는 사주 풀이 장소였다.

"그래서요?"

"계속해 보세요."

말총머리를 한 사주 풀이 하는 남자의 말에 이 말만 되풀이했다. 나는 타로카드 보는 걸 즐기는 편이다. 옆에서 고압적으로 말하는 그의 목소리 때문에 도무지 집중이 되지 않았다. 나도 모르는 사이 온 신경은 옆으로 쏟아져 있었다.

"에이 됐어요."

마지막 한마디를 하고 남자는 일어섰다. 사주가 마음에 들지 않는지 신경질적으로 일어섰다. 남자는 뒤에서 기다리던 중년의 남자들을 달고 사라졌다.

다음 날부터 사주를 보던 장소는 스티커 사진기가 자리 잡았다.

직원 전용 엘리베이터는 타는 사람이 별로 없다. 에스컬레이터를 적극 이용하라는 매니저의 명령이 있었지만, 언제 그만둬도 상관없는 나는 언제나 엘리베이터를 이용했다.

10층에서 문이 열리고 한 남자가 올라탔다. 흐리멍덩한 눈빛의 그 남자였다. 나보다 머리가 하나 더 위에 있는 남자를 당돌하게 쳐다봤다.

"저도 여기 직원이랍니다."

남자는 겸연쩍은 듯 나를 내려 보며 말했다.

"혹시 여기 사장님이세요?"

발랄하게 물었다.

"에?"

황당한 듯 물끄러미 바라보는 남자는 기가 차다는 표정이다. 순식간에 엘리베이터는 1층에 멈춰 섰다. 나는 내렸고, 남자는 지하로 내려갔다. 1층에 잡다한 세일 품목들을 지나쳐 나오면 버스 정류장이 있다.

집으로 돌아가는 길은 언제나 버스를 이용한다. 두 번 갈아타야 하는 번거로움이 있지만 지하철의 적막함이 싫다. 버스 안에서 흘러나오는 편안한 디제이의 목소리, 출근 때와 사뭇 달라진 화려한 차창 밖의 풍경 감상은 질리지 않는다.

'빵빵'

검은색 스포츠카는 경적 소리를 내며 앞에 멈춰 섰다. 내려간 창문으로 엘리베이터에 있던 남자가 보였다.

"사장인 게 왜 궁금하죠?"

올려다보는 이마에는 두 줄로 주름이 잡혔다. 얼굴은 처음 보는 웃음 띤 얼굴이었다. 웃는 얼굴보다 무표정한 얼굴이 더 잘 어울린다고 생각했다.

"다들 궁금해 해서요."

뒤에 도착한 버스로 뛰어가며 대답했다.

일주일 후. 엘리베이터에서 그를 다시 만났다. 나는 12층에서 그는 10층에서 탔다. 네이비색 정장을 입고 있는 남자는 유난히 길어 보였다. 옆에 나란히 서서 그는 아무 말 없었다. 좁은 엘리베이터 안의 서먹한 공기와 그에게서 풍기는 향수 냄새는 숨 막힐 것 같았다. 그날의 당돌함과 달리 나는 주눅 들어 있었다. 엘리베이터 문 위의 숫자의 변화만 눈으로 쫓았다.

5층.

작은 내 손 안으로 굵고 뜨끈한 손이 들어왔다. 내 손을 포개 잡은 그는 시치미를 떼고 숫자의 변화만 바라보고 있다. 침묵 속에 윙윙거리며 도르래가 돌아가는 소리만 요란하다.

1층.

나는 내리지 못했다. 아니, 정확히는 얼어 있었다.

지하 3층.

뜨끈한 손에 이끌려 그의 차로 갔다. 그의 가냘픈 듯 애원하는 눈빛은 가슴의 한쪽을 낚시 바늘로 꿰어낸 것 같았다. 버스에서 언제나 듣던 여자 디제이의 목소리가 나왔다. 디제이 목소리는 안심을 가져다준다.

"먼저 씻어."

남자는 엘리베이터 안에서부터 잡고 있던 손을 호텔에 들어가서야 놔줬다. 거부할 수 없게 만드는 목소리였다.

종종걸음으로 욕실로 향했다. 수만 가지 상상은 머릿속에서 이리저리 휘몰아쳐 가슴이 먹먹해졌다, 뜨거워졌다.

'씻자.'

가슴 속 용기를 불어 넣었다.

'나쁘지 않아.', '어차피 해봐야 할 것 아니야.', '그래. 그래.' 처녀를 버리는 건 두렵지 않았다. 육체관계가 사랑만으로 이어진다고 생각할 만큼 어수룩하지는 않다. 샤워기 물줄기는 머리 위에서 가슴으로 발끝으로 완만한 곡선을 그리며 떨어져 내려간다. 소리 없이 이내 배수구로 흘러 들어간다.

발끝 벗겨진 분홍 페디큐어가 보인다. 쪼그려 앉아 손톱으로 뜨득뜨득 밀어냈다. 축축해진 몸을 두툼한 흰 타월로 정성들여 닦아냈다.

'늘 영화에서 보던 대로', '그래 보던 대로 자연스럽게.'

자기 최면 걸 듯 되뇌였다. 태연하게 길고 푹신한 흰색 타월을 가슴 위로 감고 밖으로 나섰다. 방 안 남자의 흔적은 깨끗이 사라지고 없었다. 벌겋게 상기된 얼굴로 타월을 두른 내 모습만 검은 창가에 비췄다.

풀어진 긴장에 온몸의 공기가 다 빠져 나갈 듯 숨이 길게 나왔다. 타월을 풀어 헤치고 침대 위로 몸을 던졌다. 푹신한 이불은 단번에 나를 감싸 안아준다. 등 뒤에 까칠한 느낌에 몸을 일으키자 메모지 한 장이 있었다.

-이렇게 산뜻하게 거부하는 사람은 처음이군요.

삼십분 넘게 기다리다 나갑니다. 실례했습니다. 혹시 기회가 된다면 식사로 결례를 만회하고 싶군요.

가방 안의 핸드폰으로 시간을 확인하니 한 시간이 훌쩍 지나 있었다.

태어나서 처음 홀로 호텔 방에서 밤을 보냈다.

어색한 공기를 가득 품에 안고.

"나가 살어! 말 많은 계집애가 이제 외박까지 해?"

아침에 살금살금 기어들어 오는 내게 아빠는 신문을 던지며 소리쳤다. 그대로 얼음이 되어 생쥐 제리를 쫓는 톰 같은 모습으로 멈춰 섰다.

부엌에서는 쯧쯧 거리는 오빠의 목소리가 새어 나왔다. 안 봐도 작은오빠임이 분명하다. 얄미운 저 입을 손끝으로 찰싹 때려주고 싶다.

"오빠들은 매일 외박하잖아."

소심하게 대꾸했다.

"이 계집애가 뭘 잘했다고 말대답이야!"

아버지의 고압적인 목소리에 엄마가 달려 나왔다. 엄마 손에 이끌려 방으로 들어갔다. 억울한 마음에 눈물도 나오지 않는다.

여자라서, 여자이기 때문에. 그런 식의 말투는 비참한 기분이 든다. 엄마한테 아버지가 들으라는 듯 내가 애냐며 소리치며 울분을 토했다. 한바탕 소리를 지르며 아무 죄 없는 엄마한테 괜한 화풀이를 했다.

한번 뱉어내고 나니 상쾌한 기분이다. 침대에 누워 가방에서 그 남자가 어젯밤 남기고 간 쪽지를 다시 읽었다.

필체는 간결했다. 떨리는 그 눈빛과 사뭇 달랐다. 엘리베이터 안에서의 초초했던 눈빛, 차 안에서의 밝은 달을 비추고 있는 강아지 같은 외로운 눈빛이 가슴을 이내 뭉클하게 만들었다.

다음 날, 입으로 팝콘을 통통 튕기고 있는 여자 매니저에게 일을 그만두고 싶다고 말했다. 배가 뽈록해 조끼 단추도 잠기지 않는 매니저는 내일부터 나오지 않아도 된다고 했다. 뒤로 돌아선 등 뒤에서 젊은 애들은 끈기가 없다며 혀를 끌끌 찬다.

입 안에서 바스락거리며 씹히는 팝콘이 된 기분이다. 어떤 쓸데없는 자존심이 발동했는지, 그 남자를 다시 보는 게 두려웠는지, 나는 아침에 눈을 뜨자마자 일을 그만두려 마음먹었다.

사물함에서 꺼낸 레깅스, 슬리퍼, 머리띠를 갈색 종이봉투에 집어넣었다. 짐을 챙기는 손을 보자니 갑자기 아쉬운 마음이 들었다. 갈색 봉투를 들고 터덜터덜 버스 정류장으로 향했다. 버스 정류장에는 언제나 깔끔한 슈트 차림이었던 남자가 있었다. 루즈한 검은 브이넥에 청바지를 입고 고동색 의자에 앉아 있었다.

놀란 내 눈과 눈이 마주치자 앞으로 성큼성큼 걸어와서는 느닷없이 손을 잡았다.

'도대체 이 미친놈은 뭐야.' 저항하지 않았지만 손을 잡는 그의 얼굴에 말하고 싶었다. 갈아타려 내린 버스 정류장 앞의 카페로 향했다.

'카페 린'

처음으로 마주 앉은 장소였다. 남자는 나를 보며 다시 특유의 어색한 웃음을 지었다.

"아직도 제임스 딘 좋아하니?"

남자는 입가로 커피를 가져가다 말을 했다.

"네?"

입에서 딸기 주스가 흘러내려 피처럼 주르륵 흘러내렸다. 남자는 휴지를 건네며 낄낄 웃었다. 자기가 누군지 기억나지 않느냐고 물었다.

"혹시 제 스토커에요?"

긴장한 입에선 헛소리가 나온다.

"나 사장은 아니고 그냥 경영 수업 비슷한 거 하는 중이야."

혼자 실실거리며 말한다.

"네?"

동문서답. 도대체 알 수가 없는 남자다.

"지훈이는 잘 지내니?"

목소리를 낮추고는 아직도 자기가 기억나지 않느냐고 이어 물었다.

"네?"

놀라 스프링처럼 몸이 튕겨 나갈 뻔했다. 작은오빠의 이름도 알고 있는 남자는 도무지 생각나지 않는다. 분명 스쳐갔던 과외 선생님은 아닌데, 맞나? 혼자 자문했다.

"나는 너 엘리베이터에서 처음 보고 알았는데. 그때보다 키도 크고 여성스러워져서 약간 놀랐지만."

명랑함이 어울리지 않는 남자는 밝게 말했다. 나는 고개를 갸우뚱거렸다. 남자는 섭섭하다는 표정이다. 투명한 김이 올라오는 커피를 양손으로 감싸 안고는 내 눈을 바라본다.

내 마음을 동요시키는 얇은 눈으로.

집에 들어서는 현관부터 허허 웃는 기분 좋은 아버지의 웃음소리, 작은오빠의 가벼운 촐랑대는 웃음소리가 들려왔다. 엄마는 이례 없이 현관으로 나와 나를 맞았다.

"누구 왔어?"

벗은 옷을 엄마한테 건네며 물었다.

"작은오빠 친구가 영국 있다가 들어왔어. 왜 있잖아 예전에 아버지 사업할 때 도와줬던 아저씨, 그분 아들이야."

엄마는 윗도리를 받아 들고는 거실로 나갔다.

"엄마 그거 한 번 더 입어야 돼."

목소리가 작았는지 엄마는 다시 들어오지 않았다. 아버지 사업을 도와줬던 아저씨는 언제나 너털웃음이 인상적인 아저씨였다. 집으로 놀러 오실 때면 용돈을 손에 쥐어주셨다. 어린 마음에 아저씨가 오시면 혹시나 용돈을 주시지는 않을까, 화장실을 들락날락 거렸던 기억이 난다.

식탁에는 기분 좋게 취기가 오른 아버지, 싱글거리는 멍청하게 생긴 작은오빠와 건너편에는.

"헉."

나도 모르게 소리가 새어 나왔다. 흐리멍덩한 눈의 남자가 앉아 있었다. 요란스런 형광 반바지와 목이 늘어난 흰 티. 얼굴이 벌겋게 달아올랐다.

"지혜야 앉아. 오빠 친구 민규 기억나?"

오빠는 신난 목소리로 볼륨을 높였다.

"그래, 어서 인사하고 앉거라."

아버지는 한층 근엄하게 무게감 있는 목소리로 말씀하셨다. 멍하니 서 있는 나를 엄마는 의자에 앉혔다.

"아버님 한 잔 더 받으세요."

쇼핑몰에서의 까칠했던 남자는 어디론가 사라졌다. 어색한 웃음으로 서글서글한 척을 하며 아버지에게 한잔 두잔 술을 따랐다. 식탁에는 해산물, 등심 샤브샤브가 준비되어 있었다. 이제 야채를 넣기 시작하던 참이었다.

"아버님. 제가 지혜 예전에 좋아했던 거 아세요?"

아버지는 호탕하게 웃으며 제멋대로인 애가 뭐가 좋냐며 허허 거리셨다. 오빠도 한술 거들어 얼마 전에는 외박까지 해서 혼쭐이 났다며 나를 비하했다. 평소 같으면 오빠를 한참 깎아내렸을 테지만 형광바지는 에너지를 제로로 만들었다.

"내가 이제 누군지 기억나?"

취기가 올랐는지 입은 실룩거리며 물었다. 집 앞 택시 정류장까지 데려다 주고 오라는 아버지의 강압에 못 이겨 함께 나왔다. 토리도 콧바람을 쐬려 함께 나왔다. 토리는 올해로 두 살 된 말티즈 수놈이다. 큰오빠 친구 집에서 대소변을 못 가린다는 이유로 쫓겨났지만, 아버지의 강압적인 교육은 토리를 개과천선시켰다.

토리는 오랜만에 밖으로 나온 산책이 신나는지 오른쪽 뒷다리를 치켜 올리고는 자기 영역 표시하기에 바쁘다. 어려서 자주 놀러오던 민규 오빠와는 겹쳐지지 않는 모습이었다. 키도 작고 말이 많던 오빠는 내 방에 몰래 들어와 제임스 스크랩이나 브로마이드에 심술궂게 검은 사인펜으로 장난을 쳤다. 오빠의 팔에는 빨갛게 꼬집혀 멍든 자국투성이였다.

"진작 말하지 왜 장난을 치고 그래."

어려서 본 오빠 친구라 말이 자연스럽게 나왔다.

"호텔에서 얘기하려고 했는데 도무지 네가 나오지 않잖아.

장난치려고 데리고 갔는데 화장실에서 나오지 않아서 실수 했다는 생각에 나왔지 뭐."

킁킁거리며 걷는 토리를 눈으로 좇으며 말한다.

"그리고 넌 누군지도 모르는 남자를 그렇게 쫓아가고 그러니?"

시무룩한 표정을 지으며 묻는다.

"나 사실 엘리베이터에서부터 뭔가에 홀려 버렸는지 모르겠어. 될 대로 되라지. 몰라, 몰라. 이런 마음이었어."

'그냥 마음이 흔들렸어.' 이 말은 속으로 삼키며 말을 이었다.

"그냥 겁나지 않았어. 머릿속은 말이야. 근데 몸은 겁났나봐. 한 시간 넘게 씻고 있었는지도 몰랐으니."

갑자기 앞으로 뛰어나가는 토리 덕분에 끈에 이끌려 앞으로 튕겨 나갔다. 내 말에 남자는 흐음 그랬단 말이지 하며 기분 좋은 미소를 지었다.

"나 혼자 갈 테니깐 이제 들어가."

입가에 미소가 남은 남자는 손을 흔들었다. 남자의 흰색 셔츠는 눈앞의 잔상을 남겨 놓고 사라졌다. 집으로 향하는 길. 앞장서 실룩거리는 토리의 뒷모습도 남자의 모습처럼 보였다.

집 안의 공기는 손님이 왔다 간 흔적을 고스란히 안고 있었다.

"민규는 잘 바래다줬니?"

아버지는 참외 한 쪽을 아기작 씹으며 물었다.

'네' 밝게 대답하고 방으로 들어갔다.

내 방은 거실 옆에 붙어 있어 거실 소리가 고스란히 들려온다. 덕분에 방 안은 매일 라디오가 틀어져 있다. 라디오로 손이 향하던 순간, 뉴스 앵커 목소리와 아버지의 목소리가 겹쳐서 들려온다.

'녀석이 반듯하게 잘 컸어.', '지 애비 닮아서 사업도 잘 할 거야.'

칭찬에 인색한 아버지가 칭찬 인심을 쓴 이유는 다음날 아침 알 수 있었다. 엄마의 손에서 아버지 손으로 건네어지는 지갑은 유난히 반짝거렸다.

햇살이 눈부시게 부서지는 6월의 오후.

얇게 테이블 위로 녹아드는 빛 위로 반짝거리는 은색 포크. 우아스럽게 무스 케이크와 녹차를 한입씩 가져갔다. 알바를 그만두고 갖는 오랜만의 여유였다. 두 달 만에 중학교 동창 수민이와 제인이를 만났다. 우리 셋은 요조숙녀처럼 호호거리며 웃을 때는 입을 가려가며 잔뜩 주변 사람들을 의식했다.

다른 케이크 전문점과 비교 할 수 없을 만큼 고풍스러운 분위기다. 엔티크한 분위기로 장식된 실내는 공간의 효율성 보다는 손님의 편의이 우선시 되는 가구 배치였다. 회색 가죽의 부드러운 기다란 소파와 얼기설기 나무로 짜진 나무 테이블. 그에 더해지는 케이크 맛은 최고였다.

수민이가 소문을 듣고 찾아 온 이곳은 우리 또래의 학생들은 찾아볼 수 없다. 한껏 화려하게 치장한 나이를 가늠할 수 없는 여자들로 가득했다.

제인이와 수민이는 말없이 케이크를 입에 가져가다 사람들을 하나씩 평가했다.

'어머 저 여자 코 봐봐.', '어머머 저 여자는 너무 당겼다 웃을 때 입꼬리가 안 올라가잖아.'

둘의 말에 겸연쩍은 웃음으로 맞장구만 쳤다. 가게 안의 모든 이들의 탐색이 끝나고 나서야 우리는 근황을 얘기하기 시작했다. 최근에 코 수술에 부쩍 관심이 많아졌는지 수민이는 오른손으로 코를 집었다 놓았다 하면서

"어때? 하면 눈이 많이 몰릴 것 같아?"

"해도 괜찮을 것 같은데."

내가 대답하자 제인이는 하지 말라며 손사래를 친다.

제인이는 오늘 처음 들었지만, 나는 수술 얘기로 최근 한 달 동안 전화와 문자로 시달려야 했다. 심할 때는 코를 엄지와 검지로 잡은 채 사진을 보내기도 했다. 수민이는 언제나 만나면 얼굴 얘기다.

'어디 성형외과는 무슨 수술을 잘한다.' '지혜 너는 코가 높아서 좋겠다.' 등등 외모에 대한 관심이 지대하다. 수민이의 외모 얘기가 끝나면 다음은 제인이의 남자 얘기로 돌아간다. 최근 소개팅 했던 남자부터 술 먹고 전화했던 예전 남자친구까지 제인이는 귀염성 있는 얼굴답게 애교도 많아 남자들한테 인기가 많다. 다른 대학으로 가게 되면서 가끔씩 얼굴을 마주보게 되지만, 중학교 때는 이집 저집 다니며 얼굴에

서툰 화장도 해주고, 시험공부를 핑계로 밤새도록 수다를 떨곤 했다.

지금은 요조숙녀인 척 아양을 떠는 친구들이 가끔은 낯설게 느껴진다.

"너희 혹시 작은오빠 친구 민규라고 기억나?"

제인이는 모른다고 대답하며 우아하게 케이크를 입으로 가져간다. 두 번째 시킨 브라우니가 앞니 사이에 끼어 웃을 때 연탄재가 들어간 것 같아 보였다.

수민이는 단박에 '아. 그 키 작고 얼굴 하얗고 귀여웠던?' 하고 말한다. 역시 사람 얼굴에 대한 관심이 대단하다. 수민이의 대답에 입이 벌어져 제인이와 나는 눈만 말똥거렸다.

왜 묻냐는 제인이의 질문이 이어졌다. 여전히 연탄재를 물고 있는 이 그대로였다. 제인이는 웃을 때 잇몸까지 보여 이가 끝까지 보인다.

"나 민규 오빠랑 만나."

어떻게 만났냐며 집요하게 묻는 둘에게 오빠와의 만남을 처음부터 털어놓았다. 둘은 기도하듯 손을 맞잡고는 인연이네, 인연이네 하며 호들갑을 떨었다.

키 작고 볼품없던 남자의 변신이 궁금했는지 수민이와 제인이는 불러내라고 재촉했다. 케이크 전문점에서 밖으로 나올 때는 해가 뉘엿뉘엿 거리고 있었다.

수민이는 2차로 갈 장소까지 물색해 놓았다. 퓨전 주점으로 돼지껍데기를 잘게 다져서 도미랑 섞어 볼처럼 만든 안주를 파는 곳이었다.

탱탱한 속살은 입속에서 사르르 녹아들었다. 순간 '맛있다'라는 탄성을 지르고 싶었지만, 수민이의 손에 이곳저곳 끌려 다녀야 할 끔찍한 생각에 말을 입 밖으로 내지 않았다.

피부에 좋은 콜라겐이 듬뿍 들어 있다며 수민이는 공격적으로 먹어 치우기 시작했다.

"어머 벌써 얼굴에 윤기가 흐르는 것 같지 않니?"

수민이는 얼굴을 쿡쿡 찌르고는 유산균도 마셔줘야 한다며 막걸리를 거푸 비웠다. 주변 테이블들도 소문을 듣고 왔는지 우리랑 같은 안주들로 채워져 있다.

모두 같은 안주의 모습은 왠지 가슴을 답답하게 만들었다. 솔로 탈출의 축하주는 같은 안주를 두 접시나 비우고 다들 혀가 반쯤 꼬여 들어갈 때까지 계속됐다.

오빠는 우리 집에서 저녁을 먹은 다음 날, 나를 밖으로 불러냈다. 집 앞 공원에서 기다리던 오빠는 빨간 장미를 한 아름 안겨줬다. 새빨간 장미만큼 오빠의 고백도 촌스러웠다.

"너를 만난 건 내 인생 최고의 운명이라 생각해."

그렇고 그런 삼류 영화에서 들을 법한 고백이었지만. 나는 인생 두 번째 사랑에 쉽게 빠져들었다.

한낮의 여유로운 카페는 언제라도 환영이다. 화, 수, 목 오빠는 일주일에 삼일은 대학원에 경영 수업을 받으러 간다. 월요일은 나와 처음 만났던 쇼핑몰로, 다른 날들은 아버지가 운영하시는 무역회사로 출근한다.

오늘은 자청해서 오빠 학교 앞으로 왔다.

"오늘따라 생기 있어 보이네."

오빠는 앞의 의자를 빼며 말한다. 묵묵히 뒤따르던 사람들의 얘기를 건성으로 듣던 남자와 같은 사람일지 의문일 정도로 목소리에 활력이 있다. 마주앉아 테이블 위의 왼손을 두 손으로 부여잡는다.

"어쩜 이렇게 손이 작지?"

눈을 빤히 보며 묻는다. 내 뺨이 붉게 물들자 볼을 한번 꼬집고는 어색한 웃음으로 다시 웃는다. 입이 작은 남자는 웃으면 어색하지만 귀여웠다. 잡은 손에 이끌려 오빠 학교 안으로 들어갔다. 오빠는 잡은 손 안쪽으로 검지를 집어넣어 쿡쿡 누르며 걷는다. 간지럽지만 그 작은 움직임은 떨림으로 다가온다.

여름이라고 해도 어색하지 않을 뜨거운 태양이지만, 학교 안은 아직 싱그러운 봄기운을 간직하고 있다. 어색한 화장에 높은 구두로 엉거주춤 걷는 여자 신입생, 어울리지 않는 밝은 색 머리카락과 하나같은 스타일의 남방을 입은 남자 신입생들. 어설픈 감각들이지만 그들의 에너지로 학교 안은 아직도 봄의 에너지를 한껏 풍겼다.

학교 안의 큰 연못 앞 벤치에 우리는 나란히 앉았다. 나무 그늘 없는 벤치는 태양빛을 맹렬히 내 얼굴로 떨어뜨렸다. 수민이라면 자외선에 노출된다며 팔짝 뛰었겠지. 자리를 옮기자며 유난을 떨며 미간에 주름을 만들 수민이가 떠오른다.

"가끔씩 태양 아래 앉아 있으면 좋아. 스트레스도 풀리는 것 같고."

조그마한 입으로 이를 보이며 기지개를 핀다. 오빠의 새하얀 단화가 보인다. 어려서부터 깨끗한 신발이 좋았다. 오빠 둘은 언제나 외출하고 돌아오면 현관에서 신발을 닦는다. 물티슈로 닦아내고 마른걸레로 물기를 한 번 더 닦아내고 나서야 들어선다.

오빠 신발들 위에 발을 올려놓고 신발을 신으면 싫은 소리를 한참이나 들어야 했다. 깨끗한 신발에 대한 집착은 아버지부터 시작됐다. 아버지 구두는 언제나 반짝거렸다. 가부장적인 아버지였지만 자신의 신발은 언제나 손수 닦으셨다.

어려서 딸한테 다정했던 아버지는 밖에서 놀다 신발에 흙을 잔뜩 묻히고 들어오면, "공주님 깨끗한 신발은 좋은 곳으로 데려가 준대요." 하며 신발을 닦아주셨다. 한 살 한 살 나이가 들면서 애교 없는 딸과 아버지 사이는 무뚝뚝해져 갔다.

다시 예전처럼 아빠 팔에 매달리는, 프릴이 달린 공주풍의 옷을 좋아하는 딸로 돌아가고 싶지만 다음으로 돌린다. 은연중에 사람들의 신발로 자연스레 눈이 향했고, 깨끗하지 못한 신발을 보면 아무리 예쁘고 비싼 옷으로 몸을 감싸고 있어도 한심해 보였다.

오빠의 새하얗고 깨끗한 신발이 좋다. 행여 더러워진다면 허리 숙여 내가 닦아 주리라.

뜨거운 태양 아래 땀이 송글 맺힐 때가 돼서야 나무 그늘 자리로 옮겨 앉았다. 경영지침서라고 쓰여 있는 두꺼운 책 위에 엉덩이를 대고 앉았고, 오빠는 그대로 그늘 아래 잔디에 누웠다. 진한 청바지에 연회색 남방을 입은 오빠는 개의치 않았다. 자유로운 모습은 산들바람 같았다.

다음날, 집 앞 공원에서 만난 오빠의 목에는 어두운 조명에서도 잘 보이는 붉은 반점들이 또로록 또로록 올라와 있었다. '오빠 제임스 딘 흉내 내지 않아도 돼. 지금 충분히 사랑스러우니깐.' 목에 연고를 바르며 속으로 말을 삼켰다.

10시면 보통 집으로 돌아온다. 집안의 남자들은 11시를 기점으로 하나 둘 비틀거리며 집으로 들어온다. 샤워를 하고 침대에 누우면 어김없이 전화벨이 울린다. 오빠와 통화중이면 어김없이 하나 둘 집안 남자들이 쿵쾅대며 들어오는 소리가 들린다.

취한 와중에도 두 오빠는 신발을 닦고 옷을 나란히 정리하고 나서야 잠자리에 든다. 누가 시집올지 걱정이다. 지나친 깔끔은 가끔씩 주변에 있는 사람들을 숨 막히게 한다.

밤에 듣는 오빠 목소리는 달콤하다. 작은 입에서는 언제나 듣기 좋은 담백한 소리만 나온다. 오빠는 십분도 안 되는 사이에 하루에 벌어졌던 소소한 일부터 기억 남는 일까지 쉼 없이 늘어놓는다.

부모님이 중학교 때 이혼하고 아버지 밑에서 자라서인지 시시콜콜한 얘기까지 하는 오빠가 가끔씩 마음을 아프게 만든다.

"오빠 집 놀러 가도 돼?"

불현듯 혼자 살고 있는 집의 모습이 궁금했다. 언제나 통화로 설명해주는 그곳. 창문 밖으로 보이는 야경이 보고 싶다고 말했다.

집 안은 놀랍도록 깔끔했다. 주기적으로 청소해 주는 사람이 있는지 창문틀 틈새까지도 먼지하나 없이 깨끗했다. 이리저리 옷이 널브러져 있는 내 방을 보면 아연실색 할 오빠 모습이 그려진다.

오빠의 목소리로 그렸던 상상 속의 공간은 생각과 흡사했다. 한쪽 벽면을 차지한 오디오와 스피커, 그 옆으로 진열된 CD들과 책장 가득 들어있는 경제 서적들. 오디오에서 흘러나오는 피아노의 선율은 눈 아래 빨간 조명의 차들과 근사하게 어울렸다. 빠른 듯하면서 느려지는 선율은 아름답다.

"한잔 마실래?"

싱크대부터 ㄷ자로 이어진 테이블 안쪽에서 오빠는 진한 고동색의 위스키를 얼음 잔 안에 가득 따르고 있었다. 창가에 기대어 감상에 빠져들었던 몸을 옮겼다. 흰색의 긴 테이블에 마주 앉았다.

하늘색 카디건에 받쳐 입은 흰 티는 집과 하나처럼 어울렸다. 위스키가 가득 들어있는 잔을 잡고 있는 오빠의 손은 희고 길다. 가냘파 보이는 손이지만 매끄럽게 어깨를 보듬어 주는 저 손은 항상 믿음이 간다. 볼록 튀어 나온 눈두덩이를 손으로 눌러본다. 다른 날보다 눈두덩이는 볼록하게 부어있다.

오빠 눈의 흰자는 눈처럼 하얗지만 흐릿하다. 안개 같은 느낌이 가끔씩 무슨 생각을 하는지 모르겠다. 동양에 제임스가 태어났다면 쌍꺼풀 없는 이런 눈이 아니었을까.

눈 속으로 혼자 빨려 들어가는 착각을 한다.

두 손 가득 검은 비닐을 들고 오빠 집으로 들어섰다. 현관에 들어서자 풍기는 레몬 향의 집 안 공기는 뜨거운 태양에 지친 몸을 상큼하게 만들어 준다.

엄마가 준비해 놓은 내 몫의 삼계탕 한 마리를 챙겨왔다. 다른 손엔 아버지 선물로 들어온 과일과 와인을 양 손 가득 들고 들어섰다.

딸들은 도둑년이란 말이 딱 맞아 떨어진다. 뜨겁게 내리쬐는 태양은 거실 한가운데를 노랗게 물들인다. 블라인드를 내리러 창가로 다가섰다.

처음 이 집에 왔던 다음날 아침. 뒤에서 안긴 오빠의 목을 어깨에 올리고 블라인드를 올렸다. 따스한 태양은 외박에 대한 두려움도 단박에 잊게 만들었다.

첫 키스, 첫 경험.

처음에 큰 의미는 없다. 분명 처음이라는 의미는 나중에 기억의 소용돌이로 몰아붙여 힘겹게 만들 것이다. 힘겨운 상황에 내몰리기 전 나는 쓸데없는 합리화를 한다.

큰 의미는 없다. 없다고.

처음 오빠 집에 왔던 밤. 재즈 피아노의 낮은 움직임과 진한 갈색의 위스키는 한낮의 고양이처럼 몸을 나른하게 만들었다. 나른한 몸은 단번에 오빠에게 맡겨졌고 계단 위의 침실에서 우리는 하나가 되었다.

예의 바르게 아끼듯 감싸주는 그의 손길과 포개져오는 작지만 혈관까지 느껴지는 입술이 좋았다. 친구들에게 들었던 아픔보다, 가둬뒀던 자신의 해방감이 들었다.

흰색의 투명한 식탁 위에는 보기 좋게 삼계탕과 과일, 밑반찬들이 놓였다. 쇼핑몰을 출근하는 날이면 틀림없이 7시면 귀가를 한다.

맛있게 먹는 오빠를 바라보면 그걸로 우렁각시가 되는 저녁이다. 예상대로 7시 문이 열리고 오빠는 집으로 들어섰다. 새색시 코스튬을 한 질끈 동여맨 머리에 연분홍빛의 앞치마, 엷은 미소로 오빠를 맞았다.

현관으로 들어선 오빠는 반가움보다는 반색을 표하는 표정이었다.

"어떻게 된 거야? 온다는 말도 없이?"

차가운 말투로 오빠는 신발을 벗으며 말했다.

"어 그게."

그게 다음 말은 당황해 이어지지 않아 의식적으로 입을 닫았다. 예상과 정반대의 상황. 냉랭한 오빠의 모습은 짜증스럽게 만든다.

"그게?"

다음 말을 재촉하며 되물었다.

"알았어. 다음부터는 안 오면 되는 거지."

한마디, 한마디 끊어서 말했다. 앞치마를 벗어던지고 현관으로 향했다. 오빠는 오른손으로 지나가는 내 왼 팔꿈치를 잡았다.

"그냥 이대로 가버리면 어쩌자는 거야?"

짜증이 잔뜩 들어간 목소리다, 만나서 처음 들어보는 식어버린 말투.

"삼계탕 해주려고 그랬어."

주머니에서 꺼낸 열쇠를 오빠 가슴에 던졌다. 가슴을 맞고 떨어진 열쇠를 뒤로하고 현관으로 향했다. 오빠는 벌겋게 상기된 얼굴로 그 자리에 우뚝 서 있었다.

멍청한 남자.

다시 한 번 잡아주길 바랐는데.

문은 둔탁한 소리를 내며 닫힌다.

"제임스."

방으로 들어가자마자 제임스를 불렀다.

"오늘 그 사람이 나한테 화냈어. 누군지 알지? 내가 전에 말했던 그 사람."

침대 맡에 걸터앉아 제임스 전신 브로마이드 사진을 보며 말을 걸었다. 제임스는 한층 더 미간을 찌푸린 얼굴로 나를 쳐다본다.

"사랑하는 사람이 자기 공간에 침범한다는 게 그렇게 기분 나쁜 일이야? 제임스 당신은 어떻게 생각해? 당신은 나의 고민 상담자이자 영원한 사랑이잖아. 그 사람이 보조 열쇠를 하나 줬어. 그건 언제라도 출입해도 된다는 무언의 메시지 아니었을까? 내가 오해한 거야? 내가 그 사람 집에 가야 할 때는 오늘 오빠 집에 갈 예정이고, 오늘은 오빠를 위해 저녁을 준비해 줄 예정이야. 그리고 새색시처럼 수줍은 얼굴로 오빠를 현관에서 맞이할게. 이렇게 일일이 다 설명해야 하는 걸까? 제임스 생각은 어때?"

오늘따라 유난히 입을 굳게 다물고 있어 보이는 얼굴이지만 주르륵 쏟아내니 마음만은 편해졌다. 나 역시 아무런 기별 없이 오빠가 내 방 안에 들어와 있다면 기분이 어땠을지 생각해 본다. 머릿속은 정신없이 어지럽다.

야속하리만치 조용한 전화기만 바라본다.

한낮의 뜨거운 태양은 점점 길어져 저녁 시간에도 늦은 오후 같다. 한 달 만에 수민이와 만나기로 약속을 했다. 인사동 자주 가던 전통 찻집에서 만나기로 했다.

차와 함께 말린 생강과, 떡, 체리가 아기자기한 그릇에 담겨 나와 점심때 오기 적당했다.

수민이는 오늘도 지각이다. 약속 시간이 삼십분쯤 지나자 밝게 웃으며 문을 열고 들어선다. 다크블루의 원피스를 입고 선글라스를 걸친 모습이다. 구름 위를 걷는 듯 사뿐 사뿐 나비처럼 앞으로 온다.

"미안해, 미안해 차가 너무 막히는 거 있지."

수민이가 타고 오는 차는 언제나 막힌다. 어려서부터 어느 자리에서든지 주목 받는 걸 좋아하는 수민이는 항상 늦는 편이다. 얼굴의 반을 덮은 선글라스는 벗지도 않고 라벤더 티를 주문한다.

종업원이 시야에서 사라진 걸 확인 하고 나서야 수민이는 선글라스를 조심스레 벗어 테이블 위로 올렸다. 선글라스를 벗은 수민이의 얼굴은 약간 부었지만 또렷한 얼굴로 변해 있었다.

"너 얼굴이?"

놀란 눈으로 수민이에게 물었다. 방학이 시작되자마자 성형외과로 찾아가 상담을 받았다고 한다. 코 수술 상담을 받으러 갔던 수민이는 코 수술 대신 쌍꺼풀 수술을 했다. 의사가 '전문가의 소견으로 말씀드리자면, 전문가의' 하면서 전문가를 계속적으로 강조했고, 전문가의 시각에서 쌍꺼풀을 적극 추천한다는 바람에 전문가의 말을 순순히 따랐다고 한다. 몇 겹으로 이어졌던 쌍꺼풀을 하나의 완만한 곡선으로 이어진 눈은 전보다 훨씬 또렷해 보였다.

낯선 형태의 눈을 마주보자 어색한 기분이 든다. 수술이 잘 된 거 같으냐며 열 번 넘게 물어오는 질문에 대답을 하고서야 수민이의 질문은 끝났다.

"그래서 내가 어떻게 해야 하는 거야?"

수민이와 어젯밤 약속을 잡으려는 통화에서 오빠와의 다툼을 말했다.

"어제도 얘기 했지만, 일단은 기다려봐. 이제 하루 지났는데. 지혜 네가 이번에 져주면 자기 마음대로 변한다니깐."

수민이는 연애 선배의 조언을 들으라며 어깨를 으쓱거린다. '세 번 다 남자한테 차인 주제에.'라고 말이 나오려고 했지만 참았다.

하루밖에 지나지 않았지만 오빠와 연락을 할 수 없는 기분은 식도로 음식물이 역류하는 듯 고통스럽다. 수민이가 아니었다면 애꿎은 전화기에 화풀이만 했을지 모른다.

만나자며 재촉한 수민이가 고마웠다. 물론 비밀리에 한 수술을 보여주고 싶은 마음이 더 컸을 테지만 말이다.

연애에서 오는 고통은 술로 달래야 한다는 수민이의 말에 카페에서 나와 한적한 술집으로 자리를 옮겼다. 사람들이 오고 가는 모습이 잘 보이는 테라스에 앉았다. 이슬이 총총히 맺힌 맥주를 한 병씩 손에 들었다.

건물과 건물 사이를 헤집고 다니는 외국인이 거리에는 가득하다. 여행지 한가운데 앉아 있는 기분이 든다. 느긋하게 의자에 등을 걸치고 맥주를 마시는 수민이를 보니 어지럽던 마음이 평온해진다.

수민이는 도무지 걱정이라곤 없는 느긋한 얼굴이다. 폭풍처럼 몰아치던 마음도 세상 걱정 없는 그녀의 얼굴에 잠잠해진다.

"나 술 마시고 전화하면 어쩌지? 지금도 덜컥 하고 싶은데 말이야."

은색의 스테인리스 테이블에 맥주를 올려놨다. 벌써 세 번째 맥주다. 뜨거운 태양은 술기운을 머리로, 머리로 올려 뇌를 감성적이 되라고 강요하는 것 같다.

"절대 하면 안 돼! 오늘 하면 다 남자 마음대로 되는 거라고 이 멍충아."

선글라스를 끼고 앉은 모습에 표정은 느껴지지 않지만 눈을 한층 찌푸린 듯하다.

"그래도. 많이 보고 싶은 걸."

기어들어가는 목소리로 말했다.

"안 돼, 안 돼 절대 안 돼."

수민이가 단호하게 정리했다.

"제인이랑 요즘 연락한 적 있어?"

수민이는 화제를 바꾼다.

"얼마 전에 잠깐 보자고 했는데 바빠서 못 본다고 했는데…."

떨리던 제인이의 목소리가 생각났다.

“아마 나랑 같은 날이었을 거야. 한 달 전쯤일 걸? 만나자고 그래서 둘이 가볍게 칵테일 한잔 마셨는데. 걔는 도대체 왜 그래?”

심사가 뒤틀린 목소리다.

“무슨 얘기 했는데?”

맥주를 한손으로 잡은 채 물었다.

시원한 촉감은 미지근해져 끈적거리는 기분이다.

“또 뻔한 연애 얘기 있잖아, 전 남친은 이랬는데, 지금 애는 어쩌고 저쩌고, 그 짜증나는 레퍼토리들.”

“응 그게 왜? 늘 있는 일이잖아.”

수민이 선글라스에 비친 얼굴을 보며 말했다.

선글라스로 비친 얼굴은 수척해 보여 마음에 들었다.

“갑자기 내 얼굴을 빤히 보더니, 너 코 수술 하긴 해야겠다. 이러는 거야. 나 참. 어이없지 않아? 지 얼굴이나 신경 쓰지 어이가 없어서 걔 때문에 병원 갔던 것도 있다니깐.”

외모에 민감한 수민이는 흥분한 얼굴이다.

“걔는 이상한 남자 애들도 생글 생글거리며 잘 받아주니깐 남자들이 좋다고 하는 걸 자기가 예쁘고 몸매 좋고 그래서 좋아하는 줄 아나봐. 그날도 베이지색 면티에 청바지 입고 나왔는데 얼마나 후줄근해 보이던지.”

얘기하다 북받쳐 오르는지 쉬지 않고 단숨에 쏟아낸다.

“지혜 너한테도 항상 주근깨 올라 왔다느니, 치마가 어쩌고 그런 소리 가끔 하잖아. 걔는 다른 사람이 예쁜 거 보지 못하나봐. 솔직히 우리 셋 중에 제인이가 키도 작고 얼굴도 별로잖아. 쌍꺼풀도 액으로 만들고 다니면서 말만 많다니깐 그치?"

수민이는 제인이를 안주로 삼고 싶어 하지만 그럴 마음의 여유가 생기지 않는다. 침을 튀기며 열연을 하는 배우로 보이는 수민이.

한가로이 옆을 지나쳐가는 많은 사람들.

나만 홀로 가슴앓이를 하고 있는지 한껏 여유로운 표정들이다.

"집 앞 공원으로 잠깐 나올 수 있어?"

수화기 건너편 오빠의 목소리는 수민이와 만나지 이틀이 지난 저녁이었다. 수민이의 말보다 하루 더 늦게 연락이 왔지만, 이겼다는 작은 승리감이 들었다. 주황 가로등 아래 오빠는 풀잎들을 만지작거리며 하나하나 떼어내고 있었다. 그 모습이 시적으로 보였다. 기척 없이 오빠 옆으로 가서 앉았다.

"응 왔어?"

옆에 앉은 오빠는 술 냄새가 진하게 났다. 작은 눈은 술 때문인지 옆으로 더 길어진 느낌이었다.

"나 때문에 서운했지?"

다정하게 말하는 자애로운 표정은 투정부릴 수 없게 만든다. 내 어깨로 얼굴을 기댄다. 오빠의 몸에서 나는 집안 공기를 가득 품은 레몬향이 그리웠다. 눈을 감아 오빠 향기를 깊이 들이마신다. 아무 말 없이 눈앞의 고동색 나무 벤치를 같이 바라봤다. 미안하다는 말도, 밉다는 말도, 더 이상은 아무런 의미가 없어졌다.

지금 우리는 같은 곳을 보는 일분일초가 행복하고 앞으로도 같은 곳을 바라보며 행복을 속삭일 수 있다면, 어떤 일이든 사소해질 뿐이다.

몇 분이나 흘렀을까. 시간의 움직임의 짐작도 오빠와 함께할 때면 시계를 볼 필요성도 사라진다. 오빠가 다시 입을 열었다.

"우리 좀 걷자."

손을 마주 잡고 8자 모양으로 길이 나 있는 산책로를 걸었다. 여름밤 돗자리를 펴고 맥주를 마시는 아저씨들, 할머니와 마실을 나와 종종거리며 앞으로 걸어 나가는 아가들의 아장거림. 풀잎은 여름의 향기를 가득 품은 생동감을 전한다.

우리 옆을 끽끽 소리 내며 지나는 자전거는 얼마 가지 못하고 옆으로 털썩 쓰러지고 말았다. 푹 쓰러진 자전거로 오빠는 망설임 없이 성큼성큼 다가갔다.

주저앉아 무릎을 만지고 있는 남자는 풋풋한 미소를 띠고 있는 까까머리 학생이었다. 오빠는 자전거를 세워 놓고는 이리저리 살핀다. 체인을 만지고 페달을 이리저리 돌리더니 자전거를 말끔히 움직이게 만들었다.

쭈그리고 앉아 자전거를 살피는 오빠의 넓은 등과 배려하는 마음.

듬직한 모습에 든든한 마음이 든다. 끼긱거리는 소리가 더 이상 나지 않자 기쁜 웃음을 감추지 못하며 사라지는 까까머리 학생위로 떠 있는 둥근달의 모습은 아빠와 아들 같아 보였다.

따뜻한 오빠의 손 사이로 얽히고설켰던 마음의 실타래도 어느 순간 자연스럽게 풀려 앞으로 굴러 나갔다.

이 남자의 존재의 따뜻한 울림이 좋다.

"오랜만에 옥상으로 놀러갈게."

수민이는 미처 대답하기도 전에 혼자 말하고 전화를 끊었다. 여름밤이 되면 옥상에는 텐트를 쳐 놓는다. 이 집으로 이사 온 다음 해 여름 처음 텐트를 쳤다. 친구들과 1박 2일 여행을 가고 싶었지만, 보수적인 아버지 때문에 한 번도 갈 수 없었다. 궁여지책으로 옥상에 텐트를 쳐 놓고 혼자 여행의 기분을 내기 시작했다.

비디오 대여점에 붙어 있던 예전 집에선 침대와 책상이 들어가고도 넉넉할 수 있는 공간의 방이 간절했다. 고등학교 때 이사한 지금의 집은 예전 방의 두 배 정도 크기의 방을 가졌지만 욕심은 끝없이 커졌다.

가족들이 만들어 내는 소리들로 방 안에 있어도 혼자만의 공간이라는 느낌이 들지 않았다. 조용하고 아늑한 나만의 공간을 원했다. 여행과 나만의 공간이라는 두 가지 의미가 부합한 공간은 매년 만들어졌다.

처음 고등학생 때 쳐봤던 텐트 안은 손전등과 라디오가 고작이었다. 매년 발전에 발전을 거듭했고, 지금은 바닥에는 에어매트 천장에는 랜턴이 연결되어 있다. 텐트 밖은 방수 차단막으로 견고하게 덮고, 4인용 이동식 테이블, 지펠과 버너를 올려놔 간단한 취사도 가능하게 만들었다. 처음엔 코웃음을 치던 오빠들도 지금은 가끔씩 옥상을 기웃거린다.

"지혜야."

방문을 열며 수민이가 빠끔히 고개를 내민다.

"어머. 깜짝이야. 어떻게 들어왔어?"

수민이 옆으로는 제인이가 검은 비닐봉지를 들고 서 있다. 집 앞의 마트에서 엄마와 만나 같이 들어왔다고 한다. 며칠 전 이를 갈며 제인이 욕하던 수민이는 한쪽씩 사이좋게 봉지 고리를 잡고 옥상으로 가볍게 걸어 올라간다.

"오랜만에 오니깐 너무 좋다."

제인이는 한쪽 벽 밑에 파릇하게 피어난 상추들을 보며 말한다.

"이거 따서 먹어도 돼?"

대답도 듣기 전에 제인이는 하나를 따서 손에 집어 들었다. 빨갛게 익은 방울토마토는 새색시의 연지 곤지 같다.

테이블 위 종이컵에 토마토색과 같은 와인을 한 잔씩 따랐다. 안주는 감자 칩과 나쵸, 방금 따 놓은 빨간 방울토마토 몇 개였다. 수민이는 가방 안쪽에서 사과 모양의 초를 꺼내 들어 불을 붙였다. 새빨간 색의 손바닥만한 크기의 양초는 방울토마토를 물에 불려 놓은 것 같았다.

불을 붙이자마자 제인이는 양 볼에 바람을 넣더니 후 하고 그 자리에서 꺼버린다.

"어머 왜 그래?"

수민이는 라이터를 양초로 다시 가져갔다.

"키지 마 제발."

제인이는 울먹거리지만 정확한 목소리로 말한다. 수민이와 나는 서로 얼굴만 멀뚱멀뚱 거리며 바라봤다.

'왜 그래?', '낸들 알어?' 눈빛으로 수민이와 대화를 주고받았다.

"나 삼 일 전에 대학 친구 따라서 점을 보러 갔는데."

제인이는 한숨을 푹 쉬고는 계속 말한다.

"나보고 귀신들이 좋아하는 사주래. 그래서 양초 같은 촛불을 켜 놓으면 귀신들이 더 몰려들어서 나한테 들러붙는다잖아."

제인이는 울기 직전의 목소리다.

"그런 말도 안 되는 소리가 어디 있어."

양초로 불을 가져가는 수민이는 즐기는 목소리다.

"제발 하지 말라고. 그 점쟁이는 내가 자주 머리 아픈 것도 알고 있었어."

제인이는 양초를 가슴으로 끌어안았다. 말도 안 되는 미신이라며 수민이는 제인이 가슴에 있는 양초에 불을 붙이려는 집착을 보였고, 거의 울 지경의 제인이 덕분에 텐트 안의 랜턴을 발밑에 켜 놨다.

제인이는 한 모금씩 천천히 와인을 마시며 점 봤던 얘기를 했다. 점 보는데 관심이 많았던 나는 귀를 쫑긋 세웠다.

거의 쓸데없는 종류의 얘기였다. 눈 화장을 하면 기가 쇠해져 몸이 안 좋아질 것이라는 얘기와 갖가지 터무니없는 얘기들이었다. 수민이는 얘기 중간 중간 끼어들어 '나도 점을 봐줘도 되겠네.'라며 잔뜩 비꼬는 목소리였다.

제인이는 대학생 신입생 시절 '도를 아십니까.'를 외치는 사람을 만나 3시간 일장 연설을 노트에 적어가며 들은 적도 있다. 제인이는 다른 사람들 시선과 말에 동요가 심하다. 익히 알고 있는 우리는 대수롭지 않게 여긴다.

"그런 게 아니라니깐 진짜 유명한 곳이라고." 짜증이 가득 섞인 고압적인 목소리로 수민이를 노려봤다.

"어차피 말도 안 돼. 과학적 근거도 없는 얘기야."

입으로 후후거리며 수민이는 말한다.

제인이는 거푸 몇 잔을 마시더니 "먼저 갈게." 씩씩거리며 말하고는 계단을 쿵쿵 소리 내며 내려갔다.

"왜 그렇게 제인이 약 올려. 불쌍하잖아."

수민이는 대답도 하지 않고 혼자 깔깔거리며 눈물까지 닦아낸다.

더위를 피하러 들어온 사람들 때문인지 백화점에 들어왔지만 아직도 지하철 안에 있는 기분이다.

"이번 주 토요일에 시간 있어?"

오빠는 토요일 대학원 동기 모임에 같이 나갔으면 좋겠다고 전화를 걸어왔다. 다들 파트너 여자를 데려오기로 했다고 한다. 불편한 자리는 질색이지만 오빠의 옆에 다른 파트너를 세워 둘 생각은 추호도 없다.

한 시간 반 동안 돌아다닌 백화점 안에서 시원해 보이는 하늘색의 원피스를 골랐다. 골반과 가슴을 도드라지게 만들어 주는 라인이 마음에 들었다.

오빠는 공원 앞에 차를 정차해 두고 기다리고 있었다. 말 많은 오빠들 때문에 집에는 둘의 만남을 비밀로 하고 있다. 주말 저녁 시간인데도 거리는 한산한 풍경이다.

약속된 레스토랑 안은 약속 20분 전인데도 벌써 다섯 커플이나 와 있었다. 대학 동기는 여덟 명이니 우리가 여섯 번째로 들어선 셈이다.

"지혜 씨 또 보네요."

방 안에선 오빠 학교에서 얼굴을 익혔던 남자가 말을 건다. 최대한 밝은 얼굴로 인사했다. 오빠가 빼낸 의자로 살포시 엉덩이를 올렸다. 주변 사람들에게 간단하게 오빠는 나를 소개했고, 나는 기억하기 힘든 이름들을 연신 들으며 기억하려 노력했다.

남자들의 손에 이끌려 온 여자들은 몇 명의 이름이나 기억할지 궁금하다. 방 안 문이 열리고 한 커플이 들어섰다. 검은 뿔테에 다소 몸집이 있어 보이는 남자였다. 그 옆에 아담한 여자는 연회색 남방에 검은 스커트 입고 단정하게 서 있었다. 방금 들어선 커플이 자리에 미처 앉기도 전에 문이 열렸다. 시원스럽게 문을 열며, 나타난 남자는 새된 목소리로 시끄럽게 인사했다. 남자 옆에는 자그마한 여자가 앞으로 손을 모으고 서 있었다.

낯익은 모습의 여자였다.

"왜 내가 전에 말했던 우리 동기 중에 유명한 바람둥이."

오빠는 옆에 바싹 붙어서는 귓가로 속삭였다. 유명한 바람둥이 옆에는 며칠 전 화를 내며 집으로 돌아갔던 제인이가 서 있었다. 요조숙녀의 모습으로.

분위기는 순조로웠다. 다들 즐겁게 술을 마시며 옆의 파트너를 챙겨주는 남자들의 모습들은 다소 작위적이었다. 취기들이 오르자 자리는 뒤섞여 여자들끼리 모여 앉는 모습으로 바뀌었다.

"어떻게 된 거야?"

제인이와 눈빛만 주고받다 말을 걸었다.

"왜 그때 소개팅 한 남자 있다고 했잖아 젠틀하다고."

입가에 미소를 띠며 제인이는 속삭인다. 남자의 소문에 대해 얘기하지 못했다. 평소에 맡아 보지 못했던 페르몬이 가득 들어간 향수 냄새와 몸매가 드러나는 블랙 미니드레스를 입은 제인이는 이질감이 들었다.

제인이에게 '남자가 사실은 바람둥이라는데.'라고 말하면 혼자 촌스러워질까봐 두려웠는지 모르겠다.

"파티는 어땠어?"

화장실도 가기 전에 수민이한테 전화가 걸려왔다. 파티라고는 파자마 파티가 고작이었던 터라 궁금했던 모양이다. 레스토랑 룸 안에서 제인이의 모습이 겹쳐 떠올랐다. 이질감이 느껴지는 블랙 미니드레스와 빨간 하이힐. 항상 우리 셋은 허물없이 많은 이야기들을 쏟아 냈었다. 언젠가부터 제인이는 함께 있어도 다른 곳을 바라보는 듯한 느낌이 들었다. 제인이는 자기 얘기보다 남자 얘기와 과거 이야기에만 집착했다.

우리는 그렇게 조금씩 서로를 이해하지 못하는 시간이 늘어갔다. 옥상에서 화내며 집으로 돌아갔던 제인이는 그날 어떤 얘기를 하고 싶었을까? 어젯밤 제인이의 처음 보는 표정과 말투를 곱씹어 생각해도 어색하다.

우리는 각자 사회에서는 어른이 되어 가면서 친구들은 그대로 그 자리에 있기를 바랐는지도 모른다.

"거기서 제인이 만났다."

복잡하게 뒤섞인 머리로 대답했다.

"제인이가 거기 왜? 거기서 알바라도 하니? 호호"

웃음기 가득한 목소리다.

"민규 오빠 대학 동기 중 한 명이랑 만나나봐."

담담하게 대답했다. 궁금증과 질투가 섞인 수민이의 질문은 아침부터 끝도 없이 이어졌다. 소개팅 해서 만났던 남자이며, 큰 키에 샤프하게 생겼다고 설명해줬다. 바람둥이라는 소문은 얘기하지 않았다.

"그 계집애는 남자 없이는 못사나봐."

수민이는 부러움인지 비난인지 모를 말투다. 전화를 끊고 머리 위로 이불을 덮자마자, 전화가 다시 울린다.

"어제 잘 들어갔어?"

제인이는 밝은 목소리로 묻는다. '응' 이라고 짧게 대답하자. 남자와 와인바에서 와인을 한잔 더 마셨다고 한다. 서울 야경이 멋있게 보이는 곳이라고 했다. 한참 자랑을 하더니, 낭랑한 목소리로 민규 오빠와 잘 어울린다는 칭찬과 우리 둘이 친구 사이는 비밀로 하는 게 좋겠다고 말했다. '응' 이라고 대답하고 조금 더 자고 싶다고 전화를 끊었다.

제인이의 밝은 목소리 이면에 침울한 듯한 얼굴을 하고 있는 기분이 들었다. 편히 눕혀진 몸과 달리 머릿속은 빙글거리며 지구를 두 바퀴째 돌고 있다. 머리는 쓸데없는 공회전을 쉬지 않고 한다. 웅웅거리는 머릿속으로 거실에서 아버지 목소리가 들린다.

"어제 지혜는 몇 시에 들어왔어?"

옥상에 올라가 편히 누워야겠다. 고요한 한낮의 태닝을 즐기며.

늦은 저녁. 청색 빛의 하늘이 천천히 검은 빛으로 오빠와 내 머리 위로 물들었다. 계단에 앉은 오른 발치 옆에는 네 번째 맥주가 찌그러졌다. 한강의 비릿하게 풍기는 물 비린 냄새. 강을 넘어가는 다리 밑으로 반사되는 불빛. 은은한 불빛은 물길의 찰랑임을 보여준다. 아름다운 빛의 찰랑임은 비릿한 물 냄새마저 운치 있는 느낌으로 만든다.

오빠와 나는 나란히 앉아 한곳을 바라보는 것을 즐긴다. 하나가 되는 듯한 느낌은 오빠 품 안으로 안길 때 몸의 짜릿함과는 다른 마음의 짜릿함을 준다.

"지혜야."

나지막하게 부르는 오빠의 목소리가 좋다.

눈을 깜빡이며 오빠를 바라봤다.

"너는 왜 나한테 집착이나 구속 같은 거 안 해?"

아닌 밤중에 홍두깨도 이런 홍두깨는 없을 것 같다. 은은하게 물들어 가던 밤의 분위기는 망치로 유리를 친 것처럼 한순간 밑으로 와르르 깨진다. 멍하니 오빠를 바라봤다.

"가끔은 나를 정말 좋아는 하는지 사랑은 하는지 의심이 갈 때가 있어서."

머뭇거리며 묻는 모습이 어린애처럼 귀엽다. 어느 날은 집으로 기별없이 왔다며 화를 내더니, 이제는 구속을 왜 하지 않느냐는 모습. 남자란 동물은 때론 이해가 가지 않는다.

"오빠. 구속하면 얼마나 심하게 하는지 모르는구나. 내 방 어려서부터 봐서 알잖아. 제임스 딘한테 얼마나 집착하고 미쳤었는지."

후후 소리 내며 부끄러운 미소를 지었다.

"아직도 제임스 딘이 좋아? 포스터 이제 버리면 안 될까? 나도 있는데?"

들고 있던 캔 맥주를 마시며 오빠는 말한다. 황당한 눈빛으로 쳐다보자. '장난이야. 장난.' 하며 강을 바라본다.

"그냥 예쁜 너를 옆에 둬서 겁나서 그런가봐, 동기들이 다 지혜가 아깝다고 난리들을 피워서 내 마음이 더 그랬나봐."

뚱딴지같은 말을 하는 오빠는 예전 우리 집 놀러오던 소년 같았다.

"오빠를 너무 생각하고 사랑해서 문제죠."

작은 목소리로 속삭이고 오빠의 어깨에 고개를 기댔다. 가냘픈 소년은 다시 든든한 어른이 되어 내게 어깨를 내주었다. 가끔씩 보이는 감성적인 모습은 엄마라는 존재의 부재의 산물과도 같다. 기대고 있던 머리를 들고 오빠 뒤로 가 두 팔 가득 안았다. 넓은 등은 내가 안기는 착각에 빠지게 만든다.

지나치는 사람들의 따가운 눈총도 행복하다.

사람은 누구나 비밀이 있다. 제인이의 비밀은 다소 충격적이었다. 늘 함께 가는 집 앞 공원에 손을 잡고 앉았다.

"오빠 그때 봤던 바람둥이라는 친구는 모임에 같이 왔던 여자랑 잘 만나?"

아무런 감정도 실리지 않은 목소리로 물었다. 왜 궁금하냐며 채근하며 묻는 오빠한테.

"바람둥이라고 해서 또 여자가 바뀌었나 궁금해서."

라고 대답했다.

볼멘 얼굴을 그때야 풀고는 '둘이 아무 사이도 아니야. 아마 안 만나겠지.' 사실 그 친구 단골 술집 직원이라는 설명을 덧붙였다. 차가운 밤공기 때문인지 귓속은 서늘해졌다.

"금방 여자를 갈아 치워서 같이 올 여자가 없었나봐. 술집 마담한테 부탁해서 겨우 빼내 온 거라고 하더라고."

오빠는 히죽 웃었다. 살짝 머리카락을 옆으로 흔들었다. 머리가 아파왔다. 흔들리는 머리카락에 흠칫 놀라며 '지혜야. 나는 그런데 안 가니깐 걱정 마.'

혼자 말하고는 내가 잠자코 있자. 히죽 웃는다. 그날 나를 보고 떨리던 제인이의 눈동자와 어색한 몸짓들. 다음날 뭔가 궁금해 하던 전화 속 미세한 떨림의 목소리. 말 할 수 없는 무거운 돌이 가슴 깊이 던져진 기분이다.

제인이네 집은 어려서 가죽공장을 크게 했었다. 언제나 구김살 없이 자란 외동딸의 모습이었다. 부유했던 제인이네 집은 미제 과자들로 가득 차 있었다. 제인이 어머니는 놀러 온 우리 앞에 스스럼없이 과자를 내놓으셨다. 미제 과자가 가득한 제인이네 집은 선망의 대상이었다.

고등학교 무렵 제인이 집은 다소 작은 빌라로 이사를 갔다. 이사 간 집은 한 번도 놀러 가본 적이 없었지만, 아버지 사업의 부도로 엄마와 둘이 지내게 됐다는 소리를 엄마한테 들었다. 제인이는 우리 앞에서 힘든 내색 한 번 없이 밝게 지냈다. 아버지와 떨어져 지내게 된 후부터 제인이는 남자에 대한 집착이 심해졌다. 외로운 마음은 이해했지만, 아무 남자나 만나는 제인이의 모습은 안타까웠다.

남자를 만나고 헤어질수록 조금씩 더 외로움을 타는 듯했다. 채워지지 않는 갈증을 채우려 노력하는 무인도의 표류객 같았다.

언젠가 수민이 제인이와 셋이 술을 마시는 날이었다.

"넌 정말 의리 없는 것 같아 남자가 부르면 쪼르르 달려가고 말이야."

술이 취한 수민이는 담아 뒀던 얘기를 꺼냈다.

"의리 너무 없는 거 아니니. 여자들의 의리도 중요하다고."

수민이는 거침없이 말을 했다.

"여자들의 의리? 그건 연애 못하는 여자들이 찾는 변명 같은 거 아니니?"

제인이도 뒤질세라 말을 받아쳤다.

"변명? 그래서 내가 연애 안 하면서 이런 소리 하는 거야? 내가 마음만 먹으면…. 됐다."

목이 타는지 거푸 술을 마시며 수민이는 말한다. 당시 연애를 한 번도 해보지 못했던 나는 아무런 말도 할 수 없었다.

"얘기 계속해봐. 뭐 그래서 의리 타령하다 여자끼리 결혼이라도 하겠다는 거야?"

제인이도 말싸움이 시작되면 물어뜯기 바빠진다. 그날 결론 없는 릴레이 싸움을 한 시간 넘게 보고 있어야 했다. 나 역시 사랑이 소중하기도 하지만, 여자의 의리가 중요하다는 생각이었다. 수민이와 나 우리 둘과 제인이와의 조금씩 벌어지던 미세한 간격.

제인이를 만나 당장이라도 안아주고 싶다.

"자주 감상적이며, 가끔은 이성적이며, 드물게 이기적이며, 합리화를 잘한다."

자신의 성찰이라는 교양 수업 시간이었다. 자신에 대해 즉흥적으로 표현하라는 교수님 말에 저렇게 표현했다. 이유를 말해 보라며 교수님은 재촉했다.

"거지를 예로 들면, 감성적으로 그들이 너무 측은해 도와주고 싶고 안아주고 싶습니다. 계단에 무릎 꿇고 웅크린 거지를 봅니다. 불쌍한 마음에 지갑 속 천 원짜리를 뽑으려 합니다. 실수로 뽑힌 두 장은 지저분한 상자 안으로 떨어져 들어갑니다. 이성적인 마음은 한 장의 천 원이 아까워집니다. 몸을 숙여 천 원을 꺼내려고 하자, 거지는 제 손을 잡으며 말합니다. '감사합니다.' 이기적인 마음은 손에 세균이 있지는 않을까 걱정합니다. 소리 지르며 계단 위로 도망치듯 뛰어 올라갑니다. 건물 안 화장실로 뛰어 들어갑니다. 비눗물로 셀 수 없을 만큼 손을 닦아내며, 돈을 줬던 것을 후회 합니다. 원래의 감정은 잊어버리고 물줄기로 타고 내려가는 물의 색깔만을 관찰합니다. 진정된 마음은 자신을 합리화합니다. 돈을 줬으면 된 거지 뭐."

중간고사를 대체한다는 교수님의 말에 열심히 머리를 짜내서 한 말이지만, 발표하는 도중에 나는 나라는 사람을 되돌아보게 됐다. 제인이를 만나 잘못된 문제를 바로잡고 싶다. 그녀의 얘기를 듣고 싶다. 감성적으로 변했던 마음은 곧 주춤거리며 자리를 잡는다. 그냥 묻어 놓는 게 서로를 위해 좋다며 합리화를 한다.

큰오빠의 결혼식.

삼 년 동안 우리 집을 들락거리며, '어머니, 어머니.'하며 붙임성 있던 밝은 표정의 언니와 결혼하길 바랐다. 오빠는 그리도 착했던 여자와 헤어지고는 선을 본 여자와 3개월 만에 결혼한다.

큰오빠는 야망이 높은 사람이다. 미래의 큰 뜻을 위해서는 지금의 현실쯤은 아랑곳하지 않고 바꿔 버릴 수 있는 사람이다. 정반대로 작은오빠는 언제나 속없는 사람처럼 실없이 실실거리며, 정신없이 사는 것처럼 보이지만 정이 많은 사람이다.

큰오빠는 심리학 박사 마지막 학기 도중 지도 교수의 소개로 여자를 만났고, 그게 지금의 새언니다. 서울 유명 대학 총장의 무남독녀로, 오빠가 꿈의 날개를 펼치기에 충분한 상대라고 생각했던 것 같다.

날개는 언젠가 접히고 꺾인다. 꺾인 날개로 잔바람에도 이리저리 방황하는 시절도 반드시 온다. 그런 순간 가슴으로 안아줄 수 있는 여자를 버린 오빠는 나중에 벌을 받으리라. 큰오빠의 얼굴에 대고 '정신 차려!' 한마디 하지 못한 게 후회된다.

나중에 큰오빠 조카가 태어나면 마구 괴롭혀 주리라 다짐한다. 식은 순조로이 시작되고, 잘난 남녀의 약력을 간단히 소개했다. 덧붙인 우리 아버지의 소개와 대학 총장이라는 새언니 아버지의 소개. 기름기 가득한 벨트를 차고 얼마나 더 느끼한 기름인지 시합하는 자리인 것 같다.

왼쪽 뒤편에는 민규 오빠와 작은오빠 친구들이 앉아 있다. 가벼운 인사만 나누고 같은 장소에 떨어져 있으니 오묘한 기분이다.

뒤편 조용히 서 있는 한 여자가 보인다. 새언니가 되었으면 했던 언제나 밝았던 여자. 얼굴의 그늘은 길게 드리워져 표정이 보이지 않는다.

긴 주례사는 쉼 없이 이어졌다. 어차피 '잘 먹고 잘 살아' 한마디인 것을. 폭죽이 터지고 둘의 마지막 행진이 시작됐다. 행진의 마지막 순간 언니가 나타나 큰오빠의 뺨에 손을 올려 붉게 만든다. 오빠는 어쩔 줄 모르며, 당당한 모습은 온데간데없이 당황해 좌우를 살핀다.

내가 원했던 시나리오와는 달리 언니는 조용히 담담한 표정으로 지켜보다, 내가 다시 눈으로 찾을 때는 그 자리에 없었다.

오빠를 집에서 기다리는 시간들은 길어졌다. 현모양처의 모습으로 오빠의 퇴근시간을 기다리며 저녁을 준비한다. 집으로 들어선 오빠는 맛있게 차린 음식을 비운다.

가벼운 위스키 한잔과 함께 우리는 하나로 포개진다.

오빠는 집 앞으로 나를 데려다 준다. 일주일에 세 번 이상 우리는 이런 생활을 즐긴다. 처음 몰래 이 집으로 들어섰을 때의 오빠의 모습과는 완전히 바뀌었다. 요즘 저녁에 먹고 싶다는 요리를 말하는 모습은 영락없는 장난감 사 달라고 조르는 애기 같다. 엄마 요리 솜씨가 좋아서인지 나는 곧잘 흉내 내는 편이다. 누군가를 위해 준비하는 요리는 행복감으로 휩싸이게 만든다. 음식 냄새에도 달콤함이 묻어난다.

깨소금 볶는 냄새란 이런 달콤함일까?

바지락 해감을 마치고, 멸치와 다시마로 노랗게 변한 국물에 바지락을 넣자. 달그락, 달그락 입을 벌린다.

오빠는 식탁에 앉아 맥주를 홀짝이고 있다.

"배고파, 배고파."

보채는 오빠의 목소리.

칼국수 위에 주황색의 당근과 초록색의 호박으로 색의 맛을 더한다. 바지락의 비릿한 맛이 느껴졌지만, 오빠는 깔끔하게 비웠다.

진한 고동색의 위스키를 들고 창가에 마주섰다.

"창밖의 풍경은 바뀌더라도 지금 비치는 우리의 사랑하는 모습은 바뀌지 않았으면 좋겠어."

오빠의 작은 입에서 달콤함이 나온다. 주저 않고 달콤함을 내 입으로 담는다.

긴 창문에 비치는 우리. 창문에 비치는 우리의 옷은 글씨로 가득하다. 창문에는 우리들의 추억을 가득 담은 사랑의 말들로 차 있다.

윈도우 마커로 쓰고 싶은 말을 담아 놓은 유리. 허리부터 천장까지 이어지는 창문은 이제 틈 없이 가득 가득 사랑의 글씨들로 수놓아졌다.

처음 고스톱을 함께 쳤던 날. 붙여 놓았던 화투장. 폴라로이드로 찍은 둘의 모습, 서로의 초상화를 그려준 모습. 온 방 안이 유리로 가득 만들어져 있다면 우리의 추억을 담아내기는 충분할 텐데.

아쉬움이 남는다.

사랑은 가득 가득 담아도 아쉬움이 남아 마음을 애타게 만든다.

더위에 쉬이 지치던 몸이 한 번도 지치지 않고 계절의 변화를 만들었다. 새롭게 맞이하는 계절은 아쉬움 보다는 설렌다. 설렘의 향기는 죽어가는 나뭇잎에도 진한 향기로 전해진다. 사랑의 풍요로움은 때론 강물 위로 유유자적 흘러가는 돛단배의 모습으로 만들어졌다.

가을 해가 아직은 따가운 날. 오빠는 돛단배가 아닌 요트에 함께 몸을 싣게 만들어줬다. 학교 세미나를 핑계로 오빠와 처음 함께한 1박2일 부산여행.

오빠와 함께 있으면 자그마한 돛단배에 두 팔을 머리에 대고 누워

있는 기분이라 말했었다. 그 말에 보답이라도 하듯 오빠는 나를 위해 준비했다.

부산 바다 한가운데 찰랑이는 갑판에 오빠의 오른팔을 배게 삼아 누웠다. 초가을의 뜨거운 햇살은 검은 선글라스 위로 튕겨 나간다. 해질 녘까지 우리는 갑판에 가만히 누웠다. 시간은 한가로이 흘러갔다.

요트를 빌리기로 약속한 다섯 시간은 순식간에 지나가 버렸다. 가을의 시작에도 해운대는 사람들로 붐볐다. 옆으로 보이는 곳은 바다가 길게 이어지고, 반대편은 현대적인 건물들과 프랜차이즈 식당들, 카페들로 반짝인다.

서울 한복판에서 파란바다를 보는 기분이다. 오빠 옆에 붙어 걷는 우리는 지금 이곳에서 가장 행복한 커플임에 틀림없다. 일자로 늘어진 골목 안은 횟집들로 가득했다. 다들 현수막에는 '전어 개시'라는 문구가 쓰여 있어 가을이 성큼 다가왔음이 느껴진다.

실내가 파란색 조명의 바다 속을 옮겨 놓은 듯한 횟집으로 들어섰다. 오빠는 묻지도 않고 전어를 시켰다. 생전 처음 먹어보는 전어는 아그작 거리며 씹히는 뼈가 입안에서 껄끄러웠다. 비릿한 맛에 몇 점 먹어보지 못하고 밑반찬으로 나온 콘 샐러드만 입으로 가져갔다.

어려서부터 우리 집은 육식위주의 식단이었다. 비릿한 생선은 먹기가 여간 힘든 일이 아니다. 오빠는 맛있는지 쉬지 않고 깻잎에 싼 전어와 소주를 차례대로 가져간다.

부산 지역 소주는 서울에서 맛보는 소주 보다 진한 알코올이 특징이다. 바닷사람들의 강인함이 느껴지는 맛이라고 오빠한테 말하자.

"나도 강한 바닷사람으로 변신해야겠는데."

말하며 소주를 입으로 밀어 넣었다.

"서울에서 왔수?"

소주를 한 병 테이블로 내려놓으며 아주머니는 묻는다.

"네."

눈으로 웃으며 대답했다. 아줌마는 검은 손 주름이 깊게 배인 손으로 반팔을 입은 팔을 어루만지며, 어쩜 이렇게 피부가 곱누 하며 얼굴도 한번 쓰다듬어 주셨다.

얼굴로 쓰다듬으며 스쳐간 손에는 생선들의 역동적인 냄새가 흘러갔다. 바다의 바람이 털털한 기분으로 만든 탓인지 싫지만은 않았다.

"우리 지혜를 사람들이 너무 예뻐해서 탈이네."

오빠는 흐뭇한 미소를 지으며 말한다. 소주를 과하게 마셨는지 우리는 손도 잡지 않고 침대 깊숙이 빨려들었다.

3학년 2학기. 뭐가 그리 바쁜지 대학 친구들은 쫓기듯 벌써부터 취업 준비를 위해 열을 올린다. 취업이라는 문제에는 현실감이 없다. 친구들의 분주한 모습들을 보면 영원할 것만 같던 대학 생활이 끝난 것 같은 기분에 씁쓸하다.

아침부터 수민이한테 전화가 왔다.

"모해?"

수민이는 '여보세요.' 라고 말하기도 전에 묻는다.

급하게 묻는 날은 분명 용건이 있는 날이다.

"이제 학교 가려고."

하품을 늘어지게 하며 대답했다.

"오늘 집으로 놀러 와라. 응?"

보채는 목소리로 수민이는 말한다.

휴학을 한 수민이는 요즘 늘어지는 시간을 보내고 있다.

"오늘? 오빠랑 약속 있는데."

"그래 너도 친구와의 우정보다 사랑이라 이거지. 그래, 그래."

수민이는 삐진 척 하는 목소리로 말한다.

"알았어. 대신 5시에는 나와야해. 알았지?"

수민이는 이것저것 사 오라 요구하는 게 많았다.

떡볶이와 튀김, 감자 칩, 메론맛 아이스크림, 오렌지 주스 등 잡다한 주전부리를 요구했다. 계집애는 어떻게 알았는지 용돈 받은 다음날이면 칼같이 전화한다.

달력에 빗금 치며 기다리는 사람 같다.

"어, 왔어?"

문을 열며 말하는 수민이의 눈은 팅팅 붓고 코 위에는 하얀 거즈로 테이핑이 되어 있다.

"언제 수술했어?"

속이 들여다보이는 하얀 비닐봉지들을 건네며 수민이한테 물었다. 수민이는 부모님이 회사 때문에 싱가포르로 가신 후 1년 넘게 자취 중이다. 원룸이라 집 안은 현관을 들어서면 방 안이 한눈에 들어온다. 작은 공간이지만 혼자 꾸려나가는 수민이의 터전이 부럽다.

수민이의 돌발적 행동은 이제 별로 놀랍지도 않다. 대학 입학 후 1학기 동안 죽어라 알바를 해서 방학 때 인도로 배낭여행을 떠났다. 두 달이면 돌아오기로 한 수민이는 네 달이 지나서 눈동자가 유난히 검고 컸던 인도 남자와 나타났다. 네 달 만에 나타난 수민이는 그 남자와 결혼한다며, 집을 발칵 뒤집어 놓았다.

인도 남자도 여행하려 쫓아 나선 한국행에 수민이의 느닷없는 결혼 얘기에 놀랐는지 손님방에서 자고 있어야 하는 남자는 쪽지 한 장 없이 사라졌다.

그 남자와 커플로 새겨 넣은 복숭아뼈를 감싸는 리본 모양의 문신은 비닐봉지 안을 살피며 만족한 미소를 짓는 그녀의 발목에 아직도 남아 있다. 수민이는 가끔 발목을 만지작거리며 무모한 젊음의 패기였다고 하지만, 여전히 그녀는 즉흥적이다.

"어제 수술하고 누워서 자는데 코 안쪽으로 피가 넘어가는 바람에 숨도 잘 못 쉬고 죽는 줄 알았어."

감자 칩을 꺼내서는 입으로 아삭거린다. 떡볶이와 튀김은 밀폐 용기 안에 넣어져 냉장고 안으로 들어간다.

"지금 안 먹어? 나 점심 안 먹었는데."

나는 물었다.

"나 창피해서 밖에 혼자 나갈 수가 없잖아. 비상식량이야. 이해해줘용. 나 갑작스레 수술을 하느라고 집에 먹을 게 하나도 없는 거 있지."

퉁퉁 부은 눈으로 애교 있게 윙크하는 모습이 괴기스럽다.

"그러게 준비하고 수술을 해야지 갑자기 그러는 사람이 어디 있니?"

잡지를 발로 밀자 바닥에 조그마한 틈이 생긴다.

"아니, 코 수술 전문의 있다고 내가 얘기했지. 그 여배우 남편 말이야. 저번에 상담 받고, 나중에 다시 온다고 말했는데, 글쎄 어제 간호사가 의사 선생님 시간이 남는다고 와서 수술 받을 수 있냐고 하잖아. 대기.기다리려면 한 달도 더 걸리거든. 택시타고 냉큼 수술 받고 왔지. 택시 아저씨한테는 삼십분만 기다려 달라고 그러고 말이야."

10퍼센트나 디스카운트 된 가격으로 수술을 받았다며 만족한 표정을 짓는다.

"제인이한테는 비밀이야."

수민이는 검지를 들어 입으로 가져간다. 나도 검지를 들어 입으로 가져갔다.

"우리 천사 지혜 양. 종종 부탁 좀 할게요. 나는 환자잖아요."

아양을 떨며 말한다.

"지혜야, 그리고 나 너무 심심해서 그런데 너희 집 강아지 토리 좀 일주일만 빌려주면 안 될까?"

얼굴색 하나 변함없이 말한다. 재작년 하와이로 가족여행 갔을 때였다. 일주일간 수민이에게 토리를 맡겼다. 수민이네 집으로 토리를 찾으러 왔을 때 토리의 반짝거리는 하얀 털은 온데간데없이 발바닥은 검게 변해있고, 입 주변은 뭘 먹었는지 가지각색으로 물들어 있었다.

산책도 다니고, 사료만 먹는 토리가 불쌍해 맛있는 것도 많이 챙겨줬다며 허리를 펴며 말했다. 수민이 덕분에 다시 사료를 먹이는데 꽤나 애를 먹었다.

눈으로 째려보자 수민이는 후후 웃으며 장난이라며 손사래를 친다.

"처음 함께 맞는 크리스마스는 재미있게 보내고 싶은데."

빨대로 커피를 빨아들이며 오빠는 말한다. 커피는 흰색 머그잔에 있을 때 그 향기와 멋진 색깔을 뽐낸다. 오빠의 손에 들려진 안이 훤히 보이는 플라스틱 잔 안의 커피는 갈색의 한약같이 보인다. 날씨가 추워진 후로는 공원보다 처음 마주했던 카페 린에서 자주 만난다.

"오빠는 하고 싶은 거라도 있어?"

빨대를 손으로 만지작거리며 물었다.

"음. 지혜 친하게 지낸다는 친구 두 명하고 내 친구들하고 어울려서 파티 하는 건 어때?"

순간 '좋다'고 말하려던 입은 목소리를 다시 삼킨다. 검은 드레스의 제인이가 생각난다.

"우선 친구들한테 스케줄 물어보고 말해 줄게."

수민이는 보나마나 펄쩍거리며 좋아할 게 분명하다. 연애하고 싶다고 노래 부르는 수민이가 이 기회를 놓칠 리 없다. 부쩍 추워진 날씨는 몸을 자꾸만 움츠러들게 만든다. 내 손은 오빠의 손과 포개져 외투 주머니 안으로 들어간다. 손에서 흘러나오는 따스함은 온몸으로 전달된다. 오빠 옆에 꼭 붙어 걸었다.

"어머. 지혜야."

갈색이 보슬보슬 거칠게 자란 강아지와 산책을 나온 수민이와 만났다. 고양이 모양이 그려진 노랑의 목줄을 하고 나온 강아지의 곱실거리는 털에는 바람에 날아든 낙엽들이 꽂혀 있다.

수술하고 집에 혼자 있는 게 심심했는지 수민이는 유기견 보호소에서 '땅콩'이라는 이름의 갈색 푸들 녀석을 입양했다.

땅콩이라는 이름과 어울리지 않게 덩치가 큰 녀석이었다. 하루도 빼놓지 않고 산책을 시킨다더니 그 말이 맞나보다. 수민이와 민규 오빠는 그날 처음 만났다.

'카페 린'에 가까이 사는 수민이를 이제야 만난 게 신기 할 정도로 마주치지 않았다. 방금 나온 카페 린으로 다시 들어섰다. 자리를 치우기도 전에 나타난 우리의 모습에 종업원이 치울지 말지 멈칫한다.

"오빠 얘기 많이 들었어요. 지혜가 꼭꼭 숨기고 안 보여주지 뭐예요."

수민이는 가식적인 웃음을 지으며, 낙엽 범벅이 된 땅콩을 무릎 위에 앉히고 말했다.

"저도 얘기 많이 들어서 한번 뵙고 싶었어요."

오빠는 예의 있게 대답했다. 둘은 궁합이 잘 맞는지 주고받고 척척이다.

"오빠 진짜 많이 변했어요."

"내가 그렇게 많이 변했어? 좋은 쪽으로지?"

"네 당연하죠. 완전 멋있어요."

"수민이도 완전 예뻐졌는데."

"오빠, 고마워요."

둘은 쉼 없이 호호 하하거리며 칭찬 일색이다. 낯간지러웠지만 뿌듯한 마음이다. 오빠의 입에서는 귀로 흘렸던 말이 다시 나왔다.

"안 그래도 아까 지혜한테 친구들하고 크리스마스 파티 같이 하자고 했는데."

대화에 탄력을 받았는지 오빠는 들뜬 목소리로 말했다. 손뼉 치며 좋다고 수민이는 대답했다. 크리스마스 날 오빠 오피스텔에서 파티를 하기로 순식간에 정해져 버렸다.

강제에 못 이겨 떨리는 마음으로 제인이한테 전화를 걸었다. 같이 파티를 하자고 말했지만, 제인이는 미안해하는 목소리로 그날은 선약이 있다고 했다.

오빠의 대학원 동기들과의 파티가 있은 후 제인이와는 한 번 만났다. 의식적으로 제인이와 눈을 맞춰보려 했지만 쉽지 않았다.

크리스마스 날 무슨 옷을 입을지 고민하는 수민이와 카페 린에서 만나기로 했다. 아침부터 조금씩 흩날리던 싸라기눈은 덩어리 덩어리를 만들며 펑펑 쏟아졌다. 눈을 막으려 우산을 쓰고 지나치는 사람들의 어깨는 앞으로 한껏 기울어져 있다. 코코아의 달콤한 향기를 맡으며 창밖의 사람들을 본다. 눈과의 사투를 벌이며 걸어 온 건 까마득히 잊어버리고는 그새 평온한 마음이다.

지나치는 사람들의 모습에 따스한 이곳의 고요한 행복이 배가 된다. 망각하고 망각해 행복해진다. 아픈 기억도 슬픈 기억도 망각은 최고의 치료제다. 코코아의 달콤함에 도취된다.

수민이는 오늘도 역시. 걸어서 5분이면 나오는 거리도 지각이다. 어떤 변명을 할지 기대된다. 약속한 시간 두시에서 30분이 넘을 쯤 수민이는 문을 열고 들어왔다. 감색 다운 재킷에 추리닝 바지를 입은 모습으로 이제 막 일어난 사람 같다. 자리에 앉자마자 아무 일도 없다는 듯 종업원에게 나와 같은 것을 달라고 말하는 수민이의 뻔뻔함에 두 손 들었다.

재킷에서 빼 낸 오른손은 붕대로 칭칭 감겨져 있었다.

"손 왜 그래? 무슨 일이야?"

손목을 바라보며 물었다.

"땅콩이 물었어. 나쁜 놈."

분이 풀리지 않은 목소리다.

"땅콩이 완전 순하잖아. 왜 물었는데?"

의아한 눈빛으로 물었다.

"요즘 간식을 너무 많이 줬다 싶어서 좀 줄였는데 얘가 글쎄 민감해지더라고."

"그래서? 물었어?"

재촉하며 물었다.

"아니. 그냥 교육도 시킬 겸 간식을 눈앞에 빙빙 돌리며 약을 올렸는데. 내가 얄미웠는지 덥석 내 팔을 무는 거야. 그리고 이빨을 드러내고 하루 종일 그르렁대는데 얼마나 무서웠는지 아니? 그래서 그 녀석 분이 풀릴 때까지 간식을 마구 줬지."

아무 일 아니라는 듯 창밖의 눈을 보며, 눈 많이 온다. 라며 태평한 소리를 한다.

"그래서 땅콩이랑 화해했어?"

화해라는 말이 웃긴지 수민이는 풋 웃는다.

"학교 남자 선배 줬어."

"나와는 맞지 않는 것 같더라고. 남자와 동거하는 것도 그렇고 해서 말이야." 말하며 앞에 나온 코코아를 호호 입으로 분다.

"그나저나 그날 무슨 옷 입을까? 오빠 친구 어떻게 생긴 사람이야?"

분위기를 바꾸려는 듯 수민이는 밝은 목소리로 묻는다.

"홧김에 줘버렸는데 그 녀석 없으니깐 허전하더라."

입을 꾹 다문 채 바라보는 내게, 속마음이 들켰다는 듯 말한다.

수민이가 좋아하는 근처 스파게티 전문점으로 향했다. 나는 크림 스파게티, 수민이는 모차렐라 파스타를 시켰다. 보기만 해도 느끼함이 주르륵 떨어지는 내 음식이 먼저 나왔다. 둘은 사이좋게 나눠 먹고 하우스 레드와인도 한 잔씩 마셨다. 이어 나온 모차렐라 파스타는 적당히 치즈가 녹아 있었다. 거기에 버질의 산뜻한 향이 좋았다.

"난 치즈가 좋아."

수민이는 포크로 이리저리 파스타를 섞으며 말한다.

"그 녀석도 치즈를 좋아했는데. 조금만 줄이면 좋았잖아. 주인을 무는 강아지가 어디 있냐고."

미련이 남는 목소리로 수민이는 말한다.

"나쁜 녀석."

수민이는 입안으로 우걱우걱거리며 피클과 파스타를 쉬지 않고 흡입했다.

'사랑해'

자연스러운 음의 멜로디. 사랑한다는 표현이 어느덧 자연스러워졌다. 함께 길을 걸을 때면 오빠는 어깨 위로 손을 두른다. 적당히 어깨를 감싸 안아줄 수 있는 오빠와의 키 차이가 좋다. '키가 작은 남자를 만났다면 마음껏 힐을 신을 수도 없었겠지.' 생각하며 오빠를 물끄러미 바라본다.

어깨 위로 가끔씩 움찔거리는 느낌의 팔 근육은 섹시하게 느껴진다. 추운 날씨에도 아랑곳하지 않고 명동은 커플들로 가득하다. 지나치는 거리는 반짝이는 조명들과 크리스마스 장식들로 연말 분위기에 한껏 도취되게 만든다.

"뜨끈한 국물 먹고 싶다."

오빠는 내게 바짝 붙어 춥다는 듯 몸을 비빈다. 일본 관광객이 많아서인지 일본식 라멘집은 손쉽게 찾을 수 있다. 한가해 보이는 2층의 라멘집으로 들어섰다. 식당 안은 된장과 간장 냄새로 가득했다. 익숙한 냄새.

큰오빠의 일본 유학 시절. 처음 맞는 대학교 방학에 가방만 달랑 매고 오빠를 찾아갔다. 부산에서 배를 타고 후쿠오카로 이동해 거기서 지하철을 타고 큐슈로 찾아갔다.

지하철역 앞에 자전거를 타고 나온 오빠는 낯선 모습이었다. 한국에서는 본 적 없는 자전거 타는 모습과 콧수염을 기른 모습은 일본 사람처럼 보였다.

원룸에서 지내고 있는 오빠는 깔끔한 성격답게 작은 공간을 실용적으로 사용했다. 한쪽 벽면 일본어인지 한문인지 헷갈리는 글자로 써진 책들이 천장과 맞닿을 정도로 높게 쌓여 있었다. 언제나 열심히 노력하는 오빠의 모습에 흐뭇했다.

방에 딸린 작은 화장실 안에 욕조가 있다는 사실이 신기했다. 우리 집 욕조의 반만 한 크기였지만, 깊이는 앉으면 목까지 잠길 정도로 깊었다. 돈 없는 유학생이었던 오빠는 하루에 한 끼는 라멘집으로 데리고 갔다. 우리나라의 부드러운 면보다 힘 있고 빳빳한 느낌에 이질감이 들었다. 간장과 된장 냄새도 자극적인 맛에 익숙해져 밋밋하기 그지없었다.

어쩔 수 없이 하루 이틀 먹기 시작한 일본 라멘은 나중에 중독되어 하루에 세 번씩 들락날락거리며 메뉴를 바꿔가며 먹었다. 머리에 흰색 수건을 매고 있던 일본 청년은 매일 찾아오는 내게 한국어로 인사를 건네곤 했다. 작은 얼굴에 속눈썹이 길었던 남자는 귀여운 강아지 같으면서도 분위기가 있는 외모였다.

일주일 넘게 라멘집을 갔을 때, 일본 청년은 어눌한 한국어로 '우리 오느르 데이또 하면 아니 되게스므니까?' 하며 말을 걸었다. 일본에서의 로맨스를 꿈꾸며, 데이트를 즐기고 싶었지만 영어를 한마디도 못하는 그와의 데이트는 약속 장소도 잡기 힘들었다.

라멘집 남자는 하루에 한 번씩 찾아갈 때 마다 '오느르 뭐르 워나시무니까.', '오느르 어디 가시무니까.' 하며 한마디씩 말을 건넸다.

한 달 여행이 끝날 무렵 오빠한테 배워 온 서툰 일본 말로 내일 한국으로 떠난다는 말과 그 동안 고마웠다는 말을 했다.

남자는 손바닥을 보이며 기다리라고 제스처를 취했고, 밖으로 나와서는 흰 종이에 자신의 메일 주소를 적어줬다. 주방 밖으로 나온 남자는 허리를 굽히고 있는 것 같았다. 남자는 나와 키가 같거나 약간 작아 보였다.

일본에서의 마지막 날은 그에 대한 환상에 찬물을 끼얹으며 끝났다.

미소 지으며 숙주와 면을 섞고 있자.

"라면 나오니깐 그렇게 좋아? 지혜 라면이 먹고 싶었구나."

히죽 웃으며 라멘 위에 올려있던 돼지고기를 내 입으로 넣어준다.

"우리 언제 일본 가서 라멘 먹자. 오빠."

감상적인 목소리로 말했다.

"일본? 지혜는 가 본적 있어?"

오빠는 움직이던 젓가락의 움직임을 멈추고 말한다. 오빠는 음식을 먹으며 말하는 법이 절대 없다. 상대방을 존중해 준다는 느낌의 행동이 좋다.

"아니 없지. 오빠랑 가보고 싶어."

나도 모르게 거짓말이 나왔다.

"그래? 빠른 시일 내에 꼭 같이 가자."

눈을 찡긋거리며 대답하고는 다시 젓가락을 움직인다.

생리통이 시작되는 날은 혓바늘도 같이 돋는다. 혀끝이 둘로 갈라져 도마뱀이 된 기분이다. 골반이 벌어지는 느낌은 한 달에 한 번씩 아무것도 하지 못하게 만든다.

처음 생리를 시작 했을 때 엄마는 생리통을 호소하는 나를 깔끔히 무시했다. 엄마는 생리통이 어떤 고통인지 한 번도 느껴본 적 없다고 한다. 엄마는 학교 가기 싫어 꾀병 부린다며 잔소리를 해댔다. 위 안의 모든 걸 밖으로 게워 내고, 탈진한 모습을 보고서야 병원으로 데리고 갔다. 링거를 맞은 건 그때가 처음이었다.

한두 해 지나자 생리통에도 요령이 생겼다. 통증이 시작될 것 같으면 진통제를 미리 먹는다. 하루 종일 침대에 누워 끙끙거리고 다음날이 되면 언제 그랬냐는 듯 혓바늘도 없어지고 몸은 음식물을 요구한다.

생리하는 시기는 항상 1킬로그램씩 찌고 만다. 생리통이 시작된 날 오빠는 집 앞으로 왔다. 몸이 안 좋다고 둘러댔지만 오빠는 눈치 없게 집 앞으로 감기약을 들고 찾아왔다.

진통의 효과가 끝났는지 오빠의 차 안에서 고통이 찾아왔다. 조였다 풀어졌다 움켜쥐는 통증은 식은땀이 흐르게 만든다. 오빠의 목소리는 귓등으로 반사된다.

검은 손이 내장을 조여 오는 느낌. 참을 수 없는 기분 나쁜 고통이다.

오빠 뺨에 가벼운 입맞춤을 하고 차에서 내려설 때 사건이 터졌다.

'뿌부북.'

엉덩이에서 정체 모를 소리는 문 밖으로 몸이 빠지기도 전에 흘러 나왔다. 차라리 옷이 찢어진 거라면. 옷이 찢어진 거라면.

소용없는 기도를 해본다. 빨갛게 달아오른 얼굴로 오빠를 봤지만 모른 척 조심히 들어가라 인사한다.

"조, 조심히 들어가."

버벅거리며 어색한 표정으로.

차가운 바람도 얼굴을 식혀주기는 역부족이다. 닫게 굳혔던 창문을 내리고 오빠는 검은 빛을 뚫고 달려 나갔다.

몸속의 어둠에서 달려 나왔던 공기 같다. 방으로 들어서자마자 침대 위로 축 늘어졌다. 쥐구멍이 간절한 밤이다.

순간의 시간과 추억을 이어주는 다리도 이별이라는 순간. 모든 의미와 방향성을 잃어버린다. 사랑이라는 황홀감은 어이없는 이별로 이어졌다.

크리스마스 날.

그 사람의 오피스텔로 파티를 위해 찾아갔다. 수민이와 나는 짜기라도 한 듯 둘 다 검은색 옷을 맞춰 입었다. 나는 검은 목폴라에 스커트, 수민이는 검은 유넥과 검은 스키니 진을 입었다.

서툰 솜씨로 그 사람과 친구가 만든 감자 그라탕. 딱딱하게 굳어버린 치즈 때문에 떼어내기 힘들었다. 그 사람이 만든 정성은 딱딱하게 굳은 치즈도 간이 덜 베인 밥도 맛있게만 느껴졌다.

"이쪽은 제 친구 강남웅이요."

그 사람은 자기 친구를 수민이한테 소개했다. 이름 밑에 받침이 세 개나 들어가는 남자의 이름은 발음하기 힘들었다. 안경을 끼고 각진 얼굴은 화려하진 않지만 순박하고 믿음이 가는 얼굴이었다.

붕대를 감은 손으로 밥을 헤집으며 먹는 수민이와, 자신이 한 요리가 뿌듯한지 두 남자는 열심히 숟가락을 입으로 가져갔다. 식사 후 남자 둘은 안주로 준비했다며, 냉장고에서 골뱅이와 치킨 샐러드를 꺼냈다.

치킨 샐러드는 딱딱하게 굳어 있었고, 차가운 골뱅이는 비릿한 향이 강했다. 수민이가 사온 케이크를 꺼내고 크리스마스 날의 조촐한 술자리가 시작됐다.

우리는 와인과 맥주를 섞어 마셨다. 빨간색으로 물든 맥주는 향기롭고, 목 넘김이 산뜻했다.

"어떤 일 하세요?"

수민이도 남자가 싫지는 않은지 질문을 주고받는다. 남자는 처음 수민이를 보자 작은 눈을 동그랗게 치켜 올리며 바라봤다. 단박에 남자가 수민이를 마음에 들어 한다는 걸 눈치 챘다.

그 사람의 든든한 어깨에 기대어 둘의 주고받는 대화를 흐뭇하게 지켜봤다. 그 사람의 편안함은 그날도 예외 없이 나를 녹아들게 만들어 주었다. 소박한 파티는 흘러가는 시간 속에 즐거움으로 물들었다.

'딩동'

그때는 그 벨소리가 그 사람과 마지막으로 함께 듣는 소리일지 몰랐다.

"누구 또 와?"

몸을 일으켜 세우는 그 사람에게 물었다.

"응 잠깐만."

대답하고 문을 열었다.

문 밖에는 제인이와 모임에서 봤던 바람둥이로 소문난 남자가 서 있었다.

"제인아!"

문으로 얼굴을 돌린 수민이는 반가움인지 놀람인지 모를 큰소리로 이름을 불렀다.

"서로 아는 사이였어?"

그 사람은 뒤를 돌아보며 힐문했다. 대답도 하기 전에 수민이가 우리 셋은 중학교 동창이라고 설명했다. 상기된 제인이의 얼굴과 내 얼굴 누가 보더라도 이상하다.

"그때 왜 말 안 했어?"

그 사람은 따지듯 물었다.

남웅이라는 남자를 제외한 다섯은 가만히 서서 움직이지 못했다. 그날 밤 차가운 공기가 오피스텔 안을 지배했다.

무언가 깊이 꼬여가는 느낌이었다.

"잠깐 편의점 같이 갔다 올까?"

그 사람은 내 손을 잡고 일으켰다. 그 사람을 따라나선 건물 밖.

"너 왜 말 안 했어?"

굉장히 화가 난 표정이었지만 목소리는 감정이 없어 보였다.

"그냥. 상황이."

쉰 목소리가 나왔다.

"너 혹시. 너 혹시. 너도 그런 데서 일하고 그러는 여자였니?"

"그게 무슨 말이야?"

"맞지? 어쩐지. 학생이 비싼 가방 들고 다닐 때부터 알아봤어야 하는데. 모르는 남자 쫓아 호텔로 올 때부터 말이야."

그 사람은 확정적으로 말한다. 동대문 시장에서 구입한 샤넬과 루이비통 백들을 두고 하는 말인가 보다. 한심한 남자의 말에 변명 할 필요도 더 이상의 질문과 대답은 의미를 잃어버린다.

"너를 믿기 때문에 사랑했어."

그 사람이 뱉은 마지막 말이었다.

'사랑했기 때문에 오빠를 믿었어.' 라는 말은 끝끝내 나오지 않았다.

영원할 것만 같던 사랑도 시시한 오해로 끝났다. 누구를 원망하거나 질책하려는 마음도 잃어버린 의미의 저편으로 넘어가버렸다. 누구의 원망도 질책도 하고 싶은 에너지도 나오지 않는다.

그 사람의 멸시하는 듯한 표정과 얼어버린 말투는 나를 단숨에 식어버리게 만들었다. 오피스텔 밖으로 나선 우리 셋. 말이 없는 제인이와 무슨 일인지 쉬지 않고 묻는 수민이. 담담한 마음은 눈물도 차갑게 식혔다.

차갑고 비릿했던 골뱅이가 떠오른다. 눈 내리는 화이트 크리스마스. 하얗게 내리는 눈에 그 사람의 기억도 하얗게 변할 수 있다면. 속절없는 기대를 해본다.

우리는 믿음과 사랑을 줄 수 있는 상대를 찾아 떠났다.

'윙윙윙'

아침은 언제나 블루베리 한잔과 토마토 한잔씩 갈아 마시고 시작한다. 꿈꾸던 독립은 언제나 행복한 나날을 선사한다. 그 남자와 헤어진지 2년 후 나는 집에서 독립했다.

교수님 추천으로 영어 소설 번역 작가로 활동하게 됐다. 운이 좋았는지 처음 번역을 맡게 된 미국의 신인 작가의 소설은 베스트셀러로 등극했다. 그때부터 번역 일 의뢰는 끊이지 않고 들어왔다.

출가는 절대로 허락하지 않으셨던 아빠도 밤을 낮처럼 사용하는 내가 질렸는지 독립을 허락해 주셨다. 여름이면 옥상에 치던 텐트도 기억의 저편에 피켓을 들고 서 있다.

작은 오빠의 친구였던 그 사람과 마찬가지로 가끔 꺼내어 보곤 하는 추억이다.

"따르릉."

"오늘 약속 잊지 않았지?"

수민이는 '여보세요'라고 말하기도 전에 용건을 말한다.

"응. 당연히 기억하지 걱정 마."

늦지 말라며 수민이는 전화를 끊었다.

'언제나 늦는 주제에.'라고 말해주고 싶었지만 뚜뚜거리며 전화기 건너편 수민이는 사라지고 난 후다.

차이니즈 레스토랑 구석으로 자리를 안내 받았다.

자리에는 수민이와 배가 부른 제인이.

그 옆에는 정장을 입은 남자 둘이 앉아 있다.

"지후 씨 오랜만이에요. 호호."

수민이는 내 손을 꼭 잡고 있는 남자한테 인사를 건넨다.

"제인아 출산일이 언제야?"

외투를 벗으며 제인이한테 물었다.

"이제 한 달 남았어."

제인이는 아줌마스럽게 말한다.

그 남자와 헤어진 지 2년째 되는 크리스마스.

나는 새롭게 사랑에 빠진 남자와 삶의 추억을 나눌 수 있는 친구들과 함께하는 시간이 계속되길 속절없는 기대를 해본다.

자기야! 너무 빨리는 아니더라도.
인생의 마침표를 찍게 되면 달 위에서 만나는 거야.
그리고 멋지게 탱고를 추는 거지. 낭만적이지?
달 위에서 춤추는 우리. 그림자는 멋지게 지구 위로 드리워지겠지?
세상 모든 사람이 부러워하는 그런 연인의 그림자로 말이야.

회색레몬

19살. 매미가 무던히도 울어대는 여름.

선수촌 앞에 서서 나 역시 매미처럼 울어댔다. 낮고 긴 멍청한 소리였다. 그날부터 내 몸은 완전한 내 소유가 되었다. 어디의 소속도 아닌, 태극기를 한쪽 가슴에 붙일 국가의 자식도 아닌 나로서 존재하게 됐다.

자유로운 나로 돌아왔지만, 가슴속 펼쳐진 광활한 사막의 황량함은 어디로 나아갈지 갈피를 잡기 어려웠다. 선수촌에서 쫓겨난 슬픔보다, 브레이크 없던 삶에 느닷없는 정지버튼은 나를 혼돈으로 밀어 넣는다.

빌어먹을 어깨 탈골. 군기를 잡는다는 선배들의 폭력에 청소년 국가대표 상비군 시절 습관성 탈골이 생겼다. 탈골의 염려는 자유형 선수였던 내게 강박감을 심어줬다. 팔이 또 미역줄기처럼 흐느적거리지는 않을까하는 두려움은 조금 더 빨리, 빠른 기록을 내야했던 나를 점차 뒤처지게 했다. 그때마다 어른인 척 거만을 떨며, 기합을 주던 놈들의 얼굴이 스쳐지나간다.

코치는 물속에서 얼굴을 빼내는 내게, 수경을 벗기도 전에 침을 뱉었다.

기록이 또 1초 느려졌다. 선수촌 남자선수 중 최하위 기록이다. 여자 선수들과 경기해도 손색이 없을 만큼 굉장한 실력이다. 조립식 장난감 같은 어깨를 샤워장 타일에 몇 차례 힘을 실어 부딪쳤다.

자연스레 오른팔은 아래로 쳐져버린다. 아프다는 고통도 느껴지지 않는다. 쿵쿵거리는 소리에 뛰어 들어온 코치 얼굴은 멋있게 일그러져 있었다. 코치 얼굴을 보자 각성 상태가 됐다.

선수 선발 시절 1순위로 불러들였던 코치 얼굴에 침을 뱉자, 통쾌한 기분이 온 몸을 감싸고돈다. 선수촌에서 가장 마음에 드는 순간임에 분명했지만 두 눈은 뜨거워졌다. 코치의 벙벙한 얼굴을 보며 타일에 다시 어깨를 세차게 부딪쳤다.

팔은 원래대로 원을 그릴 수 있었다.

샤워장 안의 셀 수 없을 만큼 많은 눈은 내게 쏟아졌지만, 샤워기의 세찬 물소리만 공간을 가득 메웠다. 다음날 아침. 방으로 찾아온 코치는 간격 없이 빰을 두 대 때렸다. 개자식은 언제나 예고 없이 때린다. 따끔거리는 빰을 손으로 감싸 안자, 손을 끌어당겼다.

코치 손에 이끌려 선수촌 주치의를 찾아갔다. 의사는 고개를 갸웃거렸다. 그리곤 '선수 생활의 끝.'이라며 건조하게 말했다.

'끝이라, 끝.' 아무리 되뇌어 봐도 현실감이 없는 단어였다. 밖으로 함께 나온 코치는 내 옆에 나란히 섰다. 어깨에 손을 올리고 위로한다는 듯 주물럭거렸다. 빰을 붉게 물들였던 손이 부드러운 원을 그리며, 나긋하게 변해 간다.

선수촌으로 놀러 온 여자친구의 어깨를 주무르던 코치의 거만했던 표정이 떠올랐다. 역겨움이 침샘을 자극한다. 커억 소리를 내며 침을 끌어 모았다. 그리곤 바닥에 한번, 코치 얼굴에 한번 번갈아 침을 뱉었다.

모든 건 괜찮아질 거야.

하얀 침은 나를 위로해주는 느낌이 들었다.

웬일인지 코치의 손은 내 얼굴로 올라오지 않았다. 무언가에 탄력을 받았는지 손을 올려 코치의 뺨을 때려 봤다. 코치는 뺨이 아픈지 훌쩍거리더니 이내 눈물을 그렁거린다.

한 폭의 아름다운 그림이었다. 잎사귀 위의 물방울이 맺혀 떨어질까, 말까하는 그림 같았다. 무너진 표정이 마음에 들었다.

액자에 남겨 놓고 싶은 충동에 휩싸였다.

'찰칵' 눈으로 코치의 얼굴을 사진 찍는다.

나는 그날 오후 짐을 싸서 선수촌을 나왔다.

놀란 눈으로 바라볼 가족들을 생각하니, 집으로 돌아가는 발걸음이 천근만근이다. 내 머릿속에서 천근만근이란 단어가 떠오르다니. 젠장. 나도 똑똑해지는 걸까.

옆에서 매일 유식한 척 이상한 단어만 골라 쓰는 룸메이트 녀석 때문에 내 머리가 어떻게 됐나 보다. 바닥에 침을 뱉자 마음이 진정된다. 룸메이트는 어느 날 침이 왜 생기냐고 묻는 내게.

"더워지면 비 오는 거랑 같아."

그의 말에 입이 떡 벌어져 아무 말도 나오지 않았다. 살아있는 사전과 함께 있는 것에 든든한 마음이 들었다. 귀에도 근육이 생겨 괴물 같은 형상을 하고 있으면서도 녀석의 감성은 부드러웠다.

그날부터 알았다. 머리에 과부하가 걸리면 침이 생긴다. 빼줘야 한다. 썩은 기름은 빼줘야 한다. 습관적으로 침을 뱉기 시작했다. 물속에서도 옆으로 지나가는 선수들을 보면 침을 뱉는다. 내 몸을 타고 내려가는 끈적끈적함과 입으로 들어오는 소독약 냄새가 가득한 물. 그 순간부터 시합의 결과는 상관없어진다.

마른 침을 몇 번이고 뱉어 가며 집 앞을 서성였다. 입안이 바싹 마르고 나서야 초인종을 눌렀다. 익숙한 초인종 소리였지만 마음을 적막하게 만들었다. 낯선 목소리로 문을 열고 나온 아줌마는. 우리 아줌마가 아니었다.

"우리 엄마는요?"

문을 열고 나온 뚱뚱한 아줌마는 당황스러운 얼굴이다. 버려진 자식이 다 커서 찾아온 풍경과도 흡사하다. 덩치에 주눅이 들었는지 아줌마는 예의 있게, 며칠 전 이사 왔다고 말했다.

나이스. 나이스. 나이스.

뚱땡이 아줌마 앞에서 소리 내서 한번. 계단을 내려오며 한번. 강렬한 태양 아래 하늘로 주먹을 내지르며 한번.

나는 총 세 번 소리를 질렀다.

내가 아는 몇 개 되지 않는 영어 단어인 나이스는 허공을 높게 가로지르더니, 구름을 동그랗게 만든다. 기쁜 마음은 달콤하게 몸을 녹인다.

청소년 상비군 시절 최고 기록을 달성했을 때보다. 초등학교 생일날 갖고 싶던 수경을 받았던 날보다. 그 어느 날보다 기뻤다.

나는 이제 엄마와 아빠의 소유도 아니다. 나는 나만의 존재로 재탄생 됐다. 하늘을 보자 빨간 빛이 여과 없이 그대로 내리 쏟는다. 눈부심에 눈을 감자 눈꺼풀 안으로 태양도 같이 들어와 있다.

감사함의 기도를 했다. 누구한테 기도를 한다는 형체는 없다. 기도는 그냥 기도일 뿐이다. 수영장 레일에 들어서면 최고의 결과를 낼 수 있게 도와 달라며 항상 기도했다. 나는 그냥 기도가 좋다. 보호 받는 느낌이 좋다.

내 옆에는 두 명의 여자가 있다.

누군가가 사랑이냐고 묻는다면 나는 정확히 대답할 수 있다.

아.니.다.

그냥 만나는 사람일 뿐이다.

나는 '이유 없음' 이 단어가 좋다. 잘난 체하며 이런저런 이유를 갖다 붙여 자기 합리화하는 인간들은 역겹다.

합리화. 내가 이런 단어도 쓸 줄 알다니. 인간은 사회와 어울려 줘야 고급스러워진다.

나는 트렌스젠더 클럽에서 일을 시작했다. 곧 스무 살이나 다름없으니 스무 살이라고 거짓말을 했다. 그리고 성전환 수술을 위해 돈을 마련 중이라는 거짓말을 했다. 거짓말은 아무 생각 없이 지껄이면 술술 나왔다.

선수촌을 나오자 몸은 홀쭉해졌다. 식사의 불균형은 점점 체중을 감소시켰다. 거울 속의 나는 언제나 나이스하게 생겼지만, 살이 빠지고 거뭇한 기운이 없어지니 천생 성전환 수술을 갈구하는 미소년의 모습이었다.

자아도취. 이런 낭만적인 단어가 어울릴지 모르겠다.

나는 클럽에 들어가자마자 채용됐다. 갈 곳이 없다는 내게 클럽 안에 있는 대기실을 방처럼 사용할 수 있도록 허락해줬다. 예쁘게 생긴 얼굴이라며, 구역질이 나오는 놈인지, 년인지 모를 것들은 나를 둘러싸고, 얼굴이며, 나의 상징을 만지작거렸다.

부끄러운 마음은 들지 않았다. 오히려 예전 선배들의 모습이 떠올랐다. 선배들은 가끔씩 내 상징을 농락하며 손가락으로 튕기곤 했었다.

가게에 오는 손님은 주로 남자. 남자. 또 남자. 가끔 남자와 같이 오는 여자. 혼자 오는 여자와 여자들. 별달리 특별할 것 없는 구성이었다. 여느 술집과 다른 점이 있다면, 화려한 조명과 바닥부터 천장으로 이어지는 봉이 군데군데 달려있다는 것이다.

핑크색 봉에 매달려 언니들은 노골적인 춤을 춘다. 전혀 섹시하지 않았지만, 사람 눈은 천차만별이다. 인공적인 가슴팍에 돈을 꽂아주며 슬쩍 가슴을 만지려 노력하니 말이다.

언니라는 역겨운 호칭은 일을 시작한지 일주일이 지나자 자연스러워졌다. 클럽에서 유일한 완전체의 남자였던 내게 손님들은 팁을 잘 챙겨줬다. 술 한 병을 갔다 줘도 팁을 줬고, 재떨이를 비워 줘도 팁을 줬다. 너도 언젠가는 언니들처럼 될 수 있다며, 어쭙잖은 위로를 했다. 물론 한마디도 반박하지 않고, 고개를 꾸벅 숙이고는 주머니로 돈을 집어넣었다. 가끔 혼자 들러 팁을 챙겨주던 여자가 있었다. 다섯 번째쯤 마주쳤을 때였을까. 그녀는 어김없이 팁을 챙겨줬다. 팁을 받으면 조용히 화장실로 들어가 확인하곤 했다. 만 원짜리 사이에는 와인색의 쪽지가 끼어있었다.

-가게 앞 선술집에서 기다릴게요. 와주세요-

부탁 같으면서도 명령 같았다. 안주나 실컷 먹자는 마음으로 향했던 그날이 내 인생에 어떤 영향을 줄지 그때의 나는 상상도 하지 못했다.

그날. 처음 술을 마시고, 여자의 품에 안기고, 고급 승용차에 탔다. 세 가지나 태어나서 처음 경험하는 것이었다.

놀랍지 않았다. 인생에 놀라움이라는 게 존재할까? 어차피 일어날 줄 예상했던 일에 놀라는 척 하는 조미료를 가미하는 것뿐이다. 조금 더 기뻐하려고 하는, 조금 더 슬퍼하려는 연극적인 행동이다.

처음 엄마 손에 이끌려 수영장에 갔을 때, 나는 덤덤히 사람들의 물장구를 바라봤다. 앞으로 수영을 하라는 엄마의 말에 나도 저기서 물보라를 만들어야 하는구나. 그런 생각에 기대나 실망 같은 건 없었다.

다만 노란색의 키판을 잡고 물에 빠지지 않으려 허우적거리는 꼴들이 우스워, 나는 저렇게 되지 않겠다고 다짐했다.

“너도 수술 할 거니?”

안주를 열심히 고르던 내게 팁을 잘 챙겨주던 여자는 물었다. 레몬을 베어 문 듯 턱이 따끔거리며 침샘이 자극됐다. 양 볼로 침이 가득 고였다. 일말의 주저 없이 여자 얼굴에 침을 뱉었다. 레몬즙처럼 여자 얼굴로 침은 튀어 나갔다. 여자는 티슈로 얼굴을 닦아내며 웃었다. 그 모습이 괴기스러웠다.

어렵게 고른 문어숙회와 오징어튀김은 최악이었다. 문어는 질겅거리며 입안에서 계속 맴돌았다. 오징어튀김은 바짝 마른 과자 같았다. 셀 수 없을 만큼 많은 잔에 술이 채워지고, 나는 겁 없이 입으로 털어 넣었다. 그리곤 정신없이 변기를 잡고 토를 했다.

정신을 차리고 보니 여자 깊숙이 내가 들어가 있었다. 여자는 내 밑에서 새끼 고양이를 잃어버린 어미 고양이처럼 울어댔다. 앵앵거리던 여자는 얼굴로 침을 뱉어 달라고 했다. 정신이 반쯤 나간 여자 얼굴에 물로 목을 축여가며 침을 뱉었다.

머리가 벗겨진 초로의 남자와 일주일에 한 번씩 오는 여자가 있었다. 여자는 언제나 웃는 얼굴이었지만, 전혀 즐거워 보이지 않았다. 그 여자의 그런 모습은 나의 관심 밖이었다. 내게는 오로지 팁을 주는 손님과 팁을 주지 않는 손님 두 가지 부류만 존재했다.

그 여자는 대머리가 언니들과 정신없이 춤을 출 때 나를 불렀다. 대머리의 위로 쏟아지는 조명들은 탐스러운 사과처럼 보였다. 여자는 검은 정장 바지 주머니로 핸드폰을 넣었다.

나는 쪼르르 화장실로 달려갔다. 핸드폰 사이 기대하던 팁은 없었다. 덩그러니 쓸모없는 기계만 내 손에 들렸다. 휴게실 가방 안에 핸드폰을 던져 놓고 다시 일에 집중했다. 나의 관심사는 오로지 통장에 쌓여 가는 잔고. 잔고가 쌓여 갈수록 나 자신도 커져 가는 기분이 들었다. 통장의 잔고는 클럽에 붙어 있는 대기실에서 하늘과 가까운 옥탑방으로 이사하게 만들어 주었다.

낭만의 옥탑방은 바퀴벌레와 모기부터 다리가 열 개도 넘게 달린 벌레, 얼굴과 몸통이 하나로 연결된 벌레 등 처음 보는 것들로 득실거렸다. 모두 하나같이 혐오감이 들었다. 하지만. 하지만. 아주 행복했다.

다음날 눈을 뜨기 이른 낮. 가방에서 울려대는 소리에 눈을 떴다. 비몽사몽한 정신으로 가방에 손을 넣었다. 핸드폰은 잡히지 않고 이리저리 내 손을 피해 다녔다.

"저 누군지 아시겠어요?"

핸드폰을 주머니에 넣던 여자의 목소리가 들렸다.

"네."

대답했다.

"혹시 잠깐 만나 뵐 수 있을까요?"

조심스러운 목소리였다.

"네."

귀찮았지만, 대답이 먼저 나왔다.

여자와 두 시간 후 우리 집 앞 카페에서 보기로 했다. 여자의 얼굴을 머릿속으로 더듬어 봤다. 족히 스무 살은 많아 보이는 여자. 이것도 저것도 제정신이 아니다.

나는 이불 속에서 여자를 그려보다 다시 깊은 잠에 빠져들었다.

'띠리리릭. 띠리리릭'

머리맡에 있는 핸드폰은 단박에 내 손으로 들어와 귀에 밀착된다. 어느새 내 것인 마냥 행동이 자연스러워졌다.

"저 왔는데요."

시계를 확인하자 약속시간보다 삼십분이 지나 있었다. 검은색의 스포츠용 시계를 보고 있자니, 과거의 필름들이 연속적으로 지나간다. 시계를 풀어 구석으로 던졌다. 힘없이 툭 하는 소리를 내며 바닥에 떨어지는 모습이 짜증스러웠다.

모자를 눌러쓰고 집 앞 카페로 향했다. 자리에 앉기 무섭게 전화기를 여자에게 건넸다. 여자는 손사래를 치며 선물이라고 받아달라고 말했다. 핸드폰은 다시 주머니 속으로 들어갔다.

생애 처음 갖게 된 핸드폰.

'19살부터는 인생의 처음이 많아지는 시기인가?'

'그런가보지.' 혼자 묻고 답한다. 감흥은 없다.

"몇 살이세요?"

스무 살로 대답했다. 선수촌을 나온 후로는 사람들은 나이를 먼저 물어본다. 선수촌에 있을 때는 이름보다 최단 기록 시간을 먼저 물어왔다. 일하는 클럽에서 사람들이 나이를 물어올 때면, 순간적으로 최단 기록 시간이 튀어나올 뻔하곤 했다.

여자는 뭐가 즐거운지 싱글싱글 웃는 얼굴이다. 클럽에서 보던 웃는 얼굴보다는 근육이 자연스럽게 움직인다. 웃는 여자와 5분 동안 서로의 얼굴만 바라봤다. 침묵의 시간을 깨고 싶지만 말을 꺼내기 귀찮았다. 아니 입에서 나는 화장실 냄새를 풍기기 싫었다.

"저는 서른네 살이에요."

여자는 쑥스러워하며 말했다.

"네. 대충 그럴 줄 알았어요."

메마른 목소리로 말했다.

"아참 뭐 마실래요?"

"딸기 스무디요." 대답이 끝나자마자 여자는 카운터로 가 음료를 주문했다. 남자의 심부름에 익숙한 몸놀림이었다. 대머리 자식이 교육을 잘 시킨 모양이다.

나를 너무 사랑해서 죽이고 싶다는 여자와, 나를 너무 사랑해서 죽고 싶다는 여자.

그렇게 두 여자와는 일주일 차이를 두고 만났다.

쪽지를 건넸던 유진.

핸드폰을 준 윤서.

유진이와 세 번째 만나는 날.

유진이는 옥탑방으로 따라 올라왔다. 그녀는 굉장히 즉흥적이다. 생활통지표란에 분명 적극적, 행동적, 독단적이란 표현이 들어갔으리라.

유진이는 집 문을 여는 순간부터 코를 막았다. 남자의 진한 냄새에 익숙하지 않은 듯했다. 남자의 냄새를 이해 못하는 모습에 어리다는 생각이 든다.

유진이는 장롱 옆에 끼어있던 가방을 꺼내서 먼지를 탁탁 털어냈다. 선수촌에서 쫓겨날 때 들고 나온 가방은 찌지직 소리를 내며 벌리기 싫은 입을 벌린다. 가방 앞에 매직으로 'no.1'이라고 쓰여 있는 글씨가 보인다. 피식 웃음이 나온다.

그녀는 몇 벌 없는 옷을 가방에 구겨 넣었다. 유진이는 한손에는 가방을 한손에는 내 손을 잡고 자신의 집으로 왔다.

집으로 들어서자마자 가방을 열어 몇 벌 남짓한 옷들을 들춰보더니 고개를 갸웃거렸다. 군더더기 없는 동작으로 현관 쪽으로 모두 던져버렸다.

일하는 클럽과 유진이네 집은 가까웠다. 한강이 훤히 보이는 집의 거실은 대리석으로 벽과 바닥이 깔려 있다. 아이보리색의 대리석이 깔린 집은 차갑고, 건조하게 보였다.

30층 높이에서 보이는 한강. 한없이 쓸쓸해 보인다. 다이빙 하고 싶다는 충동이 일어나는 집이었다. 이곳은 넓은 다이빙대다. 잠시 밥 먹고 잠을 잘 수 있는 편안한 다이빙대. 언젠가 창문으로 의자를 던지고, 깨진 유리 사이로 강물을 향해 달려들리라. 날렵히 빠져나가 유리 조각으로 몸에 생채기 하나도 만들지 말아야지.

또, 또 쓸데없는 망상을 한다.

다이빙대 위에서 살게 된 후부터 유진이는 일을 그만두라고 나를 종용했다. 일 할 이유는 없지만, 그만둘 이유도 없었다. 아니 이유는 돈. 돈이다.

잠깐 고민했던 나는 일을 해야 하는 이유가 성립되자 단칼에 싫다고 말했다. 무언가에 몰두해야 한다. 19년을 그렇게 살아왔다.

미친듯 몰두하라. 노력하라. 피와 땀은 결실로 맺어진다. 이런 허튼 소리들은 나를 강박적으로 만들었다.

유진이 집에서의 생활은 나쁘지 않았다. 끝나는 시간에 맞춰 유진이는 차안에서 기다린다. 침대에 누우면 유진이는 온몸을 손으로 주물럭거린다.

"오늘 딴 여자랑 얘기한 거 아니지?"

"당연하지."

나른한 목소리로 대답했다.

'아니 키스만 잠깐 했는데.' 혼자 속으로 말했다.

유진이가 가끔씩 독기 서려 있는 눈빛으로 바뀔 때면 그녀의 눈빛은 무서운 공포로 다가온다.

오늘 클럽 화장실 앞에서 느닷없이 키스를 받았다. 가게에 들어온 지 얼마 안 되는 신입 젠더였다. 가슴은 풍성하지만 아직도 밑에 물건이 달려 있는 놈은 갑자기 입술을 들이밀었다. 정신이 나갔는지 나는 그 자식과 깊은 키스를 해버렸다. 그 자식의 밑이 딱딱해지는 느낌이 전해져 왔다. 그 자식은 웃으며 내 물건을 손으로 꽉 쥐고는 앞으로 걸어 나갔다. 달려가 등짝을 발로 걷어찼다.

그 자식은 앞으로 고꾸라졌다. 밑에만 잡지 않았다면 조용히 넘어갔을 일이었다. 뒤통수에 침을 뱉었다.

녀석은 아기처럼 '엄마. 엄마.' 하며 흐느꼈다. 한심한 등을 발로 한 번 더 밟아줬다.

봉을 잡고 춤을 추던 언니들이 밑으로 뛰어 내려왔다. 손님들은 휘파람을 불며 깔깔거렸다. 이죽거리는 모습이 수영장 관객석에서 야유를 보내던 관중들과 비슷해보였다. 변태새끼들 얼굴을 한대씩 갈겨주고 싶었다.

"무슨 일이야?"

사장은 나를 대기실로 데리고 들어갔다.

"개자식이 나한테 키스를 하잖아요. 그리고 밑에를 꽉 만지잖아."

토해내듯 말했다.

별로 화가 나지는 않았지만 괜스레 열을 올리며 말했다. 처음 잡은 일자리에서 쫓겨나기 싫었다. 사장은 '이렇게?' 하며 내 입으로 색소가

다 빠져나간 검은 입술을 들이민다. 나는 깊이 들어오는 그녀의 혀를 받아 줬다. 밑으로 향하는 손도 받아 줬다. 그 자식 같은 딱딱한 열기가 느껴지지 않는다. 나는 사장이 움직이는 대로 몸을 맡겼다.

'언니' 부르며 열리는 대기실 문 덕분에 늪에서 빠져나올 수 있었다. 나와 키스했던 놈은 돈도 못 받고 클럽에서 바로 쫓겨났다. 언니들은 한명씩 내게와 어깨를 토닥여 줬다.

슬픔에 잠긴 것 같은 완벽한 연기에 다들 위로를 한마디씩 건넸다. 나는 조용히 고개만 끄덕였다. 대기실 문을 열었던 언니는 내 곁으로 오지 않았다. 뒤편에 서서 슬픈 연기하는 나를 아무런 표정도 없이 물끄러미 쳐다봤다.

가늘게 뜬 눈은 내 행동을 관찰하는 것 같았다. 동물적인 감각으로 문을 열었던 언니와 언젠가는 문제가 생길 것 같은 불길한 기분이 들었다.

클럽에서의 일을 생각하자 입술에서 쓴맛이 났다.

혼자 떠들며 다리를 열심히 주무르던 유진이는 어느새 잠잠해졌다. 앉아서 졸고 있는 그녀를 발로 툭 치자 침대로 쓰러져 잠이 들었다. 유진이가 잠들자, 이번에는 개들이 등에 올라타 작은 발들로 내 등을 밟아준다.

유진이는 개를 좋아한다. 집에도 두 마리나 있는 개들은 지치지 않고 난리를 피운다. 악마견이라는 비글은 한시도 조용한 날이 없다. 보이는 건 물어뜯고 핥고, 잠시라도 몸을 놔두는 걸 죄악이라고 생각하는 듯하다.

활발한 녀석들이 없으면 내가 활발한 척 넓은 집을 뛰어다녀야 할까. 어느새 두 마리 비글은 유진이 등으로 올라탄다. 등에 얼굴을 비비고 핥아도 익숙한 듯 깊은 잠에 빠져 있다.

유진이는 남성 전용 토킹바를 운영한다.

일을 끝내고 집으로 돌아오면 항상 목소리가 잠겨 있다. 밤만 되면 목이 잠길 정도로 떠드는 만큼 수입이 괜찮은지 과소비가 심했다.

한번 입은 옷은 입지 않았다. 나는 옷에 관심이 없다. 헐렁한 트레이닝 바지 한 장이면 몇 달씩 버텨냈다.

유진이네 집으로 들어온 다음부터 트레이닝 바지를 입은 기억이 없다. 집에서는 팬티 한 장만 걸치고, 외출 때는 유진이가 사준 틈 없이 다리를 감싸는 바지를 입는다. 생전 처음 입어 보는 바지는 난감했지만 두말없이 입었다.

꽉 끼는 바지는 일하는 클럽에서 인기가 좋았다. 유니폼으로 갈아입기 전 청소를 하고 있으면 엉덩이를 한 번씩 두드리고 간다. 얼굴을 한 대씩 두드려 주려다, 수돗물에 밀대만 두들긴다.

윤서와는 일주일에 두 번 만난다.

출근 전 카페에서 만나 윤서는 커피를 나는 딸기 주스를 마신다. 처음 만났던 옥탑방 근처 카페다.

옥탑방에서 지내고 있지 않다고 말하지 못했다. 정확히는 그녀가 묻지 않았다. 그래서 그냥 옥탑방에 살고 있는 척 한다.

윤서는 말이 별로 없다. 따발총처럼 말을 쏘아대는 유진이와는 반대다. 말 없는 것도 말이 많은 것도 짜증난다. 그날 내 기분에 따라 조절이 가능하면 좋겠다. 윤서는 말없이 나를 보며 웃기만 한다.

윤서는 유부녀다. 항상 같이 오던 대머리와 결혼 7년차에 자식은 없다. 대머리 자식은 방송국 피디를 맡고 있다고 한다. 윤서한테 들은 대머리 자식의 성적 취향은 특이하다 못해 더러웠다. 다른 여자를 불러와, 더러운 짓거리를 윤서한테 보게 만든다고 한다.

그나마 여자라면 다행이라고 말하는 윤서의 말에 구역질이 올라왔다. 대머리가 팁을 건네며 은근슬쩍 팔을 만졌던 기억이 떠오른다.

윤서와 서로의 몸을 탐닉한 적은 한 번도 없었다. 다행이었다. 다른 사람의 알몸을 보는 건 굉장한 인내심을 요한다. 잘 깎여진 조각상도 일분 이상 보면 눈이 돌아간다.

윤서는 내 심정을 잘 아는지, 언제나 입으로 받아낸다. 클럽으로 데려다주는 언덕 위에서 일주일에 두 번씩.

"오늘 끝나고 나 좀 봐."

사장과 키스를 하고 있을 때 문을 열었던 언니가 말했다. 그 언니의 호칭은 류미였다. 좋지 않은 기분이 본능적으로 들었다. 유진이는 회식을 한다고 말하자 툴툴거리며 끝나는 시간에 맞춰서 온다고 했다.

언니들은 나보다 평균 한 시간 일찍 퇴근한다. 유진이와 처음 만났던 길 건너 선술집에 류미가 기다리고 있었다. 다른 젠더들에 비해 얼굴이 작아서인지 조금은 여성스럽게 보였다. 검은 핫팬츠에 구멍이 숭숭 뚫려 있는 검은 망사를 신고 있었다.

손에 들린 담배는 포즈의 마침표를 완성하는 듯 보였다. 술집 안의 냉랭한 에어콘 바람이 몸을 움츠러들게 만들었다. 나는 뜨거운 사케를 시켰다. 뜨거운 사케 한잔이 지친 몸을 풀어준다는 걸 깨달았다.

술에 대한 취향도 차츰 자리를 잡아 갔다. 기분이 좋지 않은 날은 바카디를 한잔씩 마시고, 땀을 흘린 날은 맥주로 수분 보충을 했다. 빨간색이 잔뜩 묻은 담배들은 재떨이에 널브러져 있었다.

"너 사장언니랑 잤어?"

포즈의 마침표인 담배를 재떨이에 짓이겼다.

"아니."

짧게 대답했다.

"다행이네."

류미는 내 머리를 쓰다듬었다. 손에 울룩불룩 튀어나온 힘줄이 보였다.

"사장하고 엮이면 너 이 바닥 생활 못한다."

노리개처럼 갖고 놀다 버려질 거라고 했다.

류미는 내 옆으로 자리를 옮겨 앉았다.

"너 수술할 마음 없지?"

뜨거운 입김을 뱉으며 귀에 속삭였다. 놀란 눈이 들켰는지. 언제나 까칠했던 류미는 처음 웃었다. 이를 드러내며 웃는 류미의 이빨은 여자처럼 작았다.

내 손을 잡고는 그물 위로 올렸다. 올가미에 걸려든 기분이 들었다. 그리고 바지 지퍼 사이로 내 손을 가져갔다. 미끈하게 손에 걸리는 건 아무것도 없었다.

류미는 입으로 식어빠진 사케를 한 모금 물었다. 내 손에 들려 있던 담배를 바닥에 버리고는 입을 들이밀었다. 조르르 류미 입에서 흘러내리는 술을 입으로 받아먹었다. 목으로 술이 넘어가기도 전에 뜨끈한 고무가 입으로 들어왔다. 고무를 이빨로 콱 깨물었다.

류미는 '악' 소리를 내며, 입을 두 손으로 감싸고 테이블에 엎드렸다.

나는 자리에 일어서 사케를 한 모금 마시고, 고개를 숙이고 있는 한심한 모습을 뒤로하고 밖으로 나갔다. 선술집 앞에 서서 손을 이리저리 흔들며 택시를 불렀지만, 한 대도 오지 않았다.

핸드폰을 꺼내드는 순간 정신이 아득해졌다.

달려 나온 류미는 뾰족한 구두의 앞코로 정강이를 들이박았다. 정강이부터 머리끝까지 짜릿, 짜릿해 온다.

"너 내일부터 클럽 못 나올 줄 알아."

류미는 쪼그려 앉은 내 머리카락을 움켜잡으며 말했다. 사채업자 같은 톤이었다.

'니 멋대로 해.' 말하고 싶었지만 입마저 고통스러웠다. 단단한 어깨의 반동을 이용해 한대 날려주고 싶었다. 광대가 위, 아래로 너덜거리게 만들려다 참았다.

그날 망사스타킹 올가미에 제대로 걸려들었다. 머리카락을 잡힌 채 택시 안으로 던져졌다. 류미는 모텔로 거칠게 끌고 올라갔다. 모텔에서 신의 존재에 반항하는 녀석과 포개졌다.

중간, 중간 맥주를 마셨지만. 정신이 말짱했다. 마지막 절정을 느끼기도 전에 류미 얼굴로 입안의 이물질을 쏟아냈다. 류미는 미친년처럼 깔깔거리며 화장실로 갔다.

아침에 들어선 유진이 집의 공기는 썩은 악취가 진동하는 느낌이었다. 난리법석을 떨어야 할 비글 두 녀석도 보이지 않는다.

멍해진 머리는 생각을 거부한다. 생각보다 몸으로 움직이는 게 익숙하다. 나라는 기계를 점점 녹슬게 만드는 기분이 든다.

화장실에 차가운 물줄기가 세차게 나온다.

물과 멀리하고 싶다. 질려 버린 연인과 다시 만나기 싫은 마음과 흡사하다. 물의 차가운 감촉은 얼마 가지 못해 식었다.

화장실 거울 뒤로 유진이는 비글 두 마리를 안고 서 있었다. 두 마리한테 '물어.' 명령해 뛰어들게 만들 것 같은 분위기에 나는 위축됐다. 위축된 마음을 들키지 않으려 당당하게 등을 펴고 방으로 들어가 로션을 착착 발랐다.

화장대 거울에도 검은 그림자가 드리워진다. 얼굴은 로션인지, 땀인지 모를 것으로 번들거린다.

"어제 뭐했어. 전화기 이리 줘봐."

전화기를 건네고, 말없이 거울 속 얼굴을 손바닥으로 두드렸다. 검은 그림자는 이내 사라지고 거실에서 낮고 둔탁한 소리가 들린다.

거실로 달려 나가자, 흰색의 파편들은 여기저기 흩어져 있다. 장난감으로 착각했는지 비글 두 마리는 코로 조각들을 밀며 논다.

"나가서 새로 사자."

유진이는 서글픈 목소리로 말했다.

흰색의 파편은 내 오른팔 같았다. 갑자기 사르르 아려오는 배를 안고 화장실로 들어갔다.

"철컥." 집안의 모든 동작이 일시에 정지된다.

화장실은 암흑으로 변했다. 스무 번에 한 번, 열 번에 한 번 비데 사용 중 두꺼비집이 내려간다. 이질적 공간의 고요함에 두려워진다.

화장실에서 나오자 유진이는 보이지 않았다. 휴, 시원한 기분이 들었다.

일어나라며 비글 두 마리는 얼굴을 핥는다. 창밖은 벌써 짙게 땅거미가 내려앉아 있었다. 비글을 손으로 치워내자 작은 상자 하나가 침대 밑으로 떨어진다.

핸드폰 상자였다. 상자 위에는 번호가 적혀 있었다.

두 번째 핸드폰은 얇고, 기능이 어려웠다.

클럽 안에 들어서자 일제히 얼굴을 위아래로 훑어본다. 익숙한 시선들이 아니었다. 선배들이 기합을 줄 때의 체육관 공기와 비슷했지만 긴장감은 없었다.

엄습해 오는 옛 기억에 뼈가 욱신거린다. '이런 날은 분명 비가 오는데.' 혼자 말했다. 사장은 내 손을 잡고 대기실로 들어갔다. 대기실에서 화장하던 언니 두 명은 밖으로 나갔다.

"너 어제 어떻게 된 거니?"

몸속까지 꿰뚫어 보는 눈빛으로 말했다.

"무슨 말이에요?"

류미 얼굴 가득 건더기가 채워졌던 생각이 난다. 다시는 크로켓은 안 먹어야지. 너무 느끼했어. 그래서 토한 거야. 이제 안 먹는 거야. 그건 못 먹는 걸로 갈피 해놓자. 혼자 속으로 되뇌었다.

능청스러운 톤의 사장은

"어제 길에서 류미가 머리 잡고 흔들고 있었다던데."

걱정하는 얼굴로 말했다.

사장한테 정강이 상처를 보여줬다. 깊게 패인 정강이는 검분홍 빛이 돌았다.

'어머.' 짧게 소리 지르더니, 구급상자를 옷장 위에서 꺼내 들었다. 소독약은 정강이 위에 거품을 만들었다. 흰색의 반창고는 정강이 위로 안착했다. 쪼그려 마주보고 있자니 어색한 기분이 들었다.

사장 볼에 가볍게 입을 맞췄다. 어색한 공기가 싫었다. 사장은 내 목 뒤로 두 팔을 감싸 안고는 키스를 퍼부었다. 머릿속에서는 변명을 생각하기 바빴다.

무슨 일에 대한 변명을 어떻게 해야 할지 몰랐지만, 그냥 변명의 헛소리를 하고 싶었다. 검게 색소가 빠져버린 입술을 떼어 내고 나서 무슨 일이 있었던 거냐며 다시 물었다.

같이 잠자리를 한 것까지 솔직히 말했다. 사장은 가늘게 눈을 뜨고는, 가볍게 안아줬다.

"너 수술 할 마음 없는 거 진작부터 알고 있었어."

윙크하며 뜻 모를 미소를 보였다.

"둘이 있을 때는 누나라고 불러."

도깨비 소굴 안의 사람들 머릿속은 도무지 이해가 가지 않는다.

플로어로 나가자 윤서는 혼자 애플 마티니를 마시고 있었다. 윤서는 시야에 내가 보이자 안절부절못하는 동작을 보인다. 출근하는 시간에 윤서는 반드시 전화를 한다. 그녀 곁으로 가 단골 고객을 대하듯 친절하게 인사를 건넸다. 앞에 바텐더가 사라지고 나서야 윤서는 말했다.

"전화가 안 돼서."

윤서는 말을 끌며 말했다.

"잃어 버렸어."

나는 새 전화번호를 알려줬다. 그제야 윤서는 안심이 된 표정으로 돌아온다.

윤서의 찰랑이는 머릿결을 손으로 훑었다. 바텐더는 이쪽으로 몸을 옮기려다 못 본 척 걸레를 손에 든다. 윤서는 그날 밤 늦도록 술을 마셨다.

사장은 비틀거리며 계단을 오르는 윤서를 보더니, 내 어깨를 밀며 손님 택시 잡는 거 도와드리라고 했다.

다음날 윤서는 모자를 푹 눌러쓰고 클럽에 다시 나타났다. 윤서의 얼굴을 알고 있는 사람들은 모두 의아해 했다. 언제나 대머리와 함께였던 윤서가 이틀 연속 혼자인 모습에 다들 놀란 얼굴이다.

이내 손님 접대용 미소를 띠고 윤서한테 다가갔다. 윤서의 얼굴 한쪽은 퍼런 자국이 물들어 있었다. 출근 전 통화에 태연했던 윤서의 목소리와 달랐다.

그날 밤.

윤서는 집으로 들어가지 않았다. 클럽에서 일을 마치고 가까운 호텔로 함께 갔다. 호텔에서 우리는 샴페인에 엑스터시 한 알씩 먹었다.

윤서는 클럽 안에서 애플 마티니 두 잔을 간격 없이 마셨다. 윤서는 취기가 오른 목소리로 엑스터시 구할 수 없냐고 물었다. 클럽 언니한테 말하자 가방에서 두 알을 꺼내 줬다. 언니들은 두통약처럼 한, 두 알쯤은 가지고 다녔다.

처음 먹어 본 엑스터시. 몽롱한 기분에 심장의 실린더가 세차게 움직였다. 심장에 말굽이 달린 듯 달리기 시작했다. 윤서는 엑스터시를 먹고는 한동안 눈을 감고 있었다. 익숙한 몸짓은 그녀에 대해 아무것도 모른다는 걸 새삼 느끼게 만들었다.

처음 본 윤서의 알몸. 사람의 알몸에는 아무런 자극도 없었지만, 윤서 몸의 균형은 괜찮다는 생각이 들었다. 우리 둘은 실오라기 하나 걸치지 않고 샴페인을 병째로 마셨다.

거기까지가 밤의 기억이다.

다음날 윤서와 나는 바닥에 무방비한 상태로 널브러져 있었다. 광대가 지끈거리며 아파왔다. 천장으로 길게 내려진 샹들리에. 이것도 처음 본다.

처음의 경험은 언제쯤 끝날까? 반짝이는 샹들리에를 보며 생각했다. 윤서는 내 몸 위로 자신의 몸을 이불처럼 덮는다. 무거운 지방 덩어리가 내 몸을 덮치고 있는 기분이다.

"우리 이대로 도망칠까?"

가슴 위에 얼굴은 표정이 보이지 않았다.

'헛소리 하지마. 내가 미쳤냐.' 입 끝에서 나오기 전에 "내가 너무 늙었지?" 윤서는 말했다.

"젊은 편은 아니지."

담배 연기로 도넛을 만들었다. 윤서는 후후 웃으며 말 타듯 내 배 위로 앉았다.

"그래도 아직 몸은 봐 줄 만하지 않아?"

윤서는 허리를 펴며 말했다. 아침부터 뭐가 신났는지 말이 많다. '난 아침에 떠드는 거 질색이니깐 말 좀 걸지 말아줄래.' 입에서 나오기 전에 "아니야? 아니야?" 하며 겨드랑이에 손을 간질거린다. 짜증 이종 세

트는 나를 미치게 만든다.

"좀 더 자자."

배 위의 윤서를 바닥으로 밀어 내렸다. 윤서는 뭐가 즐거운지 후후 소리 내며 웃는다.

호텔에서 빠져 나온 나는 옥탑방으로 들어섰다. 두 달 만에 들어선 집은 곰팡이 냄새가 코를 찔렀다. 이불도 두 달 전 펴 놓은 그대로였다. 습기가 가득한 집안은 이불 위에도 검초록의 그림들로 수놓아져 있다.

헛구역질이 난다. 언니들과 같이 지내다 보니 비위가 약해졌다. 문 밖으로 이불을 던졌다. 방안을 물을 부어가며 벅벅 닦아냈다. 썩은 이를 치료한 듯 상쾌한 기분이 들었다. 위쪽 어금니의 구멍을 혀로 훑었다. 구멍이 점점 커지는 기분이다. 치과 가기가 두려웠다. 아니, 나는 의사라는 존재들이 무섭다. 이대로 치료 될 수도 있지 않을까. 쓸데없는 기대를 해본다. 문과 창문을 통과하는 바람은 시원하다. 아무것도 없는 방안이 마음에 들었다. 눈꺼풀은 편안히 문을 닫았다.

"야!"

날카로운 목소리는 한 시간의 자유도 허락하지 않았다. 유진이는 날이 선 눈빛으로 내 방으로 들어섰다. 누운 몸은 고개만 돌려 그녀를 봤다. 힐을 벗지도 않고 방안으로 성큼성큼 들어왔다. 몸속의 내장들은 움찔 거렸지만, 여유로운 듯 누워 있었다.

"너 어제 호텔 누구랑 갔었어."

내려다보며 말하는 그녀 얼굴은 징그럽게 보였다. 사대천왕이 내려보는 듯하다. 몸이 움찔한다.

"무슨 헛소리야."

누운 몸은 그대로 방바닥에 붙어서 말했다.

"죽고 싶어?"

유진이는 배 위에 올라타 내 목을 졸랐다. 조용히 졸라 오는 손의 간격을 가늠했다. 죽일 마음은 없는지 조였다, 풀었다, 조였다를 반복했다. 내 몸을 다른 사람 손에 맡긴다는 건 유쾌하지 않다. 난 완전한 나의 소유여야 한다. 자기 암시하듯 말했다.

그녀를 발로 밀쳐 냈다. 뒤로 나뒹구는 그녀 배를 축구공을 차듯 힘껏 찼다. 낮은 신음 소리를 내며 배를 움켜잡는다.

옆에 다시 누웠다. 한동안 낮게 나오던 신음은 훌쩍거림으로 바뀌었다.

"이 개자식아."

유진이는 새빨간 손톱으로 죽일 듯 목을 다시 움켜잡았다.

'젠장. 젠장.' 귀찮았다.

온몸에 힘이 풀렸다.

어제 엑스터시를 했을 때와는 반대로 심장이 천천히, 천천히 뛴다.

뺨이 얼얼한 기분에 눈이 떠졌다. 눈앞의 유진이는 무릎 꿇고 눈물을 쏟아내고 있었다.

"그만 때려."

뺨에 감각은 사라지고, 퉁퉁거리며 얼굴의 울림만 느껴졌다.

"다행이다."

유진이는 목을 안았다. 안도의 목소리는 다시 쇳소리로 바뀌었다.

"너 핸드폰 위치추적 되니깐 솔직히 말해. 어제 누구야. 내가 그년 죽일 거야."

유진이는 이를 갈며 말한다. 안도와 분노의 감정 변화가 1초도 되지 않아 일어나는 그녀가 신기했다. 몸을 일으켜 문 밖으로 나갔다. 오층에서 떨어진 핸드폰은 빠직하는 작은 소리와 함께 작은 몸통 밖으로 내장들을 꺼낸다. 유진이는 등 뒤에서 멍하니 바라본다.

"바람 폈다고 인정하는 거야?"

유진이는 악을 쓴다.

'바람피운다고 인정하느냐고?' 황당한 말이다. 사귀지도 않는 사이에 '바람'이란 단어가 성립하는지 의문이 들었다. 길게 옆으로 눈을 뜨고 여자를 바라봤다.

"변명이라도 해보라고."

다시 소리친다. 그녀 목소리에 귓속 고막까지 울리는 기분이다.

"너랑 나랑 무슨 사인데?"

차가운 목소리로 물었다.

햇살은 유진이 얼굴의 솜털을 은색으로 비춘다. 나는 바닥으로 침을 뱉었다.

"어떤 사이냐고?"

유진이는 내가 뱉은 침을 힐로 슥슥 문지르며 다시 물었다. 나는 어깨를 으쓱해보였다. 반창고가 붙여있는 정강이로 발길질이 들어온다.

정확한 위치. 언뜻 보니 힐을 신은 유진이는 류미와 키가 비슷하다. 유와 류 젠장맞을 인간들이 나를 죽여 간다.

"그게 할 말이야? 어?"

까칠한 시멘트가 깔린 바닥을 뒹굴었다. 때린 데 또 때리는 건 반칙 중에서도 퇴장감이다. 입 속은 말라비틀어진다. 젠장, 침을 삼키면 고통이 덜 할 것 같은데.

수영을 그만둔 후로는 몸이 만신창이다. 완전한 내 소유로만 생각했던 몸은 이리저리 흘러 다니는 생물 같다.

"신어!"

정강이를 잡고 누워 있는 내게, 유진이는 운동화를 머리 위로 던졌다. 유진이 손에 등을 밀리며, 단숨에 일층까지 내려갔다. 절뚝거리며 집 앞 주차된 차로 들어갔다.

유진이는 병원 응급실 앞에 보란 듯이 차를 세웠다. 뒤에서 '빵빵'거리는 소리에도 개의치 않고 유진이는 나를 끌고 병원으로 들어갔다. 차를 빼라고 말하는 간호사한테 "김명진 선생님 어딨어요?" 유진이는 깔보는 말투로 말했다.

목소리에 주눅이 들었는지 간호사는 수화기를 들었다. 백발의 남자가 달려 나왔다.

"선생니임."

처음 듣는 유진이의 애교 섞인 목소리였다. 백발의 늙은이는 클럽 사장이 해 준 것과 비슷한 치료를 했다. 다른 점은 침대에 눕히고 링거를 놔줬다는 것이다.

"유진이 남자친구?"

나를 볼 때의 사늘한 눈빛과 달리 유진이에게 부드러운 목소리로 물었다.

"아니요. 동생이요."

가식적인 웃음소리를 입으로 빼내며 말했다. 늙은이는 그때서야 경계의 눈빛을 풀었다. 사각의 답답한 방에서 늙은이가 건넨 요구르트를 빨대로 바닥까지 쪽쪽거렸다. 요구르트에서는 늙은이의 노린내가 날 것 같았지만, 의외로 너무 맛있었다.

생각해보니 수영을 시작하고 한 번도 마셔 본 기억이 나지 않았다. 백발의 늙은이는 느끼하게 나를 보며 입을 씰룩거렸다.

"우리 가게 단골이야."

빙판 같은 타일 위를 걸으며 그녀는 말했다.

"응."

짧게 내뱉었다.

지하로 옮겨져 있는 차를 타고 다시 다이빙대 위로 올라섰다. 다이빙대 위에 반짝이는 은색의 철창 안에 비글 두 마리는 발광을 한다.

"오늘 하루 길다."

유진이는 핸드백을 소파 위로 던지며 말한다. 핸드백 위로 몸을 길게 뉘였다. 땀으로 온몸이 끈적였지만 멋대로 행동하는 여자 때문에 샤워할 기력도 남아 있지 않았다.

시계 바늘은 여섯 시를 가리킨다. 출근 한 시간 남았다. 입고 있던 옷을 훌훌 벗어 철창 안으로 던져 넣었다. 두 마리 악마견은 옷을 서로 물고 잡아당긴다.

"오늘은 쉬어."

옷을 입는 내게 유진이는 명령조로 말했다. 들리지 않는다는 듯 검은 진에 검정 브이넥을 입었다.

"쉬라고."

유진이는 팔을 잡는다. 뿌리치는 팔에 유진이의 손톱자국이 선명하게 남았다. 완전한 내 소유의 몸은 언제나 가능할지.

요구르트에 중독됐다. 중독의 시작은 날카로운 방에서 백발의 늙은이가 건넨 요구르트를 마신 다음부터였다. 유진이네 집 앞에 언제나 요구르트 아줌마가 서 있다. 연한 노란색의 아이스박스를 카트 위에 세 개를 올려놓고 있다. 그날 병원에서의 요구르트와 같은 것이었다.

눈을 뜨자마자 냉장고로 향했다. 냉장고 안은 요구르트는 보이지 않고 쓸모없는 소주만 눈에 띄었다. 빠져나간 로비 밖에 노란색의 상자를 보자 마음이 놓인다. 병아리색의 옷을 입고 있는 아줌마는 보이지 않았다.

십 분을 기다려도 나타나지 않았다. 기다리는 사이 나타난 노란색

티를 입고 자전거를 타는 아저씨. 주황티를 입은 남자 초등학생 두 명을 아줌마로 착각해 반가워 했다. 이내 시무룩해졌다.

따끔거리는 태양은 인내심의 한계를 느끼게 했다. 갑자기 잠이 소나기처럼 쏟아졌다. 나는 요구르트를 포기하고, 하품을 길게 하며 엘리베이터에 몸을 실었다. 집에 들어서자마자 갈증이 났다. 아쉬운 마음을 한잔 가득 따른 물로 대신했다.

입안에서 기대했던 달달함과 달리 무색무취의 물은 유난히 밍밍하다. 짜증나게 시작했던 하루의 시작은 연속적으로 사람을 신경질적 만들었다.

핸드폰 가게에서 실랑이를 벌이다 출근 시간이 한 시간 늦었다. 미성년자라는 걸 까먹고 있었다. 부모님 동의가 필요하다며, 도무지 핸드폰을 주지 않았다. 부모가 죽었다고 말하자. 가족관계서를 떼어 오라며 막무가내다. 융통성 없는 직원들은 끝끝내 만들어주지 않았다.

언제부터 법치국가의 일원이었다고. 검은 뿔테를 낀 완고한 성격의 종업원이 '법치국가에서는 법의 기준이 있습니다.' 핸드폰 파는 주제에 잘난 척을 했다. 덕분에 그럴듯한 단어 하나 배웠다.

클럽 출근에 늦은 건 처음이었다. 청소는 내 밑으로 들어온 막내가 말끔히 해 놨다. 막내는 나보다 두 살이 많지만 나보고 형이라고 부른다. 형이라고 부르는 목소리는 중성적이다. 답답한 이목구비의 막내는 주기적으로 여성호르몬을 맞고 있다고 한다. 형이라며 친근한 척 부를 때마다 소름이 돋았다. 유니폼으로 갈아입고 나오자 바에는 익숙한 뒷

모습이 앉아 있었다.

검은색 시스루 원피스를 입고 있는 뒷모습에 선명한 나체가 그려진다.

"왜 또 전화가 안 돼."

윤서는 걱정하는 말투로 물었다. 두 여자는 나를 옴짝달싹 못하게 옥죄고 싶은지 잠시도 숨통을 열어 두려 하지 않는다. 답답함에 숨이 턱까지 차오른다.

"잃어버렸어."

"어쩌다?"

"마음에 안 들어서 버렸어."

그녀는 휴 하며 숨을 뱉는다.

"난 또 나한테 질려 버린 줄 알고. 얼마나 조마조마 했는지."

어제부터 여자는 유난히 말이 많아졌다. 은근히 애교를 섞어 말하는 투가 꼴사납다. 내가 침묵을 지키고 있자 윤서는 "잠깐 나갔다 올게." 말하고 나갔다. 예상대로 그녀는 핸드폰을 주머니에 넣어줬다. 처음 만났던 그날처럼. 순간 기분이 좋아졌다.

한쪽이 푸르딩딩한 얼굴의 윤서는 애플 마티니 두 잔을 마시고 자리에서 일어났다.

"문자할게."

그 목소리가 컸는지 주변 눈빛은 내게 쏟아진다. 윤서가 나가고 두 시간도 되지 않아 윤서의 대머리 남편이 들어왔다. 젠더 한 명과 같이 나타났다. 사장은 버선발로 나가 대머리를 맞았다.

대머리는 개선장군마냥 거만을 떨었다. 대머리는 처음 보는 젠더와 나타났다. 젠더 눈 위치에 대머리의 정수리가 있었다. 젠더 눈에는 새빨간 조명을 받는 대머리의 머리가 떠오르는 태양의 반쪽처럼 보일 것 같았다.

대머리는 쉬지 않고 젠더와 몸을 비볐다. 몸을 비비다 지쳤는지 자리에 앉았다. 대머리는 호기 좋게 애플 마티니를 클럽 안의 손님과 직원에게 한 잔씩 돌렸다. 대머리는 바에 달린 황금색의 종을 두들겼다. 디제이는 익숙하게 노래 소리를 줄였다.

"빌어먹을 마누라가 좋아하는 애플 마티니입니다. 요즘 바람이 난 모양이지만. 상관없습니다. 하하하"

대머리는 개의치 않는다는 듯 털털한 척을 했다. 남자의 말에 클럽 언니들은 나를 힐긋거렸다.

'미친놈아 여자나 때리지 마.' 소리치고 싶었다.

마른침만 바닥에 뱉었다.

"루이야 잠깐 나 좀 볼래?"

사장은 나를 불렀다. 내가 스무 살인 줄 아는 모든 사람들은 나를 루이로 불렀다. 선수촌 시절 이름은 언제 불렸는지 까마득했다.

"이제 그만하지 그래?"

사장은 등 뒤로 대기실 문을 닫으며 말했다.

"네."

짧게 대답했다. 이런 저런 변명은 귀찮았다. 사장은 고개를 끄덕이며, 나를 안았다.

"오늘 술 한 잔 마실까?"

귓가로 입김과 같이 목소리가 들어왔다. 나는 사장을 몸 밖으로 밀쳐내지 못했다. 그냥, 그냥, 사장의 품이 따뜻했다. 오늘은 너무 지쳤다. 이대로 누워 쉬고 싶다. 누구의 품이든 쉬고 싶었다.

다행인지, 사장과 술 약속은 지키지 못했다. 유진이는 친구와 가게로 나타났다. 그녀와 친구는 나를 보며 뭐라고 소곤소곤 거렸다. 유진이는 팔을 들어 나를 불렀다. 내가 다가가자 친구는 만나서 반갑다며 인사를 했다. 빵빵한 얼굴은 풍선 같았다.

"다리는 괜찮아?"

유진이는 물었다. 대답도 하기 전에 류미가 조명을 켜달라며 불렀다,

"너 저 지지배랑 만나지?"

류미는 귀에 속삭였다.

"정도껏 해."

나는 말했다.

"너나 정도껏 해."

류미는 미간에 주름을 잡으며 말했다. 처음 만났던 선술집에서 유진이는 친구와 기다리고 있었다.

전복 회, 연어 구이 둘 다 느끼했다.

"느끼해." 말하자. 유진이와 친구는 풋 하고 웃음을 터트린다.

"그제 일은 사과할게. 여기."

유진이는 새 핸드폰을 건넸다. 주머니에서 윤서한테 받은 핸드폰을

꺼내 보여줬다. 유진이 얼굴색은 갑자기 퍼렇게 바뀌었다. 그리고 벼락같이 화를 냈다.

이내 새 핸드폰은 만져보기도 전에 바닥에 뒹굴었다. 친구는 익숙한 듯 맥주를 입으로 가져갔다. 눈으로 고개를 끄덕이는 듯 위아래로 굴린다. 걱정 말라는 신호처럼 보였다. 쓸데없이 남 걱정은. 유진이 친구는 한심스러웠다.

윤서와는 일주일에 한 번씩 호텔에서 시간을 보낸다. 못 들어간다는 전화 한통이면 유진이는 이해하는 척 해줬다. 내가 왜 그녀에게 보고를 해야 하는지 이해할 수 없었다. 그냥 미쳐서 날뛰는 모습이 보기 싫었다.

호텔에서 우리는 엑스터시를 먹는다. 언니들한테 한, 두 알씩 빌리기가 슬슬 눈치 보이기 시작했다. 사장은 눈치 빠르게 매주 마감하는 일요일이면 몇 알씩 챙겨 줬다. 영양제 통에 담겨진 엑스터시는 윤서랑 호텔을 가는 날 챙겨 갔다.

엑스터시를 한 다음날 아침은 한군데씩 아파온다. 오늘은 위가 아팠다. 방안은 온통 초코과자 비닐로 가득했다. 몇 개인지 셀 수도 없을 만큼 비닐들은 널브러져 있었다.

윤서와 전날 켜놨던 캠코더를 돌려 봤다. 캠코더 안의 나는 연신 초코과자를 먹으며 웃고 있었다. 웃고 있는 내 모습이 이질적이다. 웃고 있는 내 얼굴을 처음 봤다. 웃는 얼굴을 보자 안심됐다. 나쁘지 않은 미소였다. 거울 속의 나는 언제나 굳게 입을 다물고 눈에 힘을 준 얼굴이었다.

윤서는 수건에 물을 묻혀 자기 다리를 닦고 있었다. 둘은 눈이 마주치면, 깔깔거리며 웃었다. 한바탕 웃고는, 나는 초코과자를 먹고, 윤서는 다리를 닦았다. 가슴에 팔을 올리고 캠코더를 보던 윤서는 후후 소리 내며 웃는다.

흡족한 표정이었다. 나이든 여자는 때론 황당할 정도로 철이 없다.

어느 날.

"넌 철들지 않은 애들 같아."

미성년자의 입에서 어울리지 않는 말을 했다.

띠동갑도 넘는 윤서는 담배 연기를 뿜으며 웃었다. 서른이 넘는 여자는 내 덕분에 처음 담배를 입에 물었다. 늙어 배운 도둑질이 무섭다더니. 윤서는 하루에 한 갑씩 피웠다. 처음 만나던 날 은은하게 퍼지던 향수 냄새도, 진하고 색깔 강한 향이 났다.

"철이 안든 게 아니라, 심각한 게 없어진 거야. 심각해도 변하지 않을 거라는 거 나이가 들면 자연히 몸으로 느끼게 돼."

다소 어른 같은 말을 했다. 전날도 같이 엑스터시를 먹은 여자 입에서 나온 말은 정당화하는 걸로만 보였다.

윤서는 눈 밑으로 조금씩 그늘이 깊게 패여 갔다. 나와 달리 그녀는 회복이 더뎠다. 약을 먹은 다음날은 하루 종일 해롱거리며 정신을 차리지 못했다. 아니면 정신을 차리기 싫은 건지 모르겠다.

조용히 커피를 앞에 놓고 웃던 여자는 변해 갔다. 상관없었다. 만나는 이유도 모르는 내가, 그녀가 변해 간다는데 어떠한 감정도 느낄 리 없다.

"루이. 밥 먹자."

윤서는 호텔 룸서비스 메뉴를 순서대로 다섯 개를 시켰다. 저번에 먹은 다음 메뉴부터 시켰다. 해산물 초회, 생선 회, 새우 인삼 튀김, 전복 버터구이, 대구 간장구이였다.

지난주는 쇠고기 일색이었다. 이번은 해산물의 순서였는지 완벽한 바다 생물들이었다. 새우 인삼 튀김은 호텔 직원이 앞에서 먹기 좋게 잘라 줬다. 우리는 식탁에 앉은 아기처럼 발라주는 살을 입으로 넣었다. 윤서가 챙겨 준 팁을 받고, 와인을 한 잔씩 따라 주고 호텔 직원은 사라졌다.

두둑한 팁이 신나는지 발걸음이 발레리노 같이 경쾌했다. 해산물과 회는 도저히 넘어가지 않아 한 점씩 먹고 손도 대지 않았다. 일어나자마자 마신 와인은 어제의 기분을 연장시켰다.

윤서는 앞에서 서슴없이 옷을 벗었다. 벌거벗은 몸은 살이 많이 빠졌다. 침대 위에 앉은 내게 윤서는 안겼다. 딱딱한 뼈가 기분 나쁘게 몸을 찔러왔다. 윤서는 노골적으로 몸을 밀착시키고, 입술로 내 몸 구석구석에 흔적을 남긴다. 양치도 하지 않은 입은 더럽게 느껴진다. 그녀 몸을 침대로 밀치고 화장실로 들어갔다.

원형 욕조 안은 어제 썼던 입욕제 거품이 군데군데 떠 있다. 차갑게 식어버린 물속으로 몸을 담갔다. 몽롱하던 정신이 단박에 돌아온다.

새벽 6시면 일어나던 선수촌 생활. 졸린 몸을 가누지 못했지만, 풀장 안에 몸을 던지면 정신이 바짝 들었다. 그때 생각에 쓴웃음이 지어진다.

거울 앞의 나는 몰라보게 말라 있다. 선수촌에서 나온 후 14킬로나 빠졌다. 당당하게 나를 지켜주던 어깨는 반으로 줄어들어 있다. 반면 배의 지방은 툭 불거져 보인다.

'그러면 그런 거지.' 거품이 떠 있는 욕조 안의 물은 아직도 장미향이 남아있다.

"모해?"

화장실 문을 열며 윤서는 묻는다. 나도, 나도. 말하더니 윤서는 욕조 안으로 뛰어든다. 뛰어 들자마자 몸은 욕조 밖으로 튕겨져 나간다.

"아이 차가워."

윤서는 손으로 몸의 물을 털어낸다. 슬며시 모든 게 지겹다는 생각이 엄습한다.

변함없이 돌아가는 미러볼. 미러볼로 반사되는 촌스러운 조명. 젠더 언니들의 춤은 2주 간 변하지 않았다. 손님이 많이 줄어들어서 새로운 안무에 대한 욕구가 없다고 한다. 보고 있는 나도 힘이 축축 빠진다.

사장은 오르막이 있으면 내리막도 있다며 애써 밝은 척을 한다.

"우리 휴가 가자."

마감 청소중인 클럽 안에서 사장은 종을 치며 말했다. 생각보다 반응이 좋았다. 화장을 지우고 있던 언니들은 손뼉 치고, 소리를 질렀다. 꺼져 있던 노래도 다시 틀어 신나게 춤을 췄다.

1박2일 휴가가 별거라고 다들 신이 났다. 소소한 일에도 행복에 젖어드는 사람들. 삶의 이단아로 살아가는 그들은 긍정적이다. 좋으면 좋은 대로 받아들이고 마음껏 기뻐한다. 감흥을 느끼지 못하는 내가 이상할 정도다.

사장은 12인승 봉고를 렌트했다.

젊은 시절 운전병 출신이었다고 말하는 사장은 지금의 모습과는 매치가 되지 않는다. 사장은 외모에 집착이 심했다. 하루에도 몇 번씩 눈썹을 정리하고, 아이라인을 그린다. 차 밑으로 들어가 기름때에 젖었다는 말에 모두 하나 같이 놀랐다.

가평으로 가는 길. 봉고 차 안에서 다들 천진난만하게 자신의 과거사를 말했다. 사장처럼 늦게 성향을 찾은 사람도 있었지만, 중학교 시절부터 갈등을 겪은 언니도 있었다. 루이는? 루이는? 하며 다른 언니들이 물었다.

사장은 룸 밀러로 나를 보며 살짝 윙크한다. 류미는 팔짱을 끼고 나를 꼬나보고 있다.

"나도 같아. 그냥 고등학교 들어서면서 성적 갈등을 느꼈어. 다들 비슷하지 뭐."

류미는 쿡 하며 기침을 참는 소린지, 비웃는 소린지 모를 소리를 낸다. 막내는 저도요, 저도요 하며 지나치게 들떠있다. 처음 찾아간 민박집에서는 우리를 받아주지 않았다.

"술집 여자들은 받지 않습니다."

꼬장꼬장한 목소리로 민박 주인은 말했다. 술집 여자들이 아니라고 말해도 민박집 주인은 받아주지 않았다. 선정적인 차림들의 언니들 덕분인지 받아주려 하지 않았다. 일행들은 나중에 온다는 말에, 세 번째로 들른 민박집은 쉽게 방을 내줬다.

평범함을 거부한 사람들은 조그만 일에 일희일비하지 않았다. 가끔 그들의 방관적인 태도는 대단해 보였지만, 어쨌든 한심했다. 클럽에서 잔뜩 들고 간 버번에 삼겹살을 구워 먹었다.

끼라면 누구에게 뒤지지 않을 언니들은 노래를 틀자 주저하지 않고 서로 몸을 부비고 신이 났다. 한손에 조그마한 폭죽 하나씩 들었다. 산에서부터 타고 내려오는 밤바람이 제법 추웠다.

유치한 폭죽놀이에 동참했다. 한 발, 한 발 터질 때마다 꺅, 꺅 소리를 내며 오버들을 한다. 유난스런 소리에 귀가 움찔, 움찔한다.

순조롭기만 했던 휴가는 술이 들어가면서 문제가 발생했다. 망할 막내 놈이 끝끝내 일을 터트렸다. 눈동자가 반만 보이는 눈은 언제고 일을 터트릴 줄 알았다. 막내는 술이 들어가자 눈에 보이는 게 없어졌다. 막내는 가게에서 제일 인기 많고, 예쁜 얀을 계속 껴안고 있었다. 처음에는 거부하는 얀과 붙어 있으려고 애쓰는 막내를 보며 다들 재미있어 했다. 막내는 버번을 한잔씩 입으로 가져갈 때마다 과격해졌다. 무릎 위로 앉혔다가, 벗어나려 하면 손목을 있는 힘을 다해 잡았다. 다들 구구절절한 사연 얘기에 흠뻑 취해 막내와 얀을 그러려니 놔뒀다.

막내는 술이 반쯤 돌아서는 얀을 데리고 옆방으로 끌고 들어가려 했다. 사장과 류미가 막내를 잡았지만 몸을 이리저리 밀쳤다. 원하지 않았던 시선이 내게 향했다. 몸을 일으키지 않을 수 없었다. 막내 어깨를 힘껏 잡았다. 얼굴 한 개는 더 아래 있는 막내는 풀린 눈을 치켜서 노려보더니 머리로 턱을 박았다. 눈앞으로 번쩍이며 번개가 쳤다. 몸은 뒤로 튕겨져 나갔다.

'퉁.'

둔탁한 소리가 울리고서야 사건은 일단락 됐다. 버번 병으로 머리를 맞은 막내는 그 자리에 주저앉았다. 기절했는지 막내는 미동도 없었다. 사장은 차고 있던 벨트를 풀어 막내를 묶어 놨다. 막내는 다음날 엎드려 절까지 하며 용서를 빌었지만. 클럽 언니들 중 누구도 그를 용서해 주지 않았다.

막내가 없는 가게는 할 일이 많아졌다. 클럽에 일할 사람 구하는 일은 쉽지 않았다. 할 사람은 많지만, 사장은 나름의 관상학을 믿었다. 쓸데없는 믿음에 직원을 뽑기 힘들었다.

시간당 급여가 다른 곳에 비해 두 배나 많은 덕분인지, 오늘도 세 명이나 면접을 보러왔지만, 사장은 혀를 끌끌 차며 만족스럽지 못한 표정을 대놓고 보인다.

옆에 있는 사람들은 사장의 그런 반응을 보면 민망해 하며 자리를 피한다. 왜 민망해 하는지 이해가 가지 않지만, 나도 그런 듯 표정을 지어보이지만 다시 일그러진다.

오늘도 손님은 유난히 적었다. 사람들의 목소리가 울리지 않는 클럽 안은 유난히 적막한 기분이다. 적절한 타이밍에 윤서가 나타났다.

평소 씀씀이가 컸던 윤서가 나타나자, 클럽 언니들은 하나 둘 윤서를 둘러쌌다. 매상을 올리려 다들 애를 썼다. 애쓰는 게 안쓰러웠는지 윤서는 세 병째 샴페인을 시켰다. 한 잔씩 잔을 채우고 나면 금세 샴페인은 바닥을 드러냈다.

사장은 나를 보면서 서양 사람처럼 어깨를 으쓱 올린다. 샴페인이 열리는 뻥 하는 소리가 가게에 울리는 순간, 언니들의 눈은 샴페인이 아닌 입구로 향했다.

오늘 두 번째 손님. 문으로 돌아간 눈에는 유진이가 들어왔다. 전에 봤던 친구와 함께였다. 둘도 바로 앉았다. 바에는 의자가 열두 개가 있다. 윤서와 유진이 사이에는 8개의 빈자리가 생겼다.

평소 진 토닉만 마시던 유진이는 코냑 한 병을 시켰다. 과시하려는 것처럼 보였다.

"괜찮겠어?"

사장은 화장실 앞으로 불러 물었다.

"뭐가요?"

태연하게 대답했다.

"다 알고 있어. 걱정되면 오늘 일찍 닫는다고 해줄까?"

사장은 쓸데없는 걱정을 했다. 나는 신경 쓰지 않아도 된다고 대답했다. 클럽 안의 언니들은 술을 한잔씩 마실 때마다 힐긋 힐긋 나를 쳐다봤다. 자꾸 쳐다보는 시선들로 행동이 제약적이 된다.

평소 서 있는 장소도 움푹 꺼진 기분이 들었다. 신의 선택을 거부한 자들의 본능은 뛰어난 듯하다. 클럽 안은 유진이가 던진 글라스와 깨지지 않은 코냑이 바닥에 고개를 숙이고 갈색의 침을 질질 흘렸다. 유진이를 약 올리는 모습처럼 보였다.

윤서는 샴페인 반병이면 취한다. 네 병째 샴페인을 바에 얹어 놨을 때. 윤서는 눈이 풀려 있었다. 그리고 내 귀에 대고 '오늘 같이 있고 싶어.' 말했다. 그러고는 윤서는 피식 웃었다.

나는 입꼬리를 무의식적으로 올렸다. 입꼬리가 올라간 지 몇 초도 지나지 않아 내 왼편으로 컵이 날아들었다. 경쾌한 소리와 투명의 조각들은 멋지게 흩어졌다. 연이은 둔탁한 소리는 검은 병의 코냑이었다.

"뭐하는 거야!"

유진이는 소리쳤다. 윤서의 얼굴은 굳어 있었다. 사장과 언니들은 유진이한테 달려갔다. 유진이를 둘러싸고 진정하라고 손을 잡고, 어깨를 주물렀지만 유진이는 '무슨 얘기를 했냐고.' 나를 보며 소리쳤다.

그 와중에도 유진이 친구는 술을 홀짝였다. 친구의 행동은 처음 봤던 날처럼 괜찮다고 눈동자를 위에서 아래로 내리는 것 같았다.

서둘러 사장은 나를 퇴근시켰다. 윤서도 따라 나왔다. 뒤에서 날카롭게 소리치는 유진이의 목소리가 들렸지만, 신경 쓰이지 않았다.

다이빙대 위에는 유난히 크고 반짝이는 철창이 생겼다. 약에 취한 다음날 눈을 떴을 때 나는 철창 안에 갇혀있었다. 철창 안은 한 평 남짓했다. 간신히 몸을 눕힐 수 있는 공간이었다. 눈앞에는 비글 녀석들의 미니 철창이 보인다.

창살과 창살 사이에는 손이 겨우 왔다 갔다 할 수 있을 정도다. 그 좁은 창살 사이로 유진이는 때가 되면 주먹밥과 빵, 음료수를 넣어줬다. 먹지 않으면 죽을지도 모른다. 이대로 죽고 싶지 않다. 나는 우걱, 우걱 잘도 먹었다. 유진이는 내 앞에 서서는 동물원 원숭이를 관람하듯 보고 있다. 손 하면 나는 뒤돌아서 두 손을 밖으로 꺼낸다. 유진이는 한손에 하나씩 수갑을 채우고 창살에 끼운다. 그러고 나면 철창은 손톱으로 칠판을 긁는 소리와 비슷한 쇳소리를 내며 열린다.

'기름칠이라도 해줘. 저소리가 싫어.' 혼자 말한다.

유진이는 내 알몸을 물수건으로 깨끗이 닦는다. 그리고 내 몸을 자기 몸 깊숙이 넣고, 날 소유하려고 든다. 조용히 그녀의 몸을 받아들이는 날은 맛있는 고기 한 덩이씩 건네준다. 헛웃음이 나올 정도로 고기는 맛있다.

반항에도 지쳤다. 소리치면 배만 쉽게 고파왔다. 온 몸을 철창에 부딪쳐도 튼튼한 쇠창살은 퉁퉁거리는 소리만 울렸다. 전신이 멍이 들고서야 부질없음을 깨달았다. 하루 종일 철창 안에서 바라는 건 재미있는 텔레비전 프로가 연속으로 하는 것 하나뿐이었다.

나를 완전한 내 소유로 하고 싶던 소박한 꿈은 이제 산산이 부서졌다. 죽고 싶어도 마음대로 죽지 못한다는 생각은 더 큰 절망이었다.

클럽에서 윤서와 나왔던 날. 함께 늘 가던 호텔로 향했다. 다음날 출근하자 사장은 하루 쉬라고 했다. 일을 시작하고 처음 주어진 쉬는 날이었다. 대기실에서 약통을 챙겨 윤서와 호텔에서 하루를 더 보냈다.

이틀 동안 호텔에 틀어박혀 있었더니 요구르트 생각이 간절해졌다. 나는 한손에 요구르트 봉지를 들고 유진이네 집으로 들어섰다. 건조한 입으로 엘리베이터 안에서 요구르트를 두개나 밀어 넣었다.

띠띠. 번호를 누르고 집 안으로 들어섰다.

"왔어?"

유진이는 평소 같은 목소리로 나를 반겼다. 소름이 끼쳤지만 신경쓰일 정도는 아니었다. 혼자 화내고 풀리는 여자는 때론 편하다는 생각이 들었다. 그녀 뒤에는 옷 방에 있어야 할 옷들이 거실로 몽땅 꺼내져 있었다. 옷이 유난히 많은 유진이의 옷들은 무덤처럼 높게 쌓여 올랐다. 유진이 옷에 묻혀 내 옷들은 보이지 않았다. 옷 방 안은 싸늘한 빛의 은색 철창이 쳐 있었다.

"이게 뭐야?"

묻는 내게, 도베르만 한 마리를 키우기로 했다고 했다. 내가 도베르만이 되는지는 꿈에도 상상하지 못했다. 언제나 즉흥적이고, 상상 밖의 여자라 놀랍지 않았다. 며칠 지나자 옷 방의 철창은 견고하게 문까지 만들어졌다.

토요일이면 함께 하는 호텔 방에서 윤서는 기다리고 있었다. 이번 주만 세 번째 함께 하는 날이었다. 늘 그렇듯, 샴페인과 엑스터시를 두 알씩 입에 넣었다. 한 알로 더 이상 내가 아닌 나를 만들지 못했다. 두 알을 입으로 가져가고 캠코더를 켠다.

윤서와 나는 소파에 앉아 잠시 동안 지그시 눈을 감는다. 심장이 손끝까지 이동한다. 손끝에도 미세한 심장의 움직임이 느껴질 때. 우리는 다른 나로서 해방이 되고 태어난다.

약 기운이 막 올라오기 시작할 때 호텔 방문이 거칠게 열렸다. 체격이 좋은 검은 정장의 남자 두 명과, 그들 등 뒤에 서 있던 유진이, 그 옆에는 대머리? 흐릿하게 그들이 시야에서 지워졌다.

"내가 언제까지 참을 줄 알았어?"

유진이의 목소리만 귓가에서 계속 반복되다 정신을 잃었다. 눈을 떴을 때 철창 앞에는 가엽게 나를 바라보는 비글이 있었다. 실오라기 하나 걸치지 않은 모습으로 갇혀 있었다. 기억의 하나, 하나는 퍼즐처럼 맞춰졌다.

엑스터시에 잃었던 정신은 신기하게도 조금씩 돌아왔다. 남자들과 나는 한참 몸싸움을 벌였다. 팔을 잡고 늘어지는 남자의 손에 어깨가 빠졌다. 백발의 징그러운 웃음의 남자가 나타나 내 어깨를 맞춰 줬다. 그리고 정신을 잃었다.

윤서는….

철창에서 일주일쯤 지났을 때. 퍼즐이 완성됐다.

"윤서는 어떻게 됐어?"

누군가의 걱정을 해본 적이 있던가. 그녀가 괜스레 걱정됐다. 솔직히 말하면 궁금했다. 다른 철창에 있지는 않은지. 다른 철창에 갇혀 있다면 조금은 마음이 놓일 것 같았다.

"지금 이 상황에 그년이 걱정돼? 너 그년 때문에 이렇게 된 거야."

유진이는 쪼그려 앉아 조금의 감정도 없는 목소리로 말했다. 직감적으로 평생 갇혀 지낼지 모른다는 생각이 든다.

"남편이 눈이 돌아있던데, 그 년도 집에서 너처럼 이 꼴일 줄 알아."

유진이는 괴기스러운 웃음소리를 내며 웃었다. 윤서도 이 꼴이라고? 마음이 왠지 안정됐다.

또 다시 일주일. 이주일. 거울을 보지 않아도 느낄 수 있다. 내 얼굴은 보기 흉측한 얼굴일 것이다. 선수촌 룸메이트의 괴물같이 생긴 귀로 변해 있을 거야. 나는 굉장히 자조적으로 변했다. 감흥 없이 살던 내가 얼마나, 얼마나 건방졌는지. 후회라는 쓸모없어진 단어를 혼자 지껄였다.

철창에서의 생활에 나름의 룰과 편한 자세가 생겼다. 발끝을 쇠창살 사이에 집어넣고 옆으로 누우면 제법 편하다. 유진이의 말에 고분고분 지시를 따른다. 그러면 보상이 주어진다. 보상으로 철창 안으로 리모콘이 들어온다. 지시는 간단하다면 간단한 것이었다. 개처럼 손대지 말고 빵을 먹어라. 짖어 봐라. 굴욕적인 마음은 내 자신을 인간이라고 생각하기에 생긴다는 걸 깨달았다. 나는 도베르만이 되면 된다. 철저하게 도베르만이면 된다. 유진이네 집의 세 번째 애완견일 뿐이다.

내 머릿속으로 주입시킨다. 리모콘이 주는 행복은 내 자신의 존재 이상이었다. 그거면 충분했다. 한 달이 지났을까? 시간 개념은 존재하지 않았다. 초인종이 울렸다.

"가스 검침 나왔습니다."

밖에서 여자의 얇은 목소리가 들렸다. 유진이가 아닌 다른 사람의 목소리는 반가움이 들었다. 유진이는 옷 방문을 닫았다. 현관이 열리는 소리가 났다. 곧바로 찢어질 듯한 비명소리가 들렸다.

비명소리는 길게 이어지다, 짧게 변했다.

'이렇게 죽는구나.'

죽기 싫었다. 오늘 봐야 할 텔레비전 프로그램이 산더미다. 안 돼. 이대로 내 행복을 뺏기고 싶지 않았다. 열린 옷 방으로는 온몸에 피를 칠한 윤서가 서 있었다.

오른손으로 눈을 비볐다. 남색 다운 재킷을 입은 윤서였다. 안의 흰

티는 붉게 물들어 있다.

"밖에 날씨 추워?"

윤서의 옷을 보며 물었다. 윤서는 창살 안에 매달린 나를 보며 쉬지 않고 흐느꼈다.

"꼼짝 마."

윤서가 미처 눈물을 그치기도 전에 경찰관 다섯 명이 들이닥쳤다.

"사랑해."

나는 시도 때도 없이 내 사람한테 이 소리를 한다. 내 사람과 같이 성적 소수자만 들르는 조그마한 바를 운영한다.

내 사람과 나는 게이클럽에서 만났다. 철창에서 벗어난 한동안 나는 버려진 비글 두 마리와 다이빙대에서 지냈다. 원하는 텔레비전 프로그램을 볼 수 있다는 행복. 먹고 싶을 때 먹을 수 있다는 행복. 한 발짝도 나가고 싶지 않았다. 유일하게 요구르트를 사러 나갈 때만 움직인다.

하루에 스무 개 이상 마셨다. 비글들도 요구르트에 중독 됐는지, 내가 요구르트를 마시고 있으면 끙끙거린다. 철창의 비글 두 마리를 들고 밖으로 나섰다. 반팔 안으로는 싸늘한 공기가 들어온다.

두 마리의 비글을 바닥에 놓자, 기다렸다는 듯 쏜살같이 시야에서 사라진다.

"잘 가."

손을 흔들었지만 두 녀석은 뒤도 보지 않는다. 싸늘한 공기를 온 몸으로 받아가며 일했던 클럽으로 갔다. 클럽은 '영업 정지'라는 종이가 붙어 있었다. 일하던 클럽 아래 골목으로 내려오자, 보라색 클럽 간판이 보인다. 무언가에 이끌리 듯, 그 속으로 빨려 들어갔다. 남자들이 가득한 게이클럽이었다.

"춥지 않아요?"

지금의 내 남자는 내 팔을 손으로 문질러 줬다.

나는 남자 팔에 침을 뱉었다. 남자는 웃었다. 웃는 그에게 키스를 했다. 아주 딥한 키스였다. 그날부터 내 남자와 나는 언제나 함께였다.

그렇게 만난 내 남자 민석이와 나는 오늘로 만난 지 일년이다. 일했던 클럽의 사장은 잊지 않고 언니들하고 들렀다. 우리의 사랑이 영원하길 기원한다며 케이크에 촛불 하나를 켜고 축복해줬다.

웃는 얼굴이 닮아 간다는 언니들의 말에 살며시 부끄러워진다. 그와의 사랑의 기쁨은 철창에서의 비참했던 기억을 행복이란 따스한 단어로 조금씩 물들여 갔다. 잃을게 있다는 생각은 사람을 두렵게 만든다. 나는 그를 잃게 되지는 않을까 조금씩 두려워진다.

"오늘 윤서 씨 면회 가는 날인 거 알지?"

민석이는 눈을 뜨면서부터 말한다. 한 달에 한 번 나는 윤서 면회를 갔다. 빛바랜 죄수복을 입고 있는 윤서는 내 커밍아웃을 웃으며 받아

줬다. 윤서는 내 마음을 홀린 남자를 꼭 보고 싶다고 말했다.

그날부터 민석이와 나는 이주에 한 번씩 윤서 면회를 간다. 윤서는 모범수로 분리돼 면회시간도 5분이 늘어났다. 민석이가 소녀 같아서인지. 윤서와 조잘조잘 잘도 떠든다.

"다 챙겼어?"

나는 현관에 서서 물었다.

"응 잠깐만."

민석이는 두 손 가득 쇼핑백을 들고 나온다. 한손에 든 쇼핑백을 건네받았다.

"근데. 자기 루이 말고 진짜 이름이 뭐야?"

"이름? 내가 그런 게 있었던가?"

현관에 마주보고서 닮아가는 웃는 모습으로 한참을 웃었다.